CONAN
LE REBELLE

POUL ANDERSON

CONAN LE REBELLE

Traduction de Doug HEADLINE

FRANCE LOISIRS
123, boulevard de Grenelle, Paris

Édition du Club France Loisirs, Paris
avec l'autorisation des Presses de la Cité

ISBN 2-7242-1363-7

I

LA VISION DE LA HACHE

Une lourde nuit s'étendait sur la Stygie. Là où le grand fleuve se déversait dans la baie, pas un souffle de vent ne venait de l'océan. Le ciel était embrumé : au-dessus de Khemi s'apercevait seulement le scintillement de quelques rares étoiles, et elles étaient comme les braises de cette chaleur de fournaise que les blocs de pierre de la cité irradiaient encore, longtemps après la chute du jour. Les murs d'enceinte s'arquaient contre toute fraîcheur qui eût pu venir de la mer, de même qu'ils s'arquaient contre le monde extérieur pour lui dissimuler les activités secrètes de la ville. Sur ces falaises aux portes de fer, des tours de guet s'élevaient plus haut encore, et leurs créneaux montraient les dents aux cieux. En contrebas les rues étaient des boyaux de noirceur, silencieuses, désertées, sauf là où un python sacré en quête d'une proie faisait sèchement bruire ses écailles sur le pavage, ou bien se retirait avec un sifflement d'inquiétude en entendant des pas.

L'air était autre où dormait le magicien Tothapis. Dans une des cryptes profondément creusées dans le roc, des esclaves mouvaient avec effort une roue gigantesque, actionnant les pales d'un puits de ventilation. Le souffle ainsi produit apportait sa fraîcheur dans l'encens et la touffeur de la chambre de leur maître. Le bourdonnement cyclique faisait un fond sonore discret au carillon berceur que le même mécanisme faisait tinter. Quoique le matelas fût dur, comme il sied à un homme ascétique, sa bourre était faite des tresses de vierges sacrificielles, tandis que les draps du maître, et sa robe de nuit, étaient d'une soie couleur d'ébène, si diaphane qu'elle eût pu être tissée par des araignées.

Pourtant cette nuit-là il dormait mal, il s'agitait et marmonnait. Soudain il s'éveilla, se dressa, blêmit. Aux quatre coins de son lit, quatre chandelles noires, grandes comme un homme, montées sur des tibias de béhémoth, flamboyèrent vivement et s'éteignirent.

Pendant ses siècles d'existence, jamais il n'avait reçu un tel signe, mais il sut ce qui s'annonçait ainsi. Il se dégagea du drap entortillé et prit pied sur le sol. Là il se prosterna, baisa le tapis, se tordit comme un reptile.

— *Iao, Setesh!* scanda-t-il. *Anet neter aa, neb keku fentut amon!*

Alors seulement il osa lever la tête et regarder. Dans les ténèbres qui régnaient à présent, il vit une pâle luminescence jaune ; dans le silence, il perçut un murmure issu de nulle bouche humaine. La lueur s'intensifia, grandit, devint l'image d'un énorme serpent couleur d'or qui se lovait en cercle du sol au plafond haut. Dans sa lumière il distinguait vaguement les hiéroglyphes dont étaient couvertes toutes les surfaces libres de la pièce. Le murmure sifflant devint monstrueux, torrentiel, semblable aux cataractes du Fleuve Styx dans le lointain sud-est. Tothapis se prosterna de nouveau et adora son dieu.

Le bruit devint langage :

— Parle, homme. Enonce qui je suis.

— Tu es Set, psalmodia le magicien, seigneur de l'univers, que les Stygiens placent au-dessus de tous dans leur culte.

— Enonce comment toi, tu me sers.

Les mots déferlèrent :

— De toutes les façons que l'homme peut servir Cela qui fut avant qu'il soit, et Qui sera quand il n'est plus. Je suis un prêtre de ton temple, et si je ne suis pas son hiérophante suprême, c'est que je puis mieux promouvoir ta cause dans le Cercle Noir des magiciens dont je suis le chef. Mes sorts confondent l'infidèle qui te refuse, mes conseils renforcent le bras du roi contre les incrédules. Bientôt, bientôt ils apprendront de nous combien ton courroux est terrible, ô Set. En vérité, mes services sont le tribut le plus humble et le moindre que je puisse rendre à ta gloire ténébreuse. Tu as prolongé mes jours et mes nuits en ce monde ; tu m'as donné pouvoir sur les hommes et sur les démons ; le don le plus haut que tu m'as fait, c'est une compréhension sans cesse accrue des mystères de ton être. Et cette nuit tu t'es révélé à ton esclave. Qu'oserais-je demander d'autre ? Qu'oserais-je offrir d'autre en retour, Set ?

— Lève-toi, homme. Contemple-moi. Entends.

Tothapis se mit debout et se tint raidement, les bras étendus, paumes en bas. La tête reptilienne béait devant lui, la langue grouillait entre les crocs, mais le regard des yeux sans paupières était fixe.

— Sois attentif. Tu m'as appelé seigneur de l'univers, mais tu sais comme ils sont nombreux et divers, les dieux de la terre, de la mer, du ciel, et du monde souterrain. Tu sais comme ils sont peu à me tenir pour leur maître, et comme leurs fidèles sont peu à voir en moi autre chose qu'un diable. Le plus puissant de mes rivaux est Mithra du Soleil, qui voudrait m'écraser sous son talon.

— Maudits soient Mithra et les Hyboriens qui le suivent, marmonna Tothapis.

— Maudits, en vérité, répondit la vision. Mais tu sais par les chroniques, et par de plus profonds arcanes, combien la puissance de Mithra est ancienne. Je te fais l'annonciation d'un danger nouveau, qui te menace, et menace ton roi, et ta nation, et jusqu'à ton dieu. En ce jour un homme et une femme se sont joints. Aucun enfant ne procédera jamais de leur union ; mais déjà, à leur insu, ils ont suscité un destin. Si ce destin n'est pas anéanti dans l'œuf ou étouffé dans son berceau, il croîtra vite et deviendra gigantesque, et il aura dans ses mains une hache de bataille qui fauchera des multitudes... Et qui enfin, dans les années futures, frappera les colonnes de mon sanctuaire.

Tothapis, dont les yeux avaient sans émoi contemplé des choses infernales, frissonna. Si Set ne pouvait abattre un couple de mortels, et devait au contraire chercher l'aide d'un mortel, alors des Pouvoirs inconcevables s'affrontaient assurément dans l'au-delà du monde.

— Ne t'effraie point, sorcier, siffla la voix. Ce qui adviendra doit advenir seulement sur la terre, car si les grands dieux s'en mêlaient, cela pourrait provoquer la Lutte Finale. Cependant, moi qui suis l'Etre-Furtif-de-la-Nuit, je t'apporte la précognition dont tu auras besoin ; et tu disposeras de ta ruse coutumière, de ta magie et des monstres et des démons, contre un ennemi qui ignore lui-même ce dont il est l'annonciateur. Il n'est que chair et sang, quoique la chair soit puissante et le sang fougueux et féroce. Sans cette rencontre de hasard avec la femme, il aurait eu la vie et la mort d'un errant négligeable. Tu peux encore faire en sorte qu'il ait cette mort-là. Observe, et instruis-toi.

Dans le cercle que formait le serpent, une image fut. C'était comme si Tothapis avait pris son vol à travers la voûte de sa maison, et flottait à mille pieds au-dessus de Khemi. Il vit la cité accroupetonnée auprès des scintillements du fleuve, de la baie, de l'océan ; il vit les terres cultivées de l'intérieur pareilles à une tapisserie grise striée d'argent par les chenaux et tachetée d'humbles hameaux. Son point de vue s'éleva, et la Stygie s'étendit jusqu'au fleuve qui constituait sa frontière septentrionale. Au-delà étaient les champs et les prairies de Shem, le désert méridional, et puis les jungles et les savanes de Kush. De cette hauteur, il ne distinguait rien des œuvres des hommes.

Se mouvant à une allure vertigineuse, sa vision balaya la côte de Kushite. Des forêts moites se penchaient sur le ressac ; les marais et les cours d'eau chatoyaient ; comme le point de vue s'abaissait, le sorcier aperçut des espaces libres où les Noirs primitifs avaient incendié les bois pour leurs cultures sur brûlis. Tel le regard d'un faucon, la vision fila vers l'ouest, survolant les eaux.

Tothapis vit une nef. C'était un navire de combat, une coque mince et noire avec un pont surélevé de la poupe à la proue. Il y avait des bancs au-dessous, et encore au-dessous un pont principal recelait le butin. A l'avant luisait une image dorée, la tête d'un tigre grondant. Les quarante rames étaient rentrées, car le vent gonflait la voile carrée et poussait le vaisseau vers le nord, en une succession de bonds félins sur l'écume des vagues. Presque tout l'équipage était au repos. Les sacs de couchage reposaient sur le pont ou les bancs. Comme la vision se rapprochait, Tothapis vit qu'il s'agissait de Nègres, de jeunes hommes musclés qui portaient peu de vêtements ou pas du tout, mais qui avaient des cicatrices de combattants et gardaient leurs armes à portée de la main.

Son regard parcourut le vaisseau. Une petite superstructure devait être le toit de la cabine du capitaine. Une femme et un homme blancs se tenaient là. La main droite de l'homme étreignait la barre, son bras gauche encerclait la taille de la femme, qui le caressait. Ils étaient aisément visibles, car ici le ciel était tout à fait clair, avec une multitude d'étoiles et la brillante guirlande de la Voie Lactée, tandis que des phosphorescences tourbillonnaient sur les vagues.

Tothapis pratiquait le célibat, sous peine de perdre de son énergie au profit des choses terrestres ordinaires. Mais tandis qu'il considérait cette femme, l'air siffla entre ses dents. Elle était jeune, légèrement vêtue bien que l'air marin fût certainement froid ; une dague sur sa hanche et un bandeau argenté sur son front étaient sa seule parure. A la lumière des étoiles, Tothapis perçut cependant des couleurs ; il vit qu'elle avait de grands yeux chatoyants et bruns sous des sourcils réguliers, que son teint était olivâtre, ses lèvres pleines et vivaces. Avec la courbe finement sculpturale de son nez et ses pommettes hautes, cela manifestait qu'elle était une Shemite. Elle était plus grande que la moyenne de sa race, et jamais il n'avait vu une telle silhouette : grande, mais cependant la gorge ferme, la taille fine, les membres déliés, des courbes sans mollesse. Quand elle bougeait, elle était comme une panthère.

— Voici Bêlit, lui dit la voix de Set. Etre femelle, elle a néanmoins fait de ses sauvages le plus terrifiant équipage de pirates qui ait jamais écumé la Côte Noire ; et à présent ils ont mis cap au nord, vers la Stygie. Aujourd'hui elle a attaqué un navire sur lequel voyageait Conan le Cimmérien. Elle a eu de lourdes pertes, puisqu'il a combattu contre elle. Dans ce moment, l'amour a flamboyé entre eux au milieu des armes qui s'entrechoquaient, et ils ont fait la paix ; mais ensemble c'est une guerre de feu qu'ils mèneraient... Détache-toi d'elle, idiot ! Observe Conan.

Tothapis se hâta d'obéir. Le barreur était jeune, lui aussi, quoique à première vue il parût plus âgé. Sa taille et sa carrure étaient hors du commun. Sur son bras qui maniait sans effort le lourd gouvernail, le jeu des muscles révélait une force aussi grande que sa taille. Cependant il n'était pas moins souple ni agile que sa compagne. Sa crinière carrée tombait sur ses épaules. Glabre et imposant, il possédait une beauté massive. Des rides de gaieté contredisaient le sérieux de sa mine, et ses yeux bleus pétillaient après avoir été souvent sombres. La tunique qu'il avait enfilée lorsque Bêlit et lui avaient décidé de franchir le pas, du moins provisoirement, était un peu trop petite. L'observateur apercevait donc des fragments de peau que le soleil n'avait pas tannés ; leur blancheur révélait l'origine de cet homme : il venait de l'extrême-Nord ; c'était un barbare.

Le souffle cessa. Tothapis entendit le bouillonnement de l'eau, le craquement du bois, les grincements de la charpente. Il pouvait presque sentir le pont se balancer sous ses pieds, et goûter le sel charrié par le vent. Bêlit parla, et sa voix rauque était douce :

— Les étoiles se réjouissent avec nous, mon bien-aimé.

Elle utilisait le langage universellement répandu des marins. La voix de basse de Conan répliqua dans la même langue, avec un accent cimmérien assez musical pour étonner un Stygien qui n'avait lu que des récits vagues et lointains sur ce peuple peu familier de guerriers.

— Elles ont de quoi se réjouir, quand elles te regardent. (Il gloussa et la serra contre lui.) Mais elles ignoreront tes beautés les plus grandes quand nous retournerons en bas.

— Bientôt ? ronronna-t-elle.

— Dans pas longtemps. Je t'ai dit que je voulais juste une bouffée d'air, et j'ai pensé que je pouvais aussi bien m'entraîner un peu à naviguer, si nous devons nous lancer à l'aventure comme corsaires. Oui, je vais rappeler N'Yano et Mukatu pour qu'ils reprennent la barre, dans quelques instants. (Conan sourit.) Et pour qu'ils m'envient, certainement.

— Il n'y a ni jalousie ni traîtrise à craindre de mon équipage, assura Bêlit. Ce sont mes précieux hommes de Suba, qui m'ont fait le serment du sang. Depuis lors, jamais ils n'ont porté la main sur moi, ni ne m'ont fait la moindre offense.

— Que crève quiconque oserait, fit Conan et il ne plaisantait qu'à demi. Mais... hmmm... j'imagine qu'il vaudrait mieux leur donner l'occasion de se détendre quelque part, avant longtemps.

— Ils savent qu'ils l'auront, sitôt que nous mouillerons dans un port sûr. Nous avons du butin à foison pour payer ça. Mais le désir de revanche nous presse davantage, eux et moi. D'abord nous allons mettre la Stygie à sac.

Conan fronça les sourcils.

— Quoi ? Oh, on peut frapper ici et là, mais pourquoi ? Surtout que tu as perdu quelques gars dans le combat d'aujourd'hui.

— Ne crains pas que les autres te haïssent à cause de ça. Non, ils sont heureux que tu sois mon amant et que tu commandes avec moi. Et j'en suis comblée. (Bêlit l'embrassa.) Les gens de Suba croient qu'un homme qui meurt au combat va vivre à jamais auprès des dieux dans un bonheur tumultueux. Tu as fait subir ce sort à quelques-uns de leurs camarades, sans faire de mal à leurs femmes ni à leurs enfants. A présent ta force et tes talents sont de notre côté, pour soutenir notre vengeance. Tu fais mieux que remplacer ce que nous avons perdu. Ouais ! Ouais ! tu es le bienvenu à bord, Conan !

— Nous partageons nos causes, Bêlit, comme nous partageons tout le reste. (Le Cimmérien hésita.) Toutefois je ne sais rien de la tienne, ni comment un unique navire pourrait s'attaquer à un des plus puissants royaumes de la terre.

Le visage de la femme se crispa.

— Je te donnerai mes motifs plus tard, bien-aimé, dit-elle d'un ton inégal. Cette nuit doit être à nous seuls.

Conan la consola. Après un instant elle s'écarta, son bandeau d'argent étincelant sur son front fier.

— Quant à la force de faire payer aux Stygiens ce qu'ils ont fait...

Tothapis se pencha avec une attention avide.

A travers l'anneau que formait le serpent et l'image qui s'y trouvait enclose descendit la vision d'une grande hache de bataille. Les ténèbres emplirent le cercle, et le corps écailleux se tordit.

— Mithra ! (La voix de Set s'éloignait.) Tu m'as trouvé. Mais la partie n'est pas terminée, Mithra... non, nous avons à peine commencé...

L'obscurité et le silence enveloppèrent Tothapis.

Dans un recoin de son esprit, il lui sembla étrange de ne pas tomber sur le sol en délirant, après ce qu'il avait vu. Une partie de l'âme reptilienne de Set était-elle entrée en lui, cette nuit ou pendant des siècles de nécromancie ? En cet instant, il ne le savait ni ne s'en souciait. L'important, c'était qu'il ne pouvait attendre de son dieu aucun miracle supplémentaire. Il serait seul pour agir. Mais avant qu'un surnaturel affrontement de pouvoirs l'interrompît, il avait reçu un fragment de prophétie. On lui avait donné une mission.

Tothapis trébucha jusqu'à la porte. Dans le corridor scintillaient des lampes. Tremblant encore, mais d'un pas raffermi, il se hâta vers le centre de sa demeure fortifiée. Là il trouverait ce dont il avait besoin pour ses sortilèges de recherche. Etant donné les indices qu'il possédait déjà, certain homme mort pourrait lui dire qui, parmi les vivants, avait d'autres informations sur Bêlit et Conan, et lui indiquer le moyen de leur destruction.

II

UNE RÉUNION DE SORCIERS

Le soleil se leva, teintant de sang le Styx. Au-dessus des marais de roseaux qui bordaient le fleuve, des oiseaux s'élevèrent en criant; les vautours se perchèrent, les crocodiles se traînèrent sur les bancs de sable et les amas de vase qui leur appartenaient d'un droit immémorial. Des bateaux à la proue et la poupe hautes, la voile inclinée, faisaient force de rames; sur les chalands de marchandises résonnaient les gongs qui marquaient le rythme aux rameurs esclaves. A travers les étendues d'un vert intense, les serfs, nus ou vêtus d'un pagne, sortaient des villages pour commencer le labeur du jour.

Dans la baie où se jetait le fleuve, la pente septentrionale qui montait vers Shem commençait par des hauteurs de calcaire. D'ici, Shem était invisible, car la branche supérieure du delta en marquait la frontière. Dans cet endroit, cette frontière était incertaine; les cités-nations shemites du voisinage étaient tributaires de la Stygie. Comme pour affermir à jamais cette coutume, la masse de la Grande Pyramide, au sud, pesait près de l'angle nord-est de Khemi, surpassant murailles et tours. D'innombrables siècles d'intempéries en avaient criblé et balafré les faces, où l'ocre succédait à la patine luisante. Au reste elle demeurait inviolée, dominant les autres pyramides qui s'apercevaient au loin ou dans la ville. En contrebas du monument et de la voie cérémonielle qui l'entourait, le terrain pentu était un chaos de sépultures, de carrières abandonnées, sauf un puits où des hommes extrayaient encore du roc sous le fouet du surveillant.

Le soleil continua de s'élever jusqu'à ce que toute pénombre eût été arrachée aux rues de Khemi. Elles s'emplissaient de chameaux bâtés, de chars à bœufs, de cavaliers, de piétons ; il y avait foule dans les bazars. La circulation était moins intense qu'on eût pu s'y attendre dans une métropole, moins animée, infiniment moins cosmopolite. La Stygie limitait l'entrée des étrangers au strict nécessaire. Même à Luxur, la capitale royale là-haut sur le fleuve, on en voyait moins que dans la plupart des villes commerçantes des autres contrées. Khemi, capitale religieuse, était fermée à tous ceux qui n'avaient pas de laissez-passer — et même s'ils étaient Stygiens ; et ses maîtres n'accordaient de laissez-passer qu'à contrecœur. Un étranger, s'il était admis à entrer, découvrait que presque aucun habitant n'osait converser avec lui, à part les personnes qu'il devait rencontrer pour son commerce. Celles-ci étaient peu nombreuses et étroitement surveillées.

Le soleil se traîna en flamboyant dans les cieux tandis que la journée s'écoulait. La chaleur de l'après-midi fit rentrer les gens dans les bâtiments où ils reposèrent. Certains recherchèrent les palais où des jets d'eau jaillissaient dans des jardins ombragés ; la plupart gagnèrent des appartements d'une ou deux pièces dans des immeubles hauts et crasseux. Tous avaient un toit, quel qu'il fût, car la hiérarchie voulait que le domicile et les activités de chacun fussent connus.

Vers le soir, quand une relative fraîcheur revint, la population réapparut et vaqua de nouveau à ses occupations. Celles-ci se terminaient généralement au crépuscule. Alors la loi exigeait que les commerces ferment. Dans les quartiers pauvres, quelques auberges accueillaient furtivement des clients pour un moment, mais elles ne restaient pas ouvertes tard. Quoique les crimes soient rares à Khemi, les rues recelaient leurs dangers particuliers après le coucher du soleil. Par ordre ou par nécessité, diverses personnes circulaient cependant à la lueur des torches : soldats, messagers, porteurs, catins, commerçants aux vêtures étranges, ici et là un prêtre portant la robe et le masque. Presque aucun d'eux ne restait longtemps au-dehors.

La nuit ne cessait jamais dans la demeure de Tothapis. Ses murs recouverts d'os s'arquaient au-dessus de l'Avenue des Aspics, leur blancheur seulement ponctuée par les portes et les fentes d'aération. Autour de la coupole supérieure, le jardin en terrasse ne recelait pas les fleurs et charmilles usuelles, mais des massifs de lotus violet et noir, et des essences plus exotiques. Dans l'intérieur, la lumière provenait de lanternes et de chandelles. La chambre centrale ne recevait jamais rien qui vînt du monde extérieur, sauf l'air froid qui montait en soupirant des cryptes.

Durant le jour, la valetaille du mage s'était activée. Comme le soleil descendait, écarlate, deux visiteurs qui avaient été convoqués se présentèrent ensemble, et furent conduits au centre par des esclaves sans langue. Un troisième apparut bientôt. Mais il arriva enchaîné, sous bonne garde, et le groupe fut mené dans une autre pièce et prié d'attendre.

Tothapis reçut ses visiteurs avec une courtoisie hautaine. Il était grand, décharné dans sa robe toute noire, la tête rasée comme il sied à un prêtre de Set. Chez lui, les traits accusés typiques de l'aristocratie stygienne semblaient taillés à coups de cimeterre, et la peau ravinée semblait d'ivoire sombre plutôt que brun clair. Les iris de ses yeux profondément enfoncés auraient pu être d'obsidienne polie. Un rubis luisait à sa main gauche, taillé et incisé de manière à figurer le globe terrestre, dans les mâchoires d'un serpent doré qui formait l'anneau. Le crâne articulé d'une vipère, suspendu à son cou par une chaîne, était, à sa manière innommable, un talisman plus puissant encore.

— Veuillez vous asseoir, dit-il aux arrivants après un échange de salutations, et il prit place dans son propre fauteuil. Le dos du siège était sculpté en forme de cobra, dont le capuchon dressé plafonnait comme un dais. Ailleurs dans la pénombre indistincte, des objets moins reconnaissables étaient posés ou suspendus. Sur un autel massif, un chandelier à neuf branches fournissait une faible lumière. Les graphes, usées par le temps, ciselées dans la pierre, étaient d'Acheron, qui avait péri trois mille ans auparavant.

— Nous tenons colloque sur un sujet grave et urgent, poursuivit Tothapis. Set lui-même (il fit un signe propitiatoire) m'en a envoyé la vision. Elle a été interrompue par une apparition que je crois provenir de Mithra — maudit soit-il —, car elle avait la forme d'une hache.

— La Hache de Varanghi ? s'exclama Ramwas, qui se rappela où il se trouvait ; seigneur, je te demande humblement pardon, j'ai été frappé de stupeur.

Les yeux rétrécis de Tothapis se posèrent sur lui :

— Que sais-tu de la Hache de Varanghi ? demanda le magicien.

Son interlocuteur était un homme robuste, entre deux âges, le visage carré, un nez pareil à une étrave, la peau tannée et rasée de près. Ses cheveux à la coupe sévère lui couvraient les oreilles et grisonnaient. Sous sa vêture de sortie qu'il avait ôtée, Ramwas portait une tunique toute blanche et des sandales de cuir. Bien sûr il avait aussi laissé dans le vestibule le glaive court qu'il avait le droit de porter en tant qu'officier de l'armée. Au reste il était de petite noblesse, et propriétaire de vastes terres.

— Guère plus que ce qu'on entend dire à Taia, seigneur, dit-il avec gêne. Il y a trois ans, j'étais en garnison là-bas. Les indigènes affirment que c'est une relique de Mithra, cachée quelque part, et qu'un jour un héros la portera de nouveau et les libérera de nous. (Il haussa les épaules.) Les superstitions habituelles.

— Sauf, murmura Nehekba, qu'à présent Taia est de nouveau en rébellion. Et Notre Maître de la Nuit semble savoir qu'il ne s'agit pas d'un soulèvement ordinaire que quelques régiments et quelques bourreaux peuvent réprimer.

— Certes, approuva Tothapis. Celui Qui Est n'a pas mentionné nommément Taia. Peut-être l'aurait-il fait ensuite. Les sortilèges dont j'ai usé après concernaient surtout une femme pirate, une certaine Bêlit..

Ramwas sursauta.

— ... et son compagnon actuel, un barbare des contrées nordiques, poursuivit Tothapis. Sur lui, je n'ai quasiment rien pu apprendre, bien que j'aie été mis en garde contre lui plutôt que contre elle. Quant à elle, elle a naguère été dans nos parages. Comme toujours, les pierres et les spectres se souviennent. C'est ainsi que j'ai su ton nom, Ramwas. Mes agents en ce monde en ont appris davantage sur toi, et que par chance tu te trouvais présentement à Khemi pour inspecter tes propriétés du voisinage. Ils me disent que tu es un homme capable et fiable.

Ramwas inclina la tête sur ses mains jointes.

— Seigneur, suggéra Nehekba, peut-être pourrais-tu commencer par nous décrire ta vision.

Tothapis jeta un regard plus aigu sur la femme. La grande prêtresse de Derketa était assujettie à la hiérarchie de Set. Néanmoins cette déesse des choses charnelles, qui était aussi une déesse des morts qu'elle menait dans le ciel sur les vents de minuit, n'était pas une divinité mineure. Son culte s'étendait bien au-delà de la Stygie ; et dans ce royaume, les gens du commun l'invoquaient sans doute plus souvent et avec plus de ferveur que le lointain et formidable Set. Maîtresse de ses mystères particuliers, la grande prêtresse de Khemi était toujours une sorcière accomplie, et la seule femme à siéger au Conseil des Sacerdotes.

— Un peu de cautèle, Nehekba, souffla Tothapis. Toi et moi avons œuvré ensemble auparavant, certes, mais tes façons confinent volontiers à l'insolence.

— Accepte mes excuses, seigneur. (Sa voix n'exprimait nul remord.) J'ai pensé que le Serpent doit être servi sans tarder.

Le regard de Tothapis demeura pensif un instant, comme celui de Ramwas. Nehekba était jeune quand elle avait accédé à sa charge, au milieu de rumeurs d'empoisonnement, en se liant à la fraction victorieuse dans une des luttes secrètes qui se livraient à Khemi pour le pouvoir. Elle conservait la beauté de sa jeunesse. Un peu plus grande que la plupart des Stygiennes nobles, elle avait leur sveltesse, dont elle faisait une qualité sensuelle. Le visage ovale, le nez droit, les lèvres exquises, elle avait de grands yeux luisants, couleur de bronze, sous des sourcils hautement arqués. Sa peau sans défaut était comme l'ambre fumé. Des rangs de perles de faïence retenaient la noirceur de sa chevelure, qui descendait juste au-dessus de ses seins. En ce moment elle portait son diadème, en forme de lotus épanoui, et une robe blanche mousseuse ; elle avait laissé son manteau dehors. Les bagues brillantes de ses doigts et le pectoral à son cou n'étaient que des ornements. Son amulette était un minuscule miroir retenu sur sa gorge par une chaîne d'argent.

— Eh bien, dit Tothapis, je vais narrer ce dont Notre Maître de la Nuit m'a fait présent.

Son récit fut concis, omettant simplement les frayeurs qu'il avait pu éprouver.

— Nous ne pouvons rien contre les vents, conclut-il, avant que ce navire soit bien plus proche, et alors nous ne pourrons pas grand-chose. Mais à en juger par la position actuelle du vaisseau, il lui faudra une quinzaine pour s'approcher d'ici. Le courant est contre lui ; il devra donc naviguer au large s'il veut marcher un peu. Nous avons donc le temps de réfléchir et de nous apprêter.

— Que peut-on craindre d'un bateau pirate isolé, seigneur ? s'étonna songeusement Ramwas. Le commerce par mer n'est pas essentiel à la richesse de la Stygie — à supposer que nos navires de combat ne puissent pas traquer et couler ce vaisseau.

Tothapis contemplait les ténèbres.

— Celui qui vient à son bord est une torche, dit-il. Et le destin peut la chérir par des voies inconnues.

Le soldat frissonna et se signa.

— Si c'était vrai, remarqua Nehekba, alors nos actes pour le contrecarrer pourraient être l'étincelle qui nourrit l'incendie.

— Effectivement, dit Tothapis en hochant la tête. Mais si nous demeurons cois, quelque chose d'autre le propagera assurément. Et nous ne serons pas près de le saisir et de l'éteindre dans le Styx. Celui Qui Est ne m'est pas apparu sans nécessité. (Il se tourna vers Ramwas.) Ecoute la raison de ta convocation. La nécromancie m'a dévoilé ton nom, et assez d'informations pour que mes serviteurs puissent en apprendre plus long ; et puis le fait que tu as naguère eu affaire à Bêlit, et que tu conserves ce qui peut la leurrer. Cela devrait nous donner barre sur Conan. (Le mépris lui crispa la bouche.) J'ai vu combien il s'est déjà perdu en elle. Deux semaines de mer et il sera totalement abêti.

Les longs cils de Nehekba s'abaissèrent.

— Il paraît intéressant, cependant, souffla-t-elle. Peux-tu me le décrire de plus près, seigneur ?

— Ainsi que Bêlit, s'il te plaît, ajouta Ramwas.

C'est ce que fit Tothapis. Quand il eut fini, le noble se tirailla le menton.

— En vérité, il n'y a pas d'erreur, et elle est inoubliable, dit-il lentement. C'est une esclave que j'ai eue naguère, capturée avec son frère et un tas d'indigènes au cours d'une expédition de maraude que j'ai envoyée voici près de trois ans. J'ai vendu presque tous les Nègres, mais j'ai gardé ces deux Blancs, et je le regretterai toute ma vie. Elle était infernale, et s'est bientôt échappée en laissant des morts derrière elle, de bons serviteurs. Le frère ne vaut pas mieux.

— Oui, les sortilèges m'ont un peu informé sur lui. Je l'ai donc fait amener ici. Dis-m'en davantage.

— C'est un Shemite, nommé... hum... Jehanan. Fort, intelligent, et intraitable : le genre dangereux. Lui aussi a tenté sans arrêt de s'échapper, mais il a échoué. Ni le fouet ni des séjours répétés dans la Boîte Noire ne l'ont calmé. Quand finalement il a tué à mains nues un surveillant qui le châtiait, j'ai décidé qu'il ne serait jamais d'aucune utilité sur mes fermes. Je l'ai fait assommer sous les yeux des autres esclaves, par un spécialiste qui sait comment frapper pour que la douleur dure toute une vie. Puis je l'ai loué au maître-carrier qui travaille au pied de la Pyramide. Là-bas, ils ont l'habitude des cas rebelles.

Nehekba se passa la main sur la joue.

— Peut-on l'amener pour le questionner ? demanda-t-elle.

— Inutile, ma Dame, affirma Ramwas. Selon les rapports, même la douleur sans fin ne l'a pas dompté. Ces jours-ci il travaille régulièrement, mais seulement parce que l'on n'ôte jamais les chaînes des esclaves carriers. J'ai idée qu'il aurait plaisir à nous résister, quelles que soient les tortures.

— Le torturer serait en tout cas stupide, fit la prêtresse avec agacement. Je veux le connaître.

— C'est pourquoi je t'ai fait appeler, Dame de Derketa, expliqua Tothapis. Tu as des talents qu'aucun mâle ne possédera jamais. Mais il est inutile de faire entrer en ce lieu un tailleur de pierre puant. Je vais te le faire voir là où il est, Nehebka.

Il traça un symbole et murmura quelques mots. Dans la pénombre d'un angle, une porte invisible sembla s'ouvrir, et l'on vit l'intérieur de la salle de garde. Des hommes armés y flânaient, causant ou jouant aux dés. Mais ils n'étaient pas complètement détendus, et deux d'entre eux demeuraient debout, la pique rigide, leur main libre effleurant leur glaive.

Celui qui les inquiétait était assis sur un banc contre un mur ouvragé. La lumière des lampes éclairait un jeune homme de taille moyenne, mais au torse et aux épaules larges, avec un abdomen pareil à des cordages. Il ne portait qu'un pagne sale, ses entraves, une croûte de crasse et le sel de sa sueur. Le soleil stygien avait tanné sa peau comme du cuir. Ses cheveux et sa barbe emmêlés étaient châtains, et eux aussi tachés de salissures noires ; des cicatrices s'entrecroisaient sur tout son corps ; la clavicule gauche brisée avait été délibérément mal ressoudée. Cependant les yeux presque dorés de l'homme étaient comme ceux d'un faucon.

Par l'ouverture s'entendirent des sons, le cliquetis des dés, le grognement d'un gardien :

— Il va falloir rester ici longtemps ? Je suis de service à l'aube, moi.

— Chut, fit prudemment un autre. Cette nuit nous servons de puissants seigneurs.

— A cause de lui, pour sûr, jappa le premier garde en désignant l'esclave d'un mouvement de pouce. Ha-yah, pourquoi n'es-tu pas mort plus tôt, mon gars ? La plupart ne tiennent pas aussi longtemps que toi. (Il cracha sur le pied nu de son captif.)

Jehanan bondit sur ses pieds. La chaîne sonna entre ses chevilles. Il leva les bras comme pour abattre ses fers sur le crâne de son tourmenteur. Aussitôt des piques furent pointées contre sa gorge. Grognant de fureur, il se détendit.

— La revanche que je prendrai, quand l'heure viendra,

me garde en vie, dit-il en langue stygienne avec un fort accent que son souffle convulsif entrecoupait. Mais *toi,* tu ne vaux pas qu'on te crache dessus.

Il se détourna. La fresque du mur représentait Set accueillant une procession sacrificielle. Il cracha sur le dieu. Un soupir horrifié échappa aux gardes, ainsi qu'à Ramwas.

— Attendez ! s'écria Nehekba. Ils vont le tuer si tu ne les arrêtes pas, Tothapis.

— Il a blasphémé, dit le mage qui frémissait.

— Il y a des châtiments pires que la mort, lui rappela Nehekba, et nous avons d'abord besoin de lui, pour le Seigneur du Monde d'En-Bas.

Tothapis hocha raidement la tête, fit un geste et lança un ordre :

— Arrière ! Qu'il vive ! Son destin est scellé !

Les gardes entendirent. Avec terreur, ils battirent en retraite tandis que Jehanan leur adressait un rictus haineux. Tothapis mit fin au spectacle.

— Que faire de lui ? demanda-t-il après un temps.

Nehekba émergea de ses réflexions et eut un sourire lent et ensommeillé.

— *Moi,* dit-elle, je ferai de lui ce qu'il faut, seigneur.

— Comment ?

— Sans le frapper ni l'enfermer dans un cercueil sous le soleil ni rien de cette sorte. Non, qu'il soit conduit dans l'Antre de la Manticore. Qu'on le baigne, qu'on l'oigne, qu'il soit vêtu bien, et bien nourri et abreuvé de vin. Qu'on lui donne un lit moelleux dans une belle chambre où l'air est frais et parfumé. Quand il sera reposé, je saurai le trouver. Alors nous en saurons plus, bien plus.

La bouche dure de Tothapis se tordit en un sourire.

— Tu ne m'étonnes pas, Nehekba. Qu'il en soit ainsi. (Il se tourna de nouveau vers Ramwas.) Tu es un homme fiable... (Sa voix s'assourdit.) Je l'espère...

Ramwas se recroquevilla imperceptiblement.

— Je tâche de l'être, seigneur.

— Bien. Quoique le châtiment de l'échec soit illimité, la récompense du succès peut être grande. Tout ceci doit rester secret, au moins jusqu'à ce que nous comprenions mieux ce qui se prépare. Sinon, nous pourrions nous trouver en conflit avec tel ou tel hiérarque ambitieux, sans parler des fonctionnaires qui se multiplient comme le corail. Cette affaire est trop urgente et trop dangereuse pour eux. En conséquence, Ramwas, tu dois devenir mon agent. (Il leva la main comme son interlocuteur s'effrayait.) N'aie crainte. Tu n'auras pas affaire à la magie... pas beaucoup. Il se trouve seulement qu'en ce temps de crise, j'ai besoin d'hommes compétents pour faire face aux urgences à mesure qu'elles surgissent. Je n'ai personne à Luxur dont je puisse faire le confident de cette question. Il se pourrait bien que j'aie besoin de quelqu'un là-bas. Surtout si la révolte de Taia est liée à la destinée de Conan, que nous devons anéantir. Tu as été là-bas souvent, tu connais la ville et les gens, tu as de l'autorité. Un mot de moi au Généralissime et tu seras en poste à Luxur, en « mission spéciale ». Là, tu organiseras un groupe d'hommes pour surveiller tous les endroits louches.

— Mais... mais, seigneur, balbutia Ramwas, c'est à des centaines de lieues en amont. Même en tuant des chevaux sous moi, je ne pourrai guère y parvenir avant que ce vaisseau pirate atteigne nos côtes. Et alors, les pigeons-voyageurs les plus rapides ne pourront jamais...

— Reste tranquille et entends-moi, coupa Tothapis. Tu voyageras par l'aile sacrée. Peut-être n'as-tu pas entendu parler de cette nef ; mais elle te mènera à bon port en une nuit et un jour et une nuit. Un homuncule ira avec toi, qui me transmettra tes messages, et te transmettra les miens, à la vitesse de la pensée.

Ramwas, qui avait chassé le lion et l'homme, ne put réprimer un frisson. Tothapis s'en rendit compte et le rassura :

— Si tu fais diligence, tu auras le temps de régler tes propres affaires ici. A Luxur aussi, tu auras le temps de faire des préparatifs. D'abord, bien sûr, toi et moi devrons converser davantage, et plus d'une fois. Et... n'oublie jamais, Ramwas, que l'heure du danger est aussi l'heure des braves. Ils montent au pouvoir, et leur nom est adoré dans les époques qui suivent. N'aimerais-tu pas cela ?

Dans son fauteuil, Nehekba se lova d'un mouvement serpentin et sourit pour elle-même.

III

LA VENGERESSE

— Pour moi, dit Bêlit, le bonheur est mort quand une voile noire est apparue sur l'horizon.

Elle se tenait près de Conan sur le pont supérieur, à l'avant, à côté de la figure de proue. La dorure étincelait sous un ciel sans nuages. Le soleil scintillait sur les vagues bleues, vertes, frangées d'écume blanche, où ils filaient. Une brise fraîche et vive gonflait la voile et poussait la *Tigresse* vers le nord, et des embruns sifflaient autour de son étrave. La galère plongeait comme une bête vivante ; les cordages chantaient ; la terre était hors de vue, mais il y avait encore des mouettes, gracieuses et pures dans le vent. En bas, les hommes d'équipage riaient et plaisantaient dans leur langue maternelle en vaquant à leurs tâches.

Mais l'âme de Bêlit était loin, dans un lieu terrible. Sous ses cheveux orageusement dénoués, ses yeux contemplaient l'au-delà de l'océan et des années. Quand Conan l'entoura de son bras, elle ne se blottit pas aussitôt. Elle poursuivit son monologue inexpressif :

— Mieux vaut que je commence par le commencement, quelle que soit la souffrance qui renaît ainsi de son tombeau. Mon père était Hoiakim, de Dan-marcah, sur la côte nord de Shem, près de la frontière d'Argos. La ville n'est pas grande, mais n'est tributaire de personne. Les forêts de l'arrière-pays fournissent le bois de beaucoup de navires qui commercent au loin. Les voyageurs mettent de l'animation dans les tavernes et les rues torves. Dans les temples des dieux, la sérénité règne.

« Hoiakim épousa Shaaphi et la mena vers le sud. Un traité avait récemment été passé avec la tribu Suba de la Côte Noire, pour qu'un comptoir commercial fût installé là-bas. Pour un homme jeune, c'était une occasion rare. Les Subas étaient des pêcheurs, des fermiers, et des chasseurs de jungle. Ils faisaient aussi affaires avec les peuples de l'intérieur. Ils avaient donc des marchandises en abondance : des peaux, des pierres précieuses, de la poudre d'or, des bois précieux, des oiseaux et des bêtes étranges. En échange ils voulaient des armes et des outils de fer, des étoffes, des épices, des remèdes, ce genre de choses. Mon père devint tenancier du comptoir.

« Bientôt il fut puissant parmi eux. Non seulement il était fort, infatigable à la chasse, et un archer hors pair, mais il était avisé et juste. Les indigènes venaient à lui pour qu'il les conseille et pour qu'il tranche leurs différends. Dans les périodes difficiles — l'ouragan, les inondations, les épidémies, la sécheresse, la guerre — il faisait fonction de chef sans en avoir le titre. Le chef Suba n'en prenait pas ombrage, car il jugeait, comme les autres, que Bangulu possédait une grande magie. C'est ainsi qu'ils appelaient mon père : Bangulu, le Très-Haut. Et de même le chamane-guérisseur admettait volontiers que ma mère Shaaphi aille parmi la population comme un ange, pour soigner, pour accoucher, pour réconforter, pour enseigner aux femmes et aux enfants des pratiques qui amélioraient leur existence : jardinage, tissage, conservation des aliments, hygiène, musique.

« Là naquit Jehanan et, deux ans plus tard, moi. Là nous grandîmes, dans l'amitié des Subas, coureurs des bois, des rivières et de la mer, apprenant leurs talents sauvages et leur savoir étranger. Cependant nous ne devînmes pas sauvages. Nos parents, en vrais Shemites, veillèrent à notre éducation. Ils avaient beaucoup de parchemins et d'instruments pour nous comme pour eux-mêmes. Nous les accompagnions dans les visites qu'ils faisaient à leur patrie d'origine. De plus, des navires apportaient de nouvelles marchandises et emportaient ce que nous avions rassemblé. Des vaisseaux étrangers, de trafic ou d'exploration, faisaient escale aussi, pour échanger des nouvelles et pour le plaisir. Non, nous n'étions pas isolés. La vie nous était douce.

« Du germe de ma joie, une fleur est éclose, quand... (La main de Bêlit se crispa sur la lisse.)... quand j'ai pris époux.

« C'était lors de la dernière traversée que je fis jusqu'à Dan-marcah. Jehanan n'était pas pressé de se marier ; les filles indigènes étaient toujours avides de le satisfaire. Mais moi... j'étais encore vierge, et une vierge ardente. Quant à mes parents, ils souhaitaient des petits-enfants, et un homme qui les aide, car le comptoir et ses activités avaient grandi. En ville ils prirent contact avec une marieuse, qui trouva bientôt un parti convenable. Aliel et moi n'eûmes pas besoin que nos parents nous convainquent : l'amour nous engloutit.

« Mon fiancé revint avec nous à Suba. Il donna des preuves de sa capacité et la tribu le prit bientôt en affection. Mon bonheur porta ses fruits l'année suivante, quand un fils nous naquit, notre petit Kedron.

« Trois mois plus tard, la voile noire parut sur l'horizon. »

Sur le rivage ce fut d'abord la joie. Les visiteurs étaient toujours les bienvenus. Les guerriers saisirent vivement leurs sagaies, leurs arcs, leurs gourdins de combat, leurs boucliers et s'alignèrent sur la plage, cependant. Quelquefois leur vue avait fait faire demi-tour à un vaisseau qui se révélait être un pirate ou un négrier.

Bêlit laissa Kedron dans son berceau et se hâta au-dehors pour rejoindre Aliel. Devant elle, autour d'elle, le paysage était magnifique. Dans son dos, au-delà des champs cultivés, une jungle d'un vert intense montait sous un ciel bleu éblouissant. Un ruisseau coulait là, brillant au milieu du millet et des ignames, auprès d'enclos de treillis où paissait du bétail. A côté s'étendait le kraal. Les toits d'herbe, dorés par les intempéries, se voyaient par-delà des palissades où le chèvrefeuille mettait sa verdure, sa blancheur neigeuse, son parfum peuplé d'abeilles. Le comptoir commercial, quant à lui, était à une demi-lieue d'ici, long bâtiment de terre battue, chaulé et couvert en chaume, parmi les couleurs tumultueuses du laurier-rose.

Le sable de quartz de la plage brillait, éblouissant. Le petit cours d'eau se jetait dans une crique où l'on pouvait s'abriter et jeter l'ancre. Ailleurs le ressac bouillonnait et grondait sur les eaux bleu saphir. Une brise fraîche chassait la chaleur. Un vol de perroquets passa comme des arcs-en-ciel bruyants.

Les guerriers de Suba se tenaient la tête haute le long du rivage. A part la jupe d'herbes, les coiffures de plumes, des bracelets et des colliers, leurs corps sépia étaient nus et luisaient, comme huilés. De l'enceinte arrivait une foule de femmes souples, d'enfants au pied léger, de vieillards compassés. Le chef avait revêtu une peau de léopard. Les bavardages et les rires parvenaient jusqu'à Bêlit. Un tambour résonnait joyeusement.

Hoiakim et Shaaphi étaient déjà dehors. Le tenancier caressa sa barbe grisonnante.

— Qu'est-ce que tu penses de ce vaisseau, Aliel ?

Son gendre rétrécit les yeux dans la lumière éclatante. Le navire se rapprochait. Il était gros, les flancs hauts et renflés. Les quelques sabords de nage n'étaient manifestement destinés qu'aux manœuvres de précision. De la carène aux voiles, le vaisseau était d'un noir absolu ; mais un fanion rouge battait en haut du mât. Sur son avant et son arrière étaient installés de grands objets indistincts. Le soleil faisait étinceler du métal tandis que des hommes nombreux circulaient sur le pont.

— Un Stygien, d'après son profil et sa couleur, estima Aliel. Je doute qu'il y en ait d'autres dans le secteur ; les Stygiens ne sont pas de grands navigateurs. Qu'est-ce qui amène celui-ci, si loin de chez lui ?

Une inquiétude vague étreignit Bêlit ; elle avait entendu beaucoup d'horreurs sur la Stygie. Aliel s'en rendit compte, lui pressa la main, lui sourit. Elle lui rendit son sourire avec soulagement et reconnaissance.

— Peut-être cherchent-ils des connaissances, suggéra Shaaphi avec sa tournure d'esprit bienveillante. On dit que c'est une nation de philosophes.

Hoiakim lui tapota affectueusement l'épaule et s'abstint de la contredire.

Comme le navire approchait, Bêlit vit qu'Aliel l'avait bien identifié. La plupart des membres de l'équipage étaient des Stygiens basanés, mais elle reconnut aussi des Shemites, et des hommes plus blonds qui étaient sans doute d'Argos. Mais pourquoi portaient-ils des armes et des cuirasses — des lames effilées, des casques, des pectoraux, des boucliers ? Sûrement tout le monde savait à présent que le kraal de Suba et le comptoir de son père ne recélaient nulle traîtrise. Les guerriers sur le rivage, perplexes aussi, serrèrent les rangs. Les autres indigènes reculèrent vers l'enceinte du village.

Un homme de proue cria un commandement. La voile et les câbles d'ancrage descendirent avec des cliquetis. Le navire s'immobilisa dans la crique, par le travers.

Une trompette sonna. Des hommes se hâtèrent vers les bizarres chargements sur le pont. C'étaient de grandes jarres de terre cuite, posées sur des grilles au-dessus de braseros qui les chauffaient. Leur embouchure était étroitement insérée dans de longs tuyaux de cuir flexible. Les Stygiens pointèrent ces tubes vers le rivage et, prenant garde de rester sous le vent, ouvrirent les vannes qui les fermaient.

Un nuage épais bouillonna hors de chaque tube. Les hommes de Suba s'étreignirent la gorge, titubèrent, lâchèrent leurs armes, s'effondrèrent sur le sable. Bêlit capta un léger effluve qui lui fit tourner la tête.

— Ishtar nous aide ! s'écria Hoiakim. Ce doivent être des négriers, avec une drogue volatile pour briser nos défenses ! (Il tira son glaive.) Aliel, mets les femmes et l'enfant à l'abri. (Il se rua en avant.) A moi, hommes de Suba ! hurla-t-il. A moi, et combattez !

Les jarres s'étaient vidées, le nuage se dispersa rapidement. Une passerelle descendit du bastingage. Un flot d'envahisseurs la dévala, gagna le rivage, se mit en formation de bataille, et chargea. Il n'y avait plus aucune résistance sur la plage, rien que des hommes inconscients ou qui remuaient vaguement, incapables de se relever. Les Stygiens et leurs alliés firent mouvement vers le kraal.

Comme dans un cauchemar, Bêlit vit son père se ruer, poussant son cri de guerre, tâchant de rallier les combattants qui avaient pu échapper au narcotique. Elle l'entendit même interpeller le chef :

— Ungedu, fais rentrer les gens, ferme les portes, pour l'amour d'Adonis !

Jehanan surgit. Ce jour-là il pêchait dans le haut du ruisseau, et il venait d'en dévaler tout le cours.

— Non ! cria Bêlit au frère qu'elle chérissait. Va-t'en !

Il ne l'entendit pas et fila rejoindre Hoiakim. Ceux des hommes de Suba qui étaient encore en état de combattre commencèrent de faire de même.

Bêlit vit un archer argosien se détacher des rangs. Avec une horrible détermination, il encocha une flèche, banda son arme, visa. Entendit-elle la détente vibrante ? Elle vit la flèche se ficher, et Hoiakim tomber. Un instant il porta la main au trait planté dans sa poitrine ; puis il ne bougea plus.

Jenahan poussa un rugissement. Fou furieux, il se rua droit sur les Stygiens. Ils l'entourèrent. Bêlit vit des hampes de piques se lever et s'abattre.

Démoralisés, la plupart des combattants noirs cédèrent devant la précision disciplinée des attaquants. Ceux-ci atteignirent l'enceinte avant qu'on pût fermer la porte. Quelques hommes restèrent pour tenir cette position, prenant au piège ceux qui s'étaient réfugiés à l'intérieur. Le reste des maraudeurs se déploya à la poursuite des autres qui s'enfuyaient.

— Père, sanglota Bêlit. Jehanan.

— Nous devons nous échapper, fit violemment Aliel entre ses dents serrées. C'est l'ultime mission qu'il m'a confiée.

Dans un recoin de son cerveau, Bêlit se rappela qu'en tant que Shemites, un traité les protégeait des esclavagistes. Mais que valent les traités ? Si on les attrapait, qui irait se plaindre ?

— Kedron, souffla-t-elle.

Shaaphi sortit de la maison, son petit-fils dans ses bras. Ses larmes ondoyaient l'enfant, mais elle parla d'un ton égal :

— Oui, gagnons la jungle pour nous cacher, avant qu'on nous repère. Beaucoup en feront autant. Nous pouvons les rejoindre… plus tard.

Dans le sein de Bêlit, l'amour de ces trois-là était comme une pluie douce tombant sur un chaudron chauffé à blanc — un chaudron de haine contre les assassins de son père, les vainqueurs de son frère, les destructeurs de tout bonheur. Elle se précipita à l'intérieur et ressortit avec une sagaie.

Le groupe coupa à travers champs. Un cri de ralliement fit se retourner Bêlit. Son cœur se glaça. Quatre assaillants les avaient vus et les poursuivaient.

Shaaphi s'immobilisa, et Bêlit en fit autant, comme frappée d'impuissance, tandis qu'Aliel les pressait furieusement. Shaaphi leva sa tête grise.

— Je ne puis les distancer, à mon âge, dit-elle, et il ne convient pas que Hoiakim paraisse seul devant Ishtar. (Elle donna l'enfant qui vagissait à Bêlit qui le prit machinalement.) Allez, dit-elle en dégaînant son couteau. Que le sort vous soit toujours favorable, mes aimés.

La lame brilla et s'abattit. Le sang gicla, incroyablement rouge. Shaaphi s'agenouilla parmi les graminées et chanta sa prière de mort d'une voix qui s'éteignit bientôt.

— Je ferai de même pour toi, ma bien-aimée, s'il le faut ! jura Aliel à son épouse. A présent, viens !

Ils reprirent leur course. Jeunes, robustes, ils auraient pu distancer leurs poursuivants alourdis par leur équipement. Mais nul mortel ne va plus vite que la bille de plomb d'une fronde. Il y eut soudain un bruit effrayant et Aliel s'abattit. L'arrière de son crâne n'existait plus. Les tiges de millet oscillèrent miséricordieusement pour cacher ce spectacle à Bêlit.

Elle avait Kedron au creux de son bras gauche. Sa main droite tenait la sagaie. Elle courait.

La souffrance explosa dans sa cuisse gauche. Une deuxième balle avait frappé. Elle trébucha, se rétablit, voulut continuer, et sut qu'elle était estropiée. Avec beaucoup de soin, elle lâcha son arme, découvrit son sein lourd de lait, en approcha son enfant et lui fit un instant ce don. Puis elle le déposa sur le sol, saisit à nouveau la sagaie, et donna au bébé une liberté éternelle.

Puis, aux abois, elle attendit.

— J'ai tué l'un d'entre eux, j'en ai blessé deux autres, dit Bêlit à Conan. C'était une faute. J'aurais dû faire comme ma mère. Ils m'ont terrassée.

Conan l'étreignit.

— Inutile de narrer ce qui s'est passé ensuite, poursuivit-elle après un instant, les yeux secs. Ils ont fini par me laisser tranquille pendant la traversée de retour vers la Stygie. Sinon mon âme, du moins ma chair a-t-elle pu se cicatriser. Somme toute, j'étais à présent une marchandise précieuse. De même Jehanan et tels de nos amis qu'ils avaient pris ; mais j'étais enfermée séparément et les voyais peu. J'appris que beaucoup étaient tombés malades et étaient morts dans la cale pestilentielle où on les tenait enchaînés. (Sa voix était neutre.) Il est apparu que cette expédition était unique. Un Stygien nommé Ramwas, armateur et aristocrate, en avait appris suffisamment long sur Suba et notre comptoir pour décider qu'une razzia en vaudrait la peine, pour piller comme pour asservir. Il y fallait toutefois un équipement spécial pour briser nos défenses.

Conan fronça les sourcils. Malgré sa compassion pour Bêlit, son sens pratique de barbare s'éveillait :

— Pourquoi n'a-t-on pas vu cette brume narcotique dans les batailles de guerre ? questionna-t-il.

— Elle est trop coûteuse et trop rare. Des habitants des marais du Zambabwei l'ont tirée de la fermentation d'un fruit empoisonné qui ne se trouve nulle part ailleurs. Les agents de Ramwas purent seulement en obtenir assez pour cette seule expédition, à un prix rentable, car ils avaient déterré un secret honteux dans le passé du chef local et ils menacèrent de le révéler au-dehors. Même alors, la préparation d'une telle dose prit des mois.

— Comment sais-tu cela ?

— Ramwas me l'a dit un jour, alors qu'il était aviné et vantard, soupira Bêlit. Il a vendu la plupart des captifs aux enchères ; mais Jehanan et moi, il nous a gardés pour lui. Jehanan devait travailler dans les plantations. Nous nous sommes étreints, le temps d'un battement de cœur, avant qu'on nous sépare. Moi... Ramwas m'a fait mener dans son harem.

« Tout d'abord, ne voulant rien qui trouble son plaisir, il me mit aux mains d'une sorcière, dont le sortilège me rendit stérile. La chose ne laissa pas de marques sur ma peau, mais... Oh, Conan, je puis laisser derrière moi la souffrance de ce jour-là, mais non pas la douleur de ne pouvoir porter ton enfant !

Des muscles se nouèrent sur la mâchoire du Cimmérien. Il avait envie de briser quelque chose. Au lieu de quoi, frémissant, il étreignit Bêlit avec beaucoup de douceur. Elle eut un rire pareil au feulement d'une louve.

— Il a tiré de moi peu de plaisir, dit-elle. Je lui ai presque arraché les yeux. Il m'a échappé de justesse, en braillant. Comme le fouet laisse des traces, il... eh bien, il m'a fait ingurgiter de force le jus du lotus violet, qui paralyse le corps pendant des heures. Mais pas souvent.

— Et avec espoir, j'imagine, murmura Conan. Tu es si délicieuse.

— Possible, fit Bêlit en haussant les épaules. Quoi qu'il en soit, j'ai commencé de voir que j'avais eu tort de désirer mourir. Quelle vengeance les malheureux morts peuvent-ils tirer ? Non, je devais être sagace, afin que Hoiakim, Shaaphi, Aliel, et Kedron aient un jour beaucoup d'esclaves pour les servir.

Une bouffée de vent fit tanguer le navire et craquer la voilure.

— Ramwas avait des affaires à Khemi, dit Bêlit. Je n'ai jamais éprouvé pour lui que de la haine. Je n'ai jamais pu simuler autre chose. J'aurais pu, pourtant. Je pourrais lui savoir gré de m'avoir emmenée à Khemi. Car c'est un port de mer...

La nouvelle lune s'abîma dans l'Occident verdâtre, étreignant les lueurs de la lune ancienne. Le silence régnait dans les rues sous les fenêtres ogivales par où la fraîcheur entrait. Leurs ferrures ouvrées s'emplirent des reflets mauves de l'étoile du soir.

Dans une chambre de velours rouge, Bêlit quitta le divan où elle avait attendu. Un vase de verre plein de lis était posé à proximité. Elle arracha les fleurs et les jeta sur le sol. D'un coup, elle brisa le bocal contre une table. Etreignant dans son poing le goulot coupant, elle se glissa vers la porte.

Son autre poing cogna le battant, encore et encore.

— Ouvrez ! gémit-elle. Ouvrez, laissez-moi sortir, appelez un médecin, je meurs !

Le verrou cliqueta, la porte s'ouvrit en grand. Les lampes du corridor éclairaient le gigantesque garde eunuque. Sa main touchait son épée mais son visage était placide.

— Que veux-tu, femme ?

— Ceci, dit Bêlit en souriant largement et elle lui enfonça le verre brisé sous le menton, dans la gorge.

Elle fit tourner son arme. Le castrat tituba en arrière, ne put crier, gargouilla seulement, car elle le traquait, frappant et se dérobant. Il tomba à genoux, s'abattit sur le ventre. Son sang éclaboussa les murs et le sol.

— Si tu étais Ramwas, dit-elle quand il devint flasque… Mais le temps était compté. Elle tira de son fourreau le cimeterre zamboulien de l'homme et se dirigea vers l'escalier en colimaçon. Les lampes y faisaient une spirale scintillante ; des ombres monstrueuses remuaient. Bêlit descendit en hâte.

En bas, à la porte qui donnait sur le monde extérieur, une autre sentinelle était postée. C'était un homme entier, à la forte carrure, les joues bleuies, portant casque, cuirasse, kilt de cuir, jambières. Il tenait une pique et avait un glaive au côté.

— Arrêtez ! clama-t-il et le mot se répercuta entre les murs du hall.

Bêlit tenait le cimeterre derrière elle. Elle fit à l'homme le sourire qu'elle adressait jadis à Aliel.

— M'arrêter ? murmura-t-elle. Ah, certes, avec grand plaisir, si tu veux me retenir et me tenir, soldat. Dans un harem, quand on est une fille, on s'ennuie.

Mi-perplexe, mi-séduit, tout à fait ahuri, l'homme recula. Elle brandit son arme et attaqua.

Elle faillit le tuer. Il sauta en arrière, évitant la lame sifflante, para le deuxième coup avec sa pique. Bêlit passa sous sa garde et lui entailla la cuisse. Il hurla au secours. Elle vint au corps à corps, frappant d'estoc et de taille. Il lâcha la pique. S'il avait gardé son sang-froid, il aurait pu faire bon usage de son arme, mais il était terrifié par cette femme qui l'assaillait en riant, insoucieuse de la mort. Bêlit avait appris l'escrime par son père ; à Kush elle avait tué des lions et des buffles.

— Sorcière, sorcière ! glapit-il en tâchant de tirer son

glaive ; la lame de Bêlit lui trancha le poignet ; il ouvrit la bouche en silence ; elle le frappa au cou.

— Je suis sortie, conta-t-elle à Conan. Peu m'importait ce qui pouvait rôder. La nuit tombait vite, et me recouvrit. Je cherchai le port. Là, je tuai un veilleur et volai une felouque. La marée descendante m'emporta.

« Sache-le, je ne nourrissais aucune espérance, sauf celle de me venger. Je m'attendais à mourir en combattant et je fus surprise de vivre. J'étais devenue une harpe dont joue Derketa, pour appeler les hommes en son royaume.

« Pendant quelques heures, peut-être rêvai-je un peu de retourner à Dan-marcah. Mais bientôt les dieux en décidèrent autrement. Le courant nord-sud est vif ; à moins de vents favorables, que je n'avais pas, jamais je ne pourrais le remonter seule sur un voilier. Mais il y avait à bord des réserves de nourriture et d'eau — un destin ?

« Je repris donc le chemin de la Côte Noire... de Suba... Là, les survivants étaient revenus après le départ du navire. Affaiblis, ils étaient la proie des tribus voisines, qui venaient piller et prendre des esclaves. En tant que fille de Bangulu, je les aidai à regagner leur force. Mais il était évident que Suba n'était pas près de retrouver sa grandeur. Et moi... j'avais toujours ma revanche à prendre.

« Un navire de Shem passa pour commercer. En échange de l'ivoire, des singes et des paons que nous pûmes réunir, je commandai la construction d'une embarcation de combat. Elle arriva bientôt, ma belle et vengeresse *Tigresse* — notre navire, Conan. Mes pêcheurs Subas n'eurent guère besoin d'entraînement pour en savoir la manœuvre. Ce sont aussi des guerriers, et ils ont leurs propres dettes de sang. De plus, le butin qu'ils rapportent permet à leur tribu de renaître.

« Je suis la fille de Bangulu. Ils me suivent où je les conduis. Maintenant ils te suivront aussi, Conan. »

Le calme de Bêlit se défit. Elle étreignit le bordage avec encore plus de force, arqua le dos, et hurla aux cieux :

— Stygie, Argos, et vous qui êtes de Shem et Kush, qu'avez-vous fait ? Je vous maudis, moi, fille de Hoiakim et Shaaphi, sœur d'Aliel, épouse d'Aliel, mère de Kedron ! Que les flammes soient à jamais sur vous !

Conan l'attira contre lui.

— Bien-aimée, dit-il d'une voix troublée, tu souffres, bien-aimée. Mon épée aurait dû être là pour te défendre. Du moins est-elle ici pour servir ta vengeance.

Bêlit se jeta contre son torse et pleura. Plus tard elle leva les yeux vers ceux du Cimmérien, le brun doré face au bleu de glace, et parla à voix basse :

— Conan, je n'ai connu aucun homme avant toi, depuis mon évasion. En toi renaissent ma joie et mes espoirs.

— Les miens renaissent en toi, murmura-t-il.

De ses doigts, elle lui parcourut les cheveux.

— La vengeance, oui. Mais ensuite, Conan, une vie à nous deux. Si les dieux jaloux le veulent bien.

IV

UNE FILLE DU LIBRE PEUPLE

L'extrémité nord-est du royaume de Stygie se trouvait là où le Styx, arrivant du septentrion et de ses sources inconnues, obliquait vers l'ouest dans son long trajet vers la mer. Plus au sud, s'élevaient des terres hautes encore plus escarpées. Passé leur crête, on descendait vers le royaume de Keshan, primitif mais puissant. Ces collines et ces monts constituaient la province de Taia.

Shuat de Stygie, commandant la milice du gouverneur contre les indigènes rebelles, menait un détachement sur la rive du Helu. Cette rivière dévalait vivement d'ouest en est pour se jeter dans le Styx, formant une bande de terre plus fertile que la majeure partie de cette région. Là les Taiens, qui ailleurs étaient surtout des pasteurs, habitaient des villages agricoles. C'était l'épine dorsale du commerce local et de la civilisation. Du moins ce l'avait été. Maintenant, après le passage de la troupe, de la fumée maculait le ciel, montant des toits de chaume des huttes de boue ; les dattiers et les orangers étaient abattus ; les vautours descendaient sur les cadavres ; des files de captifs trébuchaient dans leurs fers, en route pour le marché aux esclaves de Luxur. Pour l'instant la rive droite était intacte ; mais son tour viendrait.

Shuat, massif et le visage carré, chevauchait en tête. A sa gauche un porte-étendard levait haut le fanion marqué d'un serpent qui indiquait son grade. Juste derrière lui, entouré de sa garde personnelle, venait son char. Puis, dans un nuage de poussière, au rythme des tambours, dans le bruit des pas et des sabots et le grincement des roues, le régiment suivait. Sur l'avant, la route s'élevait raidement en même temps que le terrain, et la vallée s'étrécissait en une gorge. Ses flancs de roche rouge étaient éclatants contre un ciel brûlant. L'eau devenait blanche et tumultueuse.

Le major rejoignit au trot son commandant, ralentit à son côté.

— Commandant, le capitaine Menemhet demande des instructions concernant l'endroit où nous camperons cette nuit.

— Quoi ? jappa Shuat. Alors qu'il est à peine midi passé ?

— Mon seigneur sait que ce défilé est long, fit remarquer le major. Nous ne pouvons pas le franchir avant la nuit. Puis-je souligner respectueusement qu'il ne ferait pas bon y être attaqué ?

— J'espère que nous le serons. (Voyant l'étonnement de l'officier, Shuat daigna expliquer :) T'es-tu demandé pourquoi nous ravageons la vallée, au lieu d'y mettre simplement des garnisons comme on a fait lors des soulèvements précédents ? Somme toute, on en tirait davantage d'impôts que de tout le reste de ce maudit territoire. Eh bien, cette vallée était encore plus importante pour les montagnards, à cause de ses produits et aussi de ce qu'elle a jadis signifié dans leur histoire. Si on la laissait intacte, ils en tireraient des approvisionnements, et nous pourrions passer des années à poursuivre les dernières bandes d'insurgés. De cette façon-ci, l'offense et le désespoir devraient les pousser à attaquer tête baissée. Une troupe qui se laisse apparemment coincer dans un ravin leur donnera l'envie de se lancer tout de suite à l'assaut.

« Si cela se produit, ne crains rien. Je ne suis pas aussi sot que je fais semblant de l'être. Nous les repousserons et nous nous retirerons en bon ordre. Nos hommes sont bien équipés, ils ont l'habitude de combattre en rangs serrés, ils infligeront bien plus de pertes qu'ils n'en subiront. Tel est mon but.

— Il ne m'appartient pas de contester la sagesse de mon seigneur, fit le major d'un ton dubitatif.

— Tu le fais tout de même, gloussa Shuat avec acidité. Je suis d'accord : la méthode paraît plus coûteuse que d'épuiser simplement les rebelles, comme autrefois. Mais j'ai des ordres. L'insurrection *doit* être écrasée vite, à tout prix. J'ai fait mes plans en conséquence, et le gouverneur Wenamon les a approuvés. Il n'a pas osé faire autrement.

— Commandant ? »

Shuat s'assombrit :

— Ces ordres sont arrivés récemment de Khemi, contresignés en chemin par le roi à Luxur. Ils étaient portés par une nef magique qui a fait le voyage en deux ou trois jours. Je le sais d'après la date du document, et par le prêtre-magicien Hakketh qui était à bord et qui attend maintenant à Seyan mon rapport sur cette expédition. (Il se signa.) Je n'ai pas demandé pourquoi c'était si urgent. Devant les hiérophantes du Grand Seigneur Set, on ne demande pas pourquoi. On se prosterne et l'on obéit.

Malgré la chaleur du jour lumineux, le major frissonna.

Au-dessus du ravin, le terrain accidenté, gigantesque, se déployait jusqu'aux montagnes qui faisaient une muraille violine sur l'horizon lointain du sud. A part quelques tamaris et acacias, pas d'arbres, rien qu'une herbe roussâtre et des buissons épineux. Les plus gros rocs avaient depuis longtemps servi à édifier des dolmens où dormaient d'antiques héros. Des antilopes paissaient parmi ces sépultures. Elles étaient revenues dans la région après que les habitants eurent emmené leurs bovins et leurs chèvres vers la sécurité de terres plus élevées.

Elles bondirent et s'enfuirent quand une troupe de guerriers approchait. C'étaient des Taiens, plus grands, plus sveltes, le teint plus sombre que les Stygiens. Ils étaient plutôt beaux, avec un nez large et des lèvres épaisses, mais des traits réguliers, les cheveux bleu-noir et raides, généralement imberbes. La plupart ne portaient qu'un kilt teint aux couleurs de son clan, et dont un pan était rejeté sur l'épaule gauche. La nuit le vêtement devenait une couverture où l'on s'enroulait. Leurs principales armes étaient le dirk, la sagaie, l'arc, la hache, quoique certains eussent des glaives stygiens ou des sabres incurvés d'Orient. Beaucoup portaient des boucliers rectangulaires qui leur montaient du genou au menton. Sur nombre de ces boucliers, les peintures comportaient un disque solaire.

Ausar, leur cheftain, les menait d'un long pas de montagnard. Ses cheveux étaient gris et son visage ridé, mais le temps n'avait guère entamé sa force. Ses traits étaient plus aigus que la moyenne, son teint plus clair. Il était vêtu d'une peau de lion et portait un bandeau où brillait le symbole du soleil, en or. Outre un poignard, il avait une hache de bataille — un manche de trois pieds, et l'arrière de la lame façonné en pointe.

Atteignant le bord du ravin, il fit signe à ses hommes de rester en arrière et se baissa pour voir sans être vu. Il perçut le bruit et les reflets de la rivière dans l'ombre qui emplissait la gorge. Se tournant vers l'aval, il entendit un autre bruit et vit des scintillements qui le firent hocher la tête avec un contentement sombre.

Il se redressa et revint vers ses hommes. Au nombre de plusieurs centaines, ils se serrèrent pour l'écouter tous.

— Ouais, leur annonça-t-il, l'éclaireur a dit vrai. Les Stygiens ont continué leur avance et dressent maintenant leur camp juste à l'endroit que je pensais. C'est apparemment le meilleur site du voisinage. La rive au pied de la falaise y est plus large qu'ailleurs. Ils sont tout de même forcés de s'étirer en une longue colonne. Et comme le Helu est plus étroit là, il est aussi plus profond et plus rapide. Un stygien cuirassé, il suffirait de le pousser dans cette eau pour qu'il n'en ressorte pas. (Il leva sa hache.) Ne crions pas victoire, ils seraient alertés. Mais nous allons frapper !

Sur les armes dégainées jouèrent les rayons du soleil rouge presque abîmé derrière les montagnes.

— Voici mon plan, poursuivit Ausar. Ils sont supérieurs en nombre, mais nous allons frapper ce serpent derrière la tête, décapiter la colonne, et tuer ces hommes. Mithra fasse que leur commandant soit là ! Pendant ce temps, un groupe barrera la berge et contiendra le reste du régiment. Nous n'avons pas le temps de discuter, je charge donc de cette tâche honorifique les membres du Clan Yaro. A la nuit, nous nous retirerons sur les hauteurs — ces balourds des plaines n'oseront jamais nous poursuivre — et demain nous verrons à les harceler encore. A présent, pour Mithra et Taia, en avant !

Il s'ébranla le long du ravin. Sa plus jeune fille Daris pressa le pas pour le rattraper. Dans ce pays, les filles célibataires chassaient souvent avec les hommes, et combattaient en temps de guerre. Ausar déplorait que sa fille se fût jointe à sa troupe, mais il ne pouvait guère s'y opposer, car les sœurs de Daris devaient veiller sur leurs bébés, et ses frères faisaient des raids ailleurs.

— Reste en arrière, conseilla-t-il d'un ton pressant. Tu lances des flèches cruelles, mais ici on va combattre au corps à corps, et certains des ennemis auront encore leur cuirasse.

— Je suis assez vive pour me servir de ceci, répliqua-t-elle en pointant un dirk.

— Que Mithra te garde, soupira-t-il. Ta mère me fut chère, et tu lui ressembles beaucoup.

Daris poursuivit sa marche. Sa haute silhouette avait assez de courbes pour révéler sa féminité. Ses traits étaient encore plus réguliers et finement ciselés que ceux de son père, son teint encore plus clair, doré plutôt que brun. De grands yeux sombres observaient, entre les ailes d'une chevelure d'un noir de jais tombant sur ses épaules. Elle aussi portait un petit disque solaire sur le front. Au reste elle avait une cotte de cuir bouilli sur une courte tunique, et une jupe de cuir cloutée de cuivre. Elle avait jeté sur son dos un arc, un carquois, et le paquet de viande séchée que les Taiens aiment emporter quand ils voyagent.

— Rappelle-toi, dit-elle. J'ai juré devant Derketa que je verrai autant de Stygiens morts que de Farazis. Il m'appartient d'en abattre autant que la Reine Noire me permettra.

Les lèvres d'Ausar se crispèrent. Quand le Clan Farazi avait refusé le doublement de l'impôt sur le bétail, le gouverneur Wenamon les avait invités à Seyan pour un festin de réconciliation et de pourparlers. Environ la moitié des Farazis s'y rendit. La milice les prit en otages. Ce nouvel acte d'oppression fit prendre les armes à la plupart des montagnards. Quand le gouverneur, alors, massacra ses prisonniers, il n'obtint pas une soumission terrorisée, mais une révolte qui flamba dans toute la province.

Daris s'était tue, car son père avait tourné la tête vers le défilé. Il jeta vivement un regard par-dessus bord, hocha la tête, leva sa hache en guise de signal, et commença la descente. Peu d'hommes au monde auraient pu s'engager sur une pente si raide, surplombant l'eau et dans la pénombre du soir. Mais ces montagnards étaient agiles comme des chèvres, silencieux comme des léopards. Au-dessous, les Stygiens étaient des lueurs vagues, métalliques, près du Helu rugissant. D'un bout à l'autre du bivouac commençaient d'étinceler des feux de camp ; un parfum de fumée se mêla à la fraîcheur qui montait de l'eau.

Nul ne repéra les Taiens avant que leurs pieds calleux s'abattent sur la rive. Un cri monta, des trompettes sonnèrent, les chevaux affolés hennirent, des ferrures s'entrechoquèrent.

— En avant ! cria Ausar et il se rua au combat.

Le casque, la cuirasse pectorale, les jambières et le bouclier d'une sentinelle luisaient dans le crépuscule devant lui. Le Stygien tira l'épée, ne recula pas, voulut embrocher l'ennemi qui arrivait. Ausar feinta. Sa hache siffla de biais. Le soldat retira de justesse son bras armé. Le tranchant de la hache s'écrasa sur son bouclier. Ausar frappa encore et encore, pour enfoncer la défense sous la masse de son arme. Le bouclier dévia un peu, et la hache mordit la cuisse du Stygien. Du sang gicla. Le soldat hurla et trébucha. Son visage s'était découvert. Ausar lui défonça la tempe avec la pointe de son arme, bondit par-dessus le cadavre et fonça en avant. Une vague de montagnards chargeait autour de lui.

Daris sautillait à proximité, pliée en deux, cherchant une occasion dans le tumulte. Un Stygien en cotte de mailles affrontait un Taien qui maniait un cimeterre. Dépourvu de cuirasse, le montagnard ne pouvait tenir devant son adversaire. Déjà tailladé en une douzaine d'endroits, il reculait pas à pas ; il y avait dans son dos une rangée d'ennemis. Soudain il vit une ouverture, hurla et bondit en avant, abattant sa lame. Il était victime d'une feinte habile. Le bouclier para le coup et le soldat fit un pas, plongeant son glaive dans le ventre de son adversaire. Au même instant le bras de Daris se referma sur le menton du Stygien. Le dirk lui trancha la gorge d'un seul coup. Il tomba, gargouilla et s'affaissa près du corps du Taien. Daris était déjà ailleurs.

Un cavalier se frayait un chemin à travers le combat. D'en haut, il sabrait les rebelles aux prises avec les fantassins. Daris se glissa sinueusement au milieu de la violence. Insoucieuse des sabots, elle se glissa sous le cheval. L'animal hurla et broncha quand elle lui trancha le jarret, et s'écroula lourdement. Comme un chat, Daris sauta sur le cavalier. Avant qu'il pût se rétablir, son sang vital giclait de son avant-bras fendu du coude au poignet.

Daris roula de côté et se remit sur pied. Le chaos semblait régner sur la berge. Mais... Des cuirasses ! Des alignements ! Des chevaux ! Elle grimaça d'horreur en comprenant. Les Stygiens s'étaient tenus prêts pour l'assaut. Ils avaient été un peu bousculés par l'attaque taienne, puis s'étaient rassemblés en rangées disciplinées. Les hommes d'Ausar étaient en pleine confusion, soudain forcés de reculer. Et maintenant des torches s'allumaient aux feux de camp, pour illuminer le terrain. Les trompettes sonnaient triomphalement, la cavalerie s'avançait en formation serrée, les chars se mouvaient en grondant sur leurs roues garnies de lames. Les bannières stygiennes approchaient à la fois de l'est et de l'ouest ; le Clan Yaro avait été écrasé sous la masse des cuirasses, des chevaux et des véhicules ; les attaquants étaient pris au piège.

— Non ! entendit-elle crier son père au milieu des clameurs et des chocs. Par-dessus les têtes des hommes qui se pressaient en tous sens pour échapper à l'étau, elle aperçut Ausar. Il s'était frayé un passage à la hache, rejoignant le pied de la falaise. Au lieu de fuir tout de suite, il brandissait sa hache, dans la lumière dansante des torches, pour rallier les combattants. Des flèches stygiennes sifflaient autour de lui mais il ne s'en souciait pas, et elles le manquaient dans la pénombre.

— Ici, hommes de Taia, à moi ! clama-t-il.

Ses guerriers ne s'étaient pas avancés au point d'être irrémédiablement encerclés. Des rugissements félins montèrent de leurs gorges. Ils foncèrent vers Ausar avec une énergie terrifiante. Les soldats n'en cueillirent guère avant qu'ils atteignent la paroi du défilé, qu'ils escaladèrent, impossibles à poursuivre, montant vers le ciel étoilé.

Daris ne fit qu'apercevoir cela tandis qu'elle luttait pour son propre salut. Elle battait en retraite quand les heurts du combat la jetèrent contre deux fantassins stygiens. Ils la saisirent par les bras. Elle se débattit en miaulant de fureur. Elle fit un croche-pied à l'homme de gauche et le trio roula au sol. Elle réussit à planter ses dents dans un cou. Horrifié, l'homme relâcha sa prise. Elle se dégagea et se tordit pour abattre le tranchant de sa main sous le nez de l'autre Stygien. Le coup aurait pu être mortel, mais l'homme baissa la tête et eut seulement le nez brisé. L'autre était à nouveau sur elle. Il lui abattit le poing sur la mâchoire. Un instant elle fut étourdie. Il la prit à la gorge et serra. L'autre soldat l'empêcha de se débattre et elle sombra dans l'inconscience.

Il ne restait pas grand-chose de Thuran. Lors de la conquête de Taia, les Stygiens avaient assiégé et presque entièrement détruit la capitale, tout en dévastant l'arrière-pays. Puis cinq siècles d'abandon et d'intempéries avaient usé ce qui demeurait. Les terrasses s'écroulèrent, les murs s'abattirent, les canaux et les réservoirs s'envasèrent, la terre arable fut érodée, les riches labours se changèrent en aridité sauvage. Les hommes qui revinrent enfin dans la région étaient des bergers. Ils emportèrent les pierres éboulées de la cité pour bâtir des abris, à des lieues de distance. Ils habitaient surtout des tentes de peau, que des bœufs transportaient durant leurs pérégrinations. Le pays ne valait rien aux chevaux, aux chameaux ni aux véhicules roulants ; ses habitants avaient donc la poitrine large et le pied agile.

Cependant Thuran-des-Hauteurs leur était sacrée. Varanghi l'avait fondée, à la tête des aïeux, et l'avait vouée à Mithra. Ici régna une longue succession de rois glorieux, une civilisation s'épanouit. Ici se dressait encore l'antique temple du dieu du Soleil, à moitié ruiné, mais abritant quelques prêtres qui pratiquaient encore le rite pur et conservaient quelque chose des reliques et du savoir anciens. Ici les chefs de clan et leurs maisons se réunissaient à chaque solstice d'hiver pour des sacrifices, des délibérations, des contestations juridiques et autres affaires plus séculières. Ici le peuple venait en pèlerinage pour se libérer du péché, prononcer les serments les plus sacrés, ou trouver la paix dans les mystères de Mithra.

C'est ici qu'Ausar mena ses hommes après leur défaite sur le Helu. C'était le lieu où se retrouvaient spontanément tous ceux qui voulaient se joindre à son armée. Les Stygiens n'étaient pas près d'arriver jusque-là ; les lignes d'approvisionnement étaient trop faciles à couper sur les hauts plateaux arides et accidentés. Ausar pouvait espérer trouver de nouvelles recrues.

— Mais il ne me reste guère d'espoir, confia-t-il à Parasan.

— Tu as tort de désespérer si tôt, mon fils, lui dit le grand-prêtre. Sans doute as-tu perdu une bataille, mais ta guerre est jeune.

— J'ai perdu une fille bien-aimée.

Parasan tendit une main frêle et serra l'épaule du guerrier.

— Elle est tombée bravement, pour une juste cause. Mithra, un combattant lui aussi, l'a emportée dans ses demeures.

— Soit. Si elle a péri. O Dieu Soleil, veuille qu'elle ait péri, qu'elle ne soit pas captive !

Il y eut un moment de silence. Les deux hommes étaient dans le logement du prêtre, à l'intérieur du temple. Le soleil entrant obliquement par les fenêtres révélait deux pièces aux murs de pierre, ascétiquement meublées. Usée par le temps, l'image du mur, au-dessus de l'autel, représentait un jeune homme chevauchant un taureau, entre les cornes duquel brillait le disque solaire. Ailleurs s'alignaient des étagères pleines de parchemins également antiques, de gros volumes, de fragments de savoir ésotérique, de figurines gracieuses récupérées dans les ruines. Vêtu d'une robe bleue, Parasan attendait patiemment.

— La sottise n'est jamais vertueuse, dit Ausar d'une voix sèche. Je ne m'imaginais pas que nous pourrions chasser les Stygiens. Mais j'ai cru que notre guérilla les empêcherait d'envoyer leurs collecteurs d'impôts et leurs juges dans les collines ; qu'enfin on nous laisserait tranquilles, et même que nous pourrions négocier un accord. Au lieu de quoi ils ont ravagé la vallée du Helu pour nous appauvrir davantage. Je n'ai aucune raison de penser qu'ils nous laisseront la réoccuper avant que nous nous soumettions. Leur brutalité indique plutôt qu'ils mettront tout Taia à feu et à sang, dès qu'ils auront fait venir assez de troupes. Ne devrais-je pas laisser des parlementaires leur apporter mon cadavre salé en gage de reddition ?

Parasan secoua sa tête blanche et sagace. Il était plus petit et plus basané que la plupart de ses compatriotes, il avait en lui davantage de sang nègre, mais ils écoutaient toujours avec respect sa voix douce.

— Non, Ausar. Ne nous abandonne pas si vite. Cela ne ferait aucun bien. Tu es notre meneur naturel — chef du Clan Varanghi, descendant de nos rois, tu es des nôtres autant qu'on peut l'être, et l'on te sait redoutable. Mais si tu meurs, la fureur du peuple ne mourra pas avec toi. Un autre prendra ta place et combattra. C'est pour notre dieu, notre terre, et notre sang.

— Notre sang ? fit Ausar avec un rire amer. C'est quoi ? Nos ancêtres hyboriens ont bientôt mêlé le leur à celui des Stygiens, des Kushites et des Shemites. Keshan est maintenant une ville de Noirs, et nous-mêmes ne pouvons guère nous dire blancs, n'est-ce pas ? Quant à notre terre, elle fut grande jadis, mais aujourd'hui, presque tout ce que nous avons de civilisé nous vient de nos maîtres stygiens. (Il fit une pause.) Quant à nos dieux... Je ne blasphémerai pas contre le Très-Haut Mithra, mais tu dois admettre, avec chagrin, que ce culte s'est abâtardi de paganisme extérieur, au fil des siècles.

— Certes, murmura Parasan. Mais quoique sa flamme vacille, elle ne s'éteindra jamais. (Il se redressa sur son siège.) Tes hommes sont-ils aussi découragés que toi ?

— Non. Ce sont des barbares qui acceptent leur destin et ne se soucient que de laisser un nom honoré dans la saga de leur clan. Mais moi... Tu te rappelles qu'enfant je fus envoyé ici pour étudier les chroniques de Taia. Ensuite j'ai parcouru pendant quelques années la Stygie et Shem, pour m'instruire des choses civilisées. Je vois trop clair.

— Tu vois aussi trop légèrement, mon fils. Viens.

(Parasan se leva et se dirigea vers la porte.) Ce ne sera pas une nouveauté pour toi, et les autres en connaissent presque tout, mais je vais à nouveau énoncer la prophétie de la Hache.

Ausar obéit, en partie contre son gré, en partie avide de restaurer son courage, si c'était possible. Ils sortirent sous les arcades. Le marbre, jadis blanc, avait pris une teinte d'or sombre. Les frises étaient presque effacées, et les cannelures des colonnes étaient usées. Seuls des chicots et des débris indiquaient qu'il y avait eu autrefois deux ailes de bâtiment. Ce qui demeurait était pourtant gracieux, dans la fragrance et le chuchotis de l'herbe sèche.

Les guerriers, des mâles et quelques femmes à la chasteté féroce, campaient sur la pente en contrebas, parmi des restes de murs et des piliers abattus. La fumée des feux flottait dans la brise tiède, montait dans le ciel où le soleil jouait sur les ailes des faucons. En voyant leur chef et son compagnon, les montagnards se rassemblèrent en hâte au pied des marches, en rangs nombreux de silhouettes souples et brunes.

Parasan leva la main. Sa voix faible portait pourtant loin :

— Ecoutez, vous qui combattez pour Taia. Entendez, quoique vous l'ayez entendue auparavant, l'histoire de votre patrie.

« Vos ancêtres étaient puissants. Ils arrivaient de loin, du Nord glacial, de la légendaire Hyboria, d'abord en maraude, puis en conquérants, puis en occupants. Quoique barbares, ils avaient un destin. Car ils adoraient Mithra, et le Seigneur du Soleil voulut qu'ils apportassent son culte clair dans cette contrée où régnaient des dieux bestiaux, des sacrifices humains, la magie noire et toute espèce d'abominations.

« Certains franchirent les monts et entrèrent dans Keshan. Là, ils fondèrent des villes qui devinrent grandes ; mais ensuite ils languirent dans ce climat pestilentiel, la jungle reprit ce qu'ils avaient bâti, et il ne reste rien qu'un brutal royaume nègre — qui cependant nous fait encore rempart contre des étrangers cruels.

« Les Hyboriens réussirent mieux dans les collines d'ici, plus fraîches et sèches. Varanghi les mena à la victoire. Il prévalut même sur la sorcellerie héritée de races perdues qui n'étaient pas humaines. Car il portait au combat une hache que Mithra lui avait donnée de sa propre main. Tant que le porteur de cette arme s'en montrait digne, elle le rendait invincible.

« Elle devint le trésor et l'emblème de la dynastie issue de Varanghi. Longtemps ce royaume de Taia prospéra dans la réussite, la richesse, le bonheur, et la lumière radieuse de Mithra. Cette clarté était insupportable à la ténébreuse Stygie. Encore et encore au fil des siècles, les adorateurs de Set luttèrent pour écraser Taia, et toujours ils étaient repoussés.

« A la fin, pourtant, un héritier indigne monta sur le trône. Il se laissa capter par la magie stygienne et mourut au combat. Il mourut sans enfant ; votre chef Ausar, qui se tient près de moi, descend d'une lignée cadette. Les Stygiens envahirent Taia et l'annexèrent. Depuis des siècles le pays geint sous leur joug.

« La Hache de Varanghi n'était pas sur le champ de bataille où mourut le dernier roi. Aucun homme ne l'a vue depuis. Mais un saint prophète annonça dans toute la contrée que l'arme était cachée, en attendant un libérateur digne de la porter ; et qu'il serait de l'ancien sang nordique. Les Stygiens capturèrent le prophète et le crucifièrent ; mais ils ne purent tuer ses paroles, qui ont vécu jusqu'à nous.

« Souvent, en ce lieu sacré, les prêtres de Mithra lui ont demandé un signe. Il a envoyé des rêves et des visions qui nous disent de ne jamais perdre espoir.

« On ne sait rien de la venue du libérateur. Mais rien n'infirme la phrase du prophète, selon laquelle il viendra au bout d'une poignée de siècles.

« Une poignée de siècles... Cinq doigts, cinq cents ans ? Je ne sais. Mais tel est le temps d'esclavage que Taia a subi. C'est peut-être *votre* génération qui la libérera ! »

Les guerriers brandirent leurs armes et rugirent les sauvages cris de guerre de leurs clans.

Les Stygiens attachèrent les quelques prisonniers qu'ils avaient pris, mais ne leur firent pas d'autre violence. A l'aube, comme des brumes glacées montaient de la rivière, Shuat vint examiner les captifs. Un instant il contempla les Taiens qui lui rendirent un regard rageur. Le bruit du torrent et des soldats paraissait lointain.

— C'est tout ? grogna-t-il. Et ils ont eu à peine plus de morts que nous. (Il s'adressa à son major :) Je ne poursuivrai pas une méthode qui échoue. Nous faisons demi-tour. (Son regard revint se poser sur Daris.) Qui est la femme ?

— Plaise à mon commandant, j'ai aidé à sa capture, dit un sergent. Et c'est un vrai chat sauvage. (Il ricana.) Moi et mes amis, nous la dompterons vite. Le petit déjeuner attendra.

Daris eut un rictus de haine. La honte la tarauda.

— Non, imbécile, ragea le commandant. Tu vois ce disque doré sur son front ? Les indigènes le réservent à leurs lignées les plus hautes. Sa valeur d'otage doit rester intacte. (Il interpella Daris :) Qui es-tu ?

Le stygien n'était pas sa langue maternelle, mais Daris l'avait compris comme la plupart des Taiens. Elle se redressa, fit face au commandant et lui dit son nom.

— Je suis fille d'Ausar, souverain légitime de ce pays, ajouta-t-elle.

— Aaaah... Excellent, dit Shuat. Mon plan a payé davantage que je ne croyais. (Avec un frisson nauséeux, Daris comprit ce qu'elle avait révélé.)

Elle fut séparée de ses compagnons. Ils lui dirent stoïquement adieu. Ils étaient voués à l'esclavage. Elle allait peut-être connaître un sort pire.

Dans l'immédiat elle ne fut pas maltraitée. Ses gardes lui permirent de se laver — au bout d'une laisse passée à son cou. Leurs quolibets lui firent horreur quand elle se dévêtit, mais elle fut contente d'être propre. Elle rinça aussi sa tunique et sa jupe, qui furent bientôt sèches. Sa cotte et ses armes lui avaient été prises, bien sûr. Elle partagea le repas de lentilles des soldats et marcha avec eux tandis qu'on redescendait le cours de la rivière. Ils voulurent une ou deux fois lui faire la conversation, mais elle ne répondit pas un mot, et ils la traitèrent de sale chienne et lui expliquèrent longuement ce qu'ils pourraient lui faire plus tard. Elle ne s'en soucia guère.

L'horreur de la captivité submergeait tout. Elle se mouvait comme dans un cauchemar.

A marche forcée, Shuat ramena en trois jours son armée à Seyan. Au confluent du Helu et du Styx, cette petite ville aux bâtiments de boue chaulée demeurait la plus grosse cité actuelle de Taia, et le siège du gouvernement d'occupation. Le palais du gouverneur se dressait, imposant, dans les faubourgs, au milieu de jardins, près de la base militaire. Daris fut enfermée là dans une pièce retirée tandis que Shuat allait au rapport. Peu après, deux soldats vinrent la chercher.

— Quand tu seras en sa présence, veille à te prosterner, conseilla l'un d'eux.

— Quoi ? le gouverneur se fait rendre les honneurs comme un roi ? répliqua-t-elle.

— Un prêtre-magicien de Set est avec lui. (La voix de l'homme était lourde de crainte.)

En chemin, Daris reprit ses esprits, et son courage. Inutile de mourir par orgueil ; cela ne servirait pas la cause de son père. Non, elle devait faire ce qu'il fallait pour survivre, tant que c'était acceptable. Elle devait prendre son temps, guetter une occasion de s'échapper ou du moins de tuer quelques Stygiens. Ainsi, quand on l'introduisit dans la grande salle, elle se prosterna comme il convenait, à plat ventre sur les nattes de roseau.

— Lève-toi, siffla une voix distante. Approche.

Docilement, Daris s'avança entre des parois où étaient peintes des silhouettes humaines avec des têtes de bêtes. Devant elle, Shuat et le corpulent Wenamon étaient assis sur des tabourets sous le dais du trône de gouverneur. Ce siège était occupé par un homme en robe noire, au crâne rasé. Elle eut surtout conscience de son regard. Il la dévorait.

— Halte, commanda l'homme.

Elle obéit. Le silence régna dans la pénombre. Elle eut l'impression que les yeux du mage lui fouillaient l'âme, sous ses vêtements et sa chair.

— Certes, dit-il enfin. Il y a quelque chose de funeste dans le destin de cette vierge. Ce que c'est, je l'ignore. Je dois la mener à Khemi pour que mon maître l'examine de plus près.

— Quand devrons-nous déplorer la perte de votre voisinage, bienheureux Hakketh? demanda cauteleusement Wenamon.

— Immédiatement. (Le sorcier se leva.) Gardes, suivez-moi avec la fille. Vous autres, faites que mes valets me rejoignent à la nef ailée.

Wenamon et Shuat s'inclinèrent très bas tandis qu'il s'en allait vivement. Le cœur de Daris hoqueta. Par voie d'eau, la cité interdite était à plus de deux mille lieues, autant qu'elle sût. Des semaines de voyage lui fourniraient sûrement l'occasion d'une mort propre.

Du palais, elle ne fut pas menée vers les appontements civils, mais à un quai de guerre sévèrement gardé. Pour l'instant il n'y avait personne. Daris vit un vaisseau comme elle n'en avait jamais vu. Long de près de cinquante pieds, sa coque luisait d'un reflet blanc mat, métallique. Une proue haute portait l'effigie de la tête et la queue d'un reptile au museau en lame de couteau, dont les ailes emplumées paraissaient sculptées sur les flancs. La coque était sans superstructures, à part un roof profilé, et l'on n'y voyait ni mâture ni rames. A l'arrière, sur un trépied griffu, se trouvait un grand globe de cristal où brasillait une chose pareille à du feu, rouge et bleue.

Un séide servile et musculeux, comme le reste de la suite de Hakketh, amena la nef le long de l'appontement. On embarqua par une échelle incluse dans le flanc, sous le regard des soldats craintifs et respectueux. Sur un mot du mage, un serviteur fixa un fer à la cheville de Daris, qu'une chaîne légère relia à un anneau du pont. Elle avait une certaine liberté de mouvement, mais elle vit avec horreur qu'elle ne pourrait se jeter par-dessus bord.

Hakketh fit un geste. Les gardes s'éloignèrent. Le bateau dériva dans le courant. Hakketh se tourna vers un de ses acolytes :

— Prends le premier quart, intima-t-il.

— Oui, seigneur. (L'homme rejoignit la sphère de cristal, éleva les mains.) *Zayen,* psalmodia-t-il.

Le mot n'appartenait à aucune langue connue de Daris. Le feu de la sphère s'accrut. Les ailes de la coque se déployèrent perpendiculairement. Silencieusement la nef prit de la vitesse et le Stygien éleva ses bras plus haut.

C'est peut-être pour voir sa réaction que Hakketh s'adressa à la femme :

— Sache que tu voyages sur la nef ailée de Set, la dernière qui subsiste en ce monde. La formule magique qui permet de la construire fut perdue à la mort d'Acheron, voici trois mille ans.

Le vaisseau allait de plus en plus vite. A la proue, le vent se mit à siffler. De la tête, Hakketh indiqua le roof.

— Tu auras un compartiment là-dedans, et l'on défera ta chaîne quand tu voudras t'y rendre. Tu auras à boire et de la nourriture. Nul ne te fera du mal, mais si tu tentes quelque chose, tu seras attachée.

Le vaisseau n'éperonnait plus l'eau. Il avait déjaugé sur le vent de sa course et filait à ras de la sombre surface du fleuve. Le séide laissa retomber ses bras. Il faisait un simple geste quand il voulait changer de cap. Parfois, repérant un danger possible, par exemple un tronc à la dérive, il réduisait la vitesse en levant de nouveau les bras, selon un angle correspondant à la célérité qu'il souhaitait, prononçant successivement les mots « *Aaleth* », puis « *Memn* », après quoi il ne s'occupait de rien jusqu'au moment où il voulait accélérer de nouveau.

— Nous serons à Khemi dans trois jours et trois nuits, conclut Hakketh.

Daris lutta pour ne pas pleurer. A l'ouest, le soleil rouge s'abîmait derrière les monts où elle avait vécu.

V

L'ŒUVRE DE LA SORCIÈRE

Près de l'Entrée du Crocodile s'élevait l'Antre de la Manticore. Cet entassement presque cubique de pierre noire, autour d'une cour intérieure, tirait son nom de l'effigie ciselée au-dessus de son entrée principale aux battants de fer. Pendant des siècles, ses niveaux inférieurs avaient été le théâtre de tortures, d'exécutions et de détentions arbitraires ; les habitants de Khemi évitaient ordinairement ses parages, jugés maléfiques. Ils ignoraient qu'aux deux étages supérieurs se trouvaient des appartements luxueux, une cuisine somptueuse, un passage secret pour les amuseurs qu'on amenait ici les yeux bandés, mais dont l'art était bien payé. Parfois la hiérarchie avait ses raisons de rendre un emprisonnement confortable. La garde n'en était pas moins sévère.

Revêtu d'une robe de soie, Jehanan, frère de Bêlit, reposait sur un divan. Près de lui une porte donnait sur un balcon où des plantes grimpantes embaumaient sur un treillage. La pièce était vaste, luxueusement meublée, magnifiquement décorée d'arabesques dorées. Des portes intérieures menaient à une salle de bains presque aussi grande, qui comprenait une piscine et une chambre à coucher petite mais sybarite.

Les jours passés ici l'avaient remis sur pied, ramené à sa puissance naturelle, et débarrassé de la lueur de folie dans ses yeux. Son visage demeurait couturé de plaies et de cicatrices ; pourtant, une fois lavé et rasé, son sourire l'aurait encore fait paraître attirant aux femmes.

Nehekba se tenait perché près de lui. Une robe diaphane et quelques joyaux accentuaient son indicible féminité. Elle sourit et lui caressa la joue.

— Que s'est-il passé ensuite, mon amour ? sussura-t-elle.

— Mais, fit Jehanan, interloqué, en quoi cela t'intéresse-t-il ? Ce n'est qu'un incident mineur survenu durant mon enfance. Je me suis arrêté car moi-même, je ne me souviens plus clairement du reste.

— Oh, c'est que tout ce qui te concerne m'intéresse, dit-elle.

Il rougit de joie, tendit la main et la posa sur sa cuisse, puis dit :

— Comme je te le contais, Bêlit et moi sommes revenus indemnes de notre aventure dans la jungle, le souffle court et salis de boue, mais sans autres encombres. Notre père était furieux à cause des risques que nous avions courus, et s'apprêtait à nous punir. Mais notre mère lui expliqua qu'il ne devait point punir l'esprit aventureux, car nous le tenions de lui et cela nous serait utile dans notre vie future. Mieux valait nous faire prendre engagement sur l'honneur d'être plus prudents à l'avenir. Il accepta. Bêlit et moi nous réjouîmes d'avoir échappé à une correction, du moins au début. Ensuite, cependant, après avoir mûrement réfléchi, nous fîmes le vœu secret qu'il se fût contenté de nous infliger un châtiment physique. Car jamais nous ne pourrions briser cette promesse que nous lui avions faite.

— En vérité, vous étiez une famille heureuse, dit Nehekba.

— Oui. Tu dois savoir cela, chère Heterka, après la façon dont tu m'as poussé à me remémorer ces événements pour toi.

Jehanan se redressa. Il la prit par sa taille fine, l'entourant de ses deux mains, plongea son regard dans ses yeux, et dit :

— Je ne peux croire à ma chance : d'esclave, rongé par une telle douleur qu'il n'aspire qu'au sommeil venu de l'épuisement, devenir l'amant de la plus merveilleuse femme qui ait jamais vécu. Pourquoi ?

— Je te l'ai expliqué. Je t'ai aperçu, ta grandeur d'esprit

devant la misère, et cela m'a enchanté. Je ne pouvais t'acheter et te soustraire ensuite à la servitude, car la loi ne reconnaît point les étrangers comme affranchis. Mais je pouvais te faire venir en ce lieu dans l'idée de parvenir ultérieurement à un meilleur arrangement.

— Oui, oui, chérie, évidemment. Mais tu es si mystérieuse, que... Oh mais assez de mots pour le moment !

Jehanan l'attira à lui et commença de l'embrasser.

Soudain il sursauta, relâcha son étreinte, baissa les yeux, et murmura :

— Je crains qu'il ne me faille un nouveau gobelet du breuvage qui me libère de la douleur. Car je... je crains que ma virilité ne me déserte.

— J'en ai apporté, mon amour, dit Nehekba.

Elle se leva, glissa de l'autre côté de la pièce, jusqu'à la porte où elle avait laissé un sac. Il la regarda en tirer une flasque d'or.

— Je vais quérir du vin pour l'y mélanger, et je boirai à mon amour pour toi, Heterka, dit-il.

Son sourire devint cruel :

— Ne t'en donne pas la peine. Tu n'auras plus besoin de cela. (Elle déboucha le flacon et le vida sur le sol.) J'en ai fini avec toi.

Il hurla comme le loup sur qui se referment les mâchoires d'un piège.

— Oh, nous te garderons encore un peu ici, railla-t-elle, nous pouvons peut-être encore tirer quelque parti de toi, ou quelque amusement.

— Es-tu un démon ? cria-t-il. Sa forme massive s'élança vers elle, les doigts pareils à des serres. Ses muscles n'avaient rien perdu de leur puissance malgré l'angoisse.

Nehekba effleura le petit miroir qui ornait sa gorge. Un rayon en jaillit, non de lumière mais d'ombre. Quand il frappa Jenahan, l'homme s'effondra à terre et ne bougea plus, la fixant de ses yeux emplis d'une irrésistible horreur.

Elle ouvrit un panneau à charnières d'un pied de large au centre de la lourde porte extérieure et appela doucement. Le garde apparut pour lui ouvrir.

— Adieu, amant d'autrefois, dit-elle à Jehanan avant de sortir.

La paralysie finit par le quitter. Il rampa près du seuil et essaya de lécher les gouttes de liquide renversé sur le tapis.

Nehekba descendit un escalier jusqu'à un tunnel secret. Elle marchait vite, sa robe vaporeuse voletant à sa suite dans la sombre lueur des torches, car Tothapis l'avait fait mander, et elle ne s'était que trop attardée.

Par d'autres passages dérobés, elle pénétra dans sa demeure. Les esclaves qu'on avait mutilés pour assurer leur silence la menèrent à la chambre centrale. Il l'ignora tout d'abord, poursuivant un entretien avec un homme qui se tenait respectueusement devant son siège.

Nehekba observa soigneusement cet homme, car si elle avait entendu parler d'Amnun, ils ne s'étaient jamais rencontrés. Il était svelte, très droit, d'une étrange beauté ; il tenait de sa mère, qui avait été une esclave taienne à Luxur. En esprit, cependant, il ressemblait à son père, un Stygien. Depuis bien longtemps, il était l'un des nombreux serviteurs du prêtre-sorcier.

— Le vaisseau pirate rôde près de nos côtes, dit Tothapis.

Son physique de vautour surplombait la scène. Des ombres jouaient sur ses rides et dans les creux de ses yeux, comme sur les objets de sorcellerie qui trônaient dans la pièce.

— Tu as demandé pourquoi je n'avais pas conjuré un maëlstrom pour le couler. Je vais te le dire ; mais si jamais tu révèles cela à quiconque, tu supplieras bientôt que l'on t'accorde les pires tourments de l'enfer.

— Je suis le serviteur fidèle de mon maître, répliqua fièrement Amnun.

— En effet, dit Tothapis, acquiesçant de sa tête chauve. Eh bien, notre devoir sacré, vie après vie, est d'accroître le pouvoir de Set. (Il s'inclina en signe de révérence ; Amnun plia les genoux ; Nehekba se couvrit brièvement le visage comme il sied aux femmes.) Il y a d'autres dieux que Set, poursuivit Tothapis. Ils ont leurs propres domaines. Il n'en possède aucun sur la mer, pas encore du moins, pas encore. Ainsi, moi, son prêtre, je ne puis invoquer que de faibles sorts au-dessus des profondeurs qui s'étendent au loin. Pour la plus grande part, il nous faut utiliser notre intelligence humaine.

« Bien, fit-il, dressant un doigt osseux. A présent, le vaisseau marchand *Meniti* fait voile à la marée de demain matin. Le capitaine et l'équipage pensent qu'ils emportent leur cargaison au sud vers les rivages d'Umr. Ce parcours est tel que la *Tigresse* de Bêlit les interceptera bien vite... grâce à la légère influence que je puis imposer aux vents qui soufflent sur cette partie de l'océan. Il s'agit là d'un point si vital que ceci n'est qu'un petit sacrifice à consentir. Tu t'embarqueras sous la guise que je t'ai montrée il y a quelques jours. Voilà toute la documentation dont tu auras besoin, dit-il, indiquant un parchemin enroulé autour de deux cylindres qui était posé sur une table. Tout cela est-il bien clair ?

— Non, seigneur, admit Amnun. Je suis censé feindre la familiarité auprès de quelqu'un que je n'ai jamais rencontré. Comment cela est-il possible ?

Tothapis fit un signe à Nehekba. Elle s'avança. Amnun la contempla, partagé entre le désir et la crainte qu'elle inspirait, sentiments qu'elle se délectait à provoquer.

— Sais-tu qui je suis ? demanda-t-elle.

Il s'inclina.

— Tu es Dame Nehekba, grande prêtresse de Derketa, et je te salue en toute humilité, répondit-il.

— Je suis celle qui possède le savoir que tu nécessites, lui dit-elle, et qui est sur le point de te le communiquer. Lève les yeux.

Il s'exécuta. Elle tourna vers lui le miroir à sa gorge. Un rayon de lumière jaillit du côté dévoilé. Son visage perdit toute expression. Elle maintint le rayon sur ses yeux tout en décrivant des passes mystiques de la main gauche et en murmurant doucement.

Au bout de quelques minutes, elle laissa le talisman retomber et pendre librement.

— Amnun, éveille-toi ! s'exclama-t-elle.

Il frissonna encore, cligna des yeux, revint à la conscience.

— Tu sais à présent ce que Jehanan m'a appris, dit Nehekba. Sers-t'en avec sagesse, et grande sera ta récompense.

La stupéfaction faisait vaciller l'homme.

— Je sais, J-je sais, s'écria-t-il. C'est comme si je l'avais entendu de mes propres...

— Paix, dit Tothapis d'en dessous de la tête de cobra sculptée. Tu auras cette nuit, et demain, et encore la nuit suivante pour réfléchir à ce que notre Dame de Derketa a porté à ta connaissance, et pour ordonner tout cela dans ton esprit. Ensuite... pendant un moment, Amnun, tu seras la vivante incarnation du destin. Que Set te soit prospère, Amnun, toi qui vas combattre pour sa cause.

Il n'y eut que peu d'autres paroles échangées avant le départ de l'homme. Le silence s'installa derrière lui, tandis que le sorcier restait plongé en une profonde rêverie. Nehekba s'agitait, inquiète, dansant d'un pied sur l'autre.

— Ai-je ta permission de me retirer, seigneur? demanda-t-elle enfin.

Son attention se concentra autour d'elle.

— Où cela? demanda-t-il. L'heure n'est plus lointaine à présent, la nôtre et celle de Conan. Nous ne pouvons demeurer oisifs en l'attendant.

— Je ne le resterai pas, dit-elle. D'ailleurs, je crois que je vais retourner immédiatement à la Manticore, pour voir Falco.

— L'espion Ophirite? grogna Tothapis, les sourcils froncés. Que peux-tu tirer de plus de ce garçon ignorant?

— Le lier davantage à moi. Souviens-toi, seigneur, que nous sommes certains qu'en quelque manière indéchiffrable, il est lui aussi lié à l'avenir de Conan. Mieux vaut en faire notre instrument.

— Et en as-tu déjà fait ton amant, comme pour Jehanan?

— Pas dans l'absolu, fit Nehekba, ses tresses de minuit agitées comme elle secouait la tête. Il m'aime, certes, mais il conserve encore la notion du devoir placé au-dessus de la personne. Laisse-moi continuer d'essayer de détruire cela. C'est un travail qu'il faut accomplir lentement, avec subtilité. (Elle laissa échapper un sourire impudent.) Pas forcément d'une façon déplaisante, cependant. Car malgré sa grande jeunesse, c'est un excellent amant.

— Non, laissons cela attendre, dit Tothapis, plein d'une

colère glacée. Tu dépenses trop de ta vitalité dans les passions charnelles.

— Je sers Derketa, à qui elles appartiennent, répliqua-t-elle, le défiant.

— Tu sers le grand Set avant elle, avant tout autre chose dans cet univers, Nehekba. Aurais-tu osé l'oublier? Glacée, la sorcière se tut. Le sorcier continua : J'ai un besoin urgent de ton aide. En ce jour m'est parvenu un message par l'homuncule que nous avions envoyé à Luxur. Il était envoyé par Hakketh. Il est en route pour venir ici, avec un prisonnier de guerre, la fille d'un meneur de la rébellion de Taia. Il a pressenti qu'elle était porteuse du destin, d'un danger. Il ignore lequel mais il me l'amène. Certainement qu'elle aussi est mêlée à la toile qui nous rapproche de Conan. Je suis fort lointain vis-à-vis du corps et de l'esprit des femmes, Nehekba. Il te faudra m'aider à préparer les plans et les sortilèges qui pourront également faire d'elle un instrument pour mettre Mittra en échec et faire triompher notre dieu Set.

VI

PIRATE, BARBARE, SAUVEUR

« Une voile ! »

Au cri provenant de la hune de la *Tigresse* répondit un vaste rugissement sur le pont. L'équipage bondit soudain çà et là comme des panthères noires, pour retirer des coffres dissimulés sous les bancs des rameurs, les ouvrir, en extraire l'équipement de bataille, et se placer aux postes de combat. A la proue, Bêlit éclata de rire et fit un large mouvement en indiquant tribord. Ce n'était même pas nécessaire : les dents d'un blanc d'ivoire des deux hommes de barre étincelèrent tandis qu'ils changeaient de cap. Conan s'empara de sa compagne et l'embrassa rapidement et passionnément avant de sauter sur le pont pour s'équiper.

Un vent vivifiant emplit la voile et envoya filer la galère sur des embruns mouvants, scintillants, parés de bleu et de vert. La coque avant et les gréements tendus grincèrent, comme pour ajouter leurs voix à celles des boucaniers, qui s'élevaient en un chant de guerre. La terre se trouvait par-delà l'horizon à l'est, mais à un mille environ à babord, les vagues se brisaient sur un îlot dont les rochers blanchis et dénudés se dressaient vers l'immense vide azuré.

Conan rejoignit Bêlit. Son grand corps brillait maintenant sous le haubert et le casque cornu qu'il portait ; épée et poignard dormaient à sa ceinture dans leurs fourreaux et un grand bouclier ovale de Suba reposait à son bras gauche. Quant à elle, elle portait la même tunique et le même bandeau que précédemment : seule une paire de lames effilées s'étaient ajoutées à sa tenue. Ses cheveux étaient retenus en une natte qui dénotait l'imminence de l'action.

Il jeta un coup d'œil vers l'avant. Ils se rapprochaient vivement de leur proie, un gros navire marchand de Stygie. Il pouvait distinguer son équipage qui se démenait, affolé, essayant de tirer davantage de vitesse de leur voile carrée, puis se rendant compte que l'affrontement était inévitable.

— Ici continue ma vengeance, exulta Bêlit.

— Elle contient certainement une cargaison de prix, ajouta Conan, et pour parler franchement, chérie, j'avais terriblement envie d'un bon combat. (Il se renfrogna.) Toutefois je souhaiterais te voir endosser davantage de protection.

— Je t'ai déjà expliqué qu'une femme ne possède pas la force brute d'un homme, expliqua-t-elle. Une armure m'alourdirait seulement, sans pouvoir repousser une flèche décochée avec vigueur, ou empêcher un coup puissant de me rompre la nuque. Mais quand on en vient au corps à corps, tu as pu juger que mon agilité valait celle de la plupart, et la surpassait le plus souvent.

Il écarta l'inquiétude de son cœur. Crom, puissant dieu des Cimmériens, donnait force et courage à ceux qu'il favorisait, mais rien d'autre, car ils devaient être dignes d'imposer leurs propres lois au monde. La main de Crom s'était-elle étendue jusqu'à la Côte Noire pour y toucher Bêlit, encore dans le sein de sa mère ? Oui, Conan pouvait croire à cela.

Un instant, il se remémora son rude pays natal. Bien loin s'en était-il aventuré, et sauvages avaient été ses exploits. Finalement il avait rencontré l'amour, mais il savait que cela, il le devait au même hasard, au même destin aveugle, qui pouvait à tout moment le lui dérober à nouveau. Il redressa les épaules. Il seyait à l'homme (et à la femme) de tenir tête à tous les assauts du destin, indompté.

De plus, pensa-t-il avec un sourire, une belle bataille semblait vraiment s'annoncer. L'équipage du navire marchand ne comptait pas beaucoup de guerriers endurcis, d'après leur conduite, mais ils étaient plus nombreux que les pirates, et chaque marin apprenait très tôt à se débrouiller dans une mêlée.

Des flèches se mirent à voler, provenant des ponts du bateau. Des archers pirates répliquèrent au barrage, tandis que leurs camarades lançaient des moqueries et hurlaient en direction de l'ennemi. Le soleil brillait sur les lances agitées vers le ciel. Un trait se ficha dans la figure de proue de la *Tigresse,* à quelques centimètres de Bêlit, et Conan rugit. Elle éclata de rire. En bas, un Noir en avait reçu un autre en pleine cuisse. Il la dégagea, l'arracha, pansa sa blessure et se remit en position de combat au bastingage. Un homme à bord du vaisseau Stygien tressauta, frappé à la gorge, s'effondra et passa par-dessus bord. Avant que son corps se soit enfoncé sous la surface, un aileron triangulaire s'approchait déjà.

Bêlit lançait des ordres. La *Tigresse* se plaça en amont de sa proie. Abruptement amenée et menée à la perche, sa voile la poussa à portée de l'autre coque. Un imposant guerrier noir qui se tenait au centre du bastingage fit tournoyer un grappin au-dessus de sa tête et le laissa s'élancer. Filant en entraînant une corde, il alla se planter fermement dans l'autre bastingage. Instantanément, un second le suivit. « Ouah-ho-ah ! » rugirent ses camarades, et ils se mirent à haler si bien que les muscles ondulèrent sous leurs peaux luisantes, pareils à des serpents. Des hommes du bateau stygien tentèrent de trancher ces filins. Une volée de flèches en abattit certains et renvoya en arrière les survivants. Des planches se rencontrèrent à grand bruit. La *Tigresse* vacilla sous le choc, mais resta solidement arrimée au navire adverse.

— Tous à bord avant qu'ils ne nous envoient des torches ! gronda Conan. Il savait ce que le feu peut faire à un navire. Son épée jaillit, scintillante, et il se précipita le long de la passerelle.

Ses hommes d'équipage avaient déjà apprêté une planche d'abordage. Ses dents s'étaient plantées dans une rambarde plus haute que celle de la *Tigresse* de près d'un mètre. Conan se fraya un chemin parmi le groupe et fut le premier à se lancer à l'attaque. Derrière lui se précipitèrent ceux qui avaient la protection nécessaire pour constituer les troupes d'assaut. La plupart n'étaient vêtus que de kilts ou de tuniques ornés de plumes et avaient les armes de leur pays natal, mais cela les rendait encore plus terrifiants comme ils se rassemblaient pour attaquer. « *Wakonga Mutusi !* » Leurs cris couvraient ceux des marins stygiens.

Trois hommes en cotte de mailles de l'armée de Stygie se tenaient épaule contre épaule au bout de la planche. La lame de Conan siffla en s'élevant, puis retomba. Elle résonna en s'abattant sur un bouclier de métal. Son possesseur chancela sous la force du coup, mais tenta de frapper de derrière sa protection. L'assaut maladroit de Conan n'avait été qu'une ruse. Son épée tailla de côté, atteignant l'ennemi au poignet, et fit gicler un flot de sang. L'homme contempla sa main qui pendillait et s'écroula en arrière, pour rester assis en attendant la mort.

Conan s'était déjà servi de son propre bouclier pour en accrocher celui de son adversaire de gauche par le bord, le rejeter de côté, et laisser ainsi une jambe exposée à un coup meurtrier. Alors même qu'il frappait, il exécuta une pirouette supplémentaire qui jeta son ennemi contre celui de droite. Tandis que le premier poussait un cri avant de s'affaisser, le barbare fit volte-face vers le second. Celui-là était meilleur guerrier. Il conservait son bouclier devant lui, ne le déplaçant que pour parer les coups, et se fendait sur les côtés. Conan recula d'un pas pour gagner de l'espace. Quand le glaive fut lancé vers lui, sa propre épée plus longue s'abattit directement sur lui. Le choc seul suffit à le détacher de la main du Stygien. Il battit en retraite. Conan bondit en avant et atterrit sur le pont supérieur du navire marchand.

Il lui avait fallu à peine trois minutes pour dégager le passage. L'acier affilé se rassembla autour de lui, en un effort frénétique pour le pourfendre et refermer la brèche ouverte. Il rugit de joie et frappa tout autour. La majeure partie des défenseurs, comme la plupart des pirates, avaient à peine plus que des boucliers pour armes. Leurs corps bruns dénudés étaient terriblement vulnérables à sa violence bardée de métal. Le fracas du fer se mêla aux cris de ceux qu'il avait étendus sur le pont, morts ou blessés. Et à présent, les guerriers de Bêlit affluaient à bord.

Le capitaine stygien poussa un cri de la poupe. Ses

hommes l'entendirent. C'était un équipage bien entraîné. Ceux d'entre eux qui le pouvaient formèrent un petit groupe resserré et rejoignirent leur commandant. Ils infligèrent des pertes, comme ils en subirent eux-mêmes... Les Subas étaient principalement aux prises avec ceux qui n'avaient pu se joindre à ce groupe mais qui livraient cependant une rude bataille. Ainsi une vingtaine au moins des marins réussit à atteindre le pont supérieur.

Bêlit s'élança à toutes jambes à travers les planches rougies de sang, les blessés gémissant, les cadavres convulsés, jusqu'à Conan. Des flèches venues de la poupe sifflaient à sa suite. Il l'attira contre lui et leva son bouclier sur eux, pour quelque sécurité que cela leur procurait.

— Ils peuvent nous tenir en respect, de là où ils se trouvent, pendant un temps fort long, dit-il. Il y a beaucoup de navigation commerciale dans ces eaux, et les pirates sont ennemis de toutes les nations. Ils peuvent espérer qu'un autre vaisseau s'aventurera par ici à temps pour leur venir en aide. C'est pourquoi je crains qu'il ne nous faille nous retirer.

— Nous pouvons piller ce navire !

— Non, décida Conan.

Il serait impossible de transférer du butin sous un barrage de flèches. Les boucaniers avaient déjà été forcés de prendre refuge derrière le rouf, les mâts, les bornes d'amarrage. Il sentit un trait cogner son bouclier et pressa Bêlit à l'écart.

— Eh bien, au moins nous pouvons lui mettre le feu ! dit-elle cruellement.

— Attends, dit Conan, son sens du travail bien fait offensé à l'idée de cette perte inutile. J'ai une intuition. Ils peuvent nous repousser, en effet... en supposant que personne ne les prenne à revers. (Il s'élançait déjà vers l'avant du rouf.) Aide-moi, veux-tu ? Il laissa tomber son bouclier.

— Quoi ? commença-t-elle. Que...

Il lui expliqua son plan. L'espace d'un battement de cœur, elle resta là, interdite, puis le feu de la compréhension l'embrasa et elle éclata de rire telle une femme-loup.

— Tu es fou, Conan, mais tu es merveilleux. Oui, vas !

Elle l'embrassa si fort que ses dents tirèrent de ses lèvres une goutte de sang, et s'agenouilla pour délacer ses bottes.

Il envoya son encombrante cotte de mailles brinqueballer sur le pont et passa son épée en travers de son dos. Pieds nus, vêtu seulement de ses culottes de peau et de son épée, il fila en avant. Arrivé au mât, il étudia les cordages pendant un instant, choisit une drisse, et tira son poignard pour la trancher. Puis il chercha une rambarde et la voilure proche de ce côté. Ses doigts et ses orteils agrippèrent des enflêchures souillées de graisse. Agile comme un écureuil, il s'élança dans le gréément.

Les Stygiens ne semblaient pas l'avoir remarqué. Bêlit avait rassemblé ses propres archers pour les occuper. Le bastingage qui courait autour de la poupe les protégeait assez bien, mais ils devaient garder la tête baissée, excepté lorsqu'ils se dressaient brièvement pour décocher un trait vengeur.

Perché sur la vergue au-dessus de la voile arrière, Conan attira vers lui le filin sectionné. Le cordage arrière lui offrait un chemin de descente, mais qui serait fatalement trop lent. Au lieu de cela, il trancha à nouveau la drisse près de sa poulie et laissa filer le long du mât. Sans être dirigé, le navire oscilla au gré des lames, son mât décrivant des arcs incontrôlés contre le ciel. Conan luttait sans réfléchir pour maintenir l'équilibre. Près du bout de la vergue, il pourfendit assez de voilure pour qu'elle ne se mette pas en travers de son chemin. Ayant mesuré quelle longueur de filin lui était nécessaire, il tendit solidement le cordage. Empoignant l'extrémité libre à deux mains, il se jeta dans le vide.

Il tomba, et ressentit un choc violent lorsque le cordage se tendit sous son poids, et s'élança, tel un balancier humain. Bien au-dessus du pont, de la cabine, des guerriers, de la *Tigresse,* et de la mer toujours affamée, il balayait l'espace, jubilant comme le garçon qui avait autrefois pratiqué ce jeu dans les cimes des arbres cimmériens. Arrivé à l'arrière, bras au-dessus de la poupe, il tournoya, et lâcha prise.

Ses pieds atteignirent le bastingage, une collision qui se répercuta dans tous ses os. Il rebondit et s'immobilisa enfin, accroupi, tirant son épée qui siffla en quittant le fourreau. Dépourvu de bouclier, il tira également son poignard. Un marin le regardait, bouche bée, abasourdi. Conan frappa. Un crâne éclata.

— Hoy-ho ! claironna Conan, se fendant de droite et de gauche. Une pique allait le transpercer. Il utilisa son épée pour la détourner de son but, et se glissa vers son assaillant. Son poignard trouva la gorge du Stygien. Il projeta le corps du mourant contre un autre, et rabattit son épée juste assez vite pour dévier un puissant coup de hache. Nul homme seul et sans armure ne pouvait tenir tête à une attaque massive ; mais il se fraya une place au milieu du groupe de ses adversaires, les empêchant de lutter en équipe, et sema le chaos.

Un glaive l'effleura. Il écrasa le pommeau de sa propre épée dans le visage de l'homme derrière lui et sentit les os se briser. Sa lame pourfendit ce qui se trouvait derrière cet homme-là avant qu'il ne tombe, et tailla un estomac en pièces. Cependant, il avait engagé la garde de son poignard contre celle d'une autre épée. Il la maintint immobilisée jusqu'à ce qu'il soit en mesure de faire volte-face et de trancher le bras qui la tenait.

Tournoyant au milieu de la mêlée, il aperçut les guerriers noirs de Bêlit qui se jetaient à l'assaut d'une échelle de coupée, à présent laissée sans défenseurs. Tout à coup, il entendit un rire, long, sauvage, grave. Bêlit surgit à la poupe de la même façon qu'il l'avait fait. Il sursauta. Ce n'était pas ce qu'il avait voulu. Elle rebondit près de lui, sa lame prête à l'action. Il rugit. La fureur avec laquelle il se battait redoubla. Il tuerait tous les maudits chiens stygiens avant qu'un seul d'entre eux ait la moindre chance de mettre à mal sa bien-aimée.

Mais en définitive, il n'en eut pas même besoin, car entre-temps ses hommes survinrent et eurent bientôt terminé cette tâche.

Toutes voiles déployées, les deux vaisseaux liés se déplaçaient avec aisance au gré des vagues moutonneuses. Plus calmement que l'exubérante Bêlit, Conan appréciait leur victoire. Leur équipage avait perdu trois hommes, et cinq autres avaient été si grièvement touchés qu'ils étaient hors de combat pour quelque temps, si l'infection de leurs plaies ne leur coûtait pas la vie. Nul Stygien ne semblait avoir survécu. Les boucaniers les avaient tous jetés à la mer, morts ou vifs ; ils n'étaient point marchands d'esclaves. Toutefois, Conan savait qu'en fin de compte, Bêlit aurait à faire ce qu'elle avait déjà dû faire, retourner en pays Suba pour quérir de nouvelles recrues. Elle disait que de ceux-là, il n'y avait jamais pénurie.

Des écoutilles béaient là où les hommes étaient descendus pour découvrir quelle cargaison ils venaient d'acquérir. Il entendit de joyeuses exclamations et en déduisit qu'il devait s'agir non seulement d'objets de valeur, mais aussi immédiatement négociables, des épices peut-être. Il s'approcha du gaillard d'avant, Bêlit à ses côtés. Tous deux s'étaient débarrassé de leurs vêtements souillés de sang et de sueur. Son corps de déesse luisait encore, mouillé par le seau d'eau qu'elle avait jeté sur eux deux pour les rafraîchir. Ils avaient encore leurs épées à la main ; les prédateurs qui n'ont pas appris la prudence n'atteignent jamais un âge avancé.

Devant eux, la porte d'une cabine s'ouvrit brusquement. L'homme qui en sortit portait le collier de fer des esclaves. Pourtant sa tunique était blanche et propre, et son allure svelte n'était pas dépourvue d'élégance. Le teint plus sombre et les traits plus fins que ses compagnons de bord, il paraissait étranger.

— Salut à vous, dit-il calmement, et il inclina la tête au-dessus de ses mains fermées. Le restant de ses paroles fut perdu pour Conan qui ne connaissait presque rien de la langue stygienne.

Bêlit lui répondit avec son vocabulaire limité. Il sourit, puis se mit à parler en shemite, dialecte que Conan maîtrisait assez bien.

— Congratulations pour votre victoire, ma Dame, seigneur. Que puis-je faire pour vous être utile, moi, Otanis de Taia ?

— Hum ! grogna Conan. Tu es bien rapide pour changer de maîtres, toi.

— Quelle loyauté lui dois-je, à celui qui fait de moi sa propriété ? fit Otanis, haussant les épaules. Son regard se fit plus intense, sa voix s'emplit d'espérance. Peut-être daignerez-vous faire de moi un homme, dans votre générosité. Cela vous gagnerait, en vérité, la véritable dévotion, celle qui ne meurt jamais.

— C'est un homme de Taia, expliqua Bêlit à Conan. Son peuple n'est pas stygien, bien que leur terre appartienne à ce royaume depuis bien longtemps, et ils se sont souvent pris les armes contre leurs gouvernants. Ce fut toujours en vain, mais on se doit d'admirer leur courage encore davantage pour cela. (Elle se tourna vers l'autre homme.) Quel a été ton sort ?

— Une fois encore la flèche de guerre est passée d'un clan à l'autre, dit Otanis, le sourcil froncé. Et Taia s'efforce de lutter pour sa liberté d'autrefois. J'ai été capturé lors d'une escarmouche et envoyé vers le marché aux esclaves.

Conan l'étudia avec soin et fit remarquer avec sagacité :

— Tu n'as point l'air d'avoir beaucoup souffert.

— Non, j'ai eu la chance avec moi, répondit Otanis, si tant est qu'une chose semblable à la chance puisse exister dans une cage. Le Stygien qui m'a acheté, un négociant de Khemi du nom de Bahotep, a la sagesse de reconnaître que l'on tire davantage d'un animal s'il est bien traité. Il se trouve que j'ai de l'instruction, ce qui n'est plus très commun parmi les habitants de Taia de nos jours, comme ma Dame le sait certainement, et il m'a placé dans sa maison de comptage pour y travailler. Récemment, il m'a nommé son subrécargue pour cette cargaison précieuse. Il en était arrivé à me faire confiance, voyez-vous. Et de plus, il avait chargé le capitaine de me faire surveiller de près lorsque nous serions à quai. (Otanis haussa à nouveau les épaules.) Eh bien, si nous prenons en considération le fait qu'il n'est pas méchant et celui qu'il m'appelle son esclave, il semblerait que je ne lui doive rien, de bon ni de mauvais. Et ainsi, ma Dame, seigneur, je suis à votre service. (Il répéta sa révérence.) Puis-je m'enquérir de votre propre identité ?

— Je suis Bêlit, du vaisseau corsaire *la Tigresse,* annonça fièrement la femme, et voici mon collègue capitaine Conan.

Elle s'interrompit. Otanis était pétrifié, bouche bée.

— Qu'y a-t-il ?

— Tu... es Bêlit... de Shem et de la Côte Noire? demanda-t-il.

La lumière ondula sur ses tresses noires comme l'obsidienne tandis qu'elle acquiesçait.

— Oui, dit-elle. Je suis Bêlit, qui comme toi a de bons motifs pour chercher vengeance auprès de la Stygie.

— Mais je... je connais ton frère, balbutia Otanis.

— Comment ! s'écria Bêlit, en un souffle frémissant, raidie.

Son épée cliqueta en tombant au sol. Elle saisit Otanis par l'avant-bras. Ses ongles s'enfoncèrent dans sa chair jusqu'à ce qu'il pâlisse. Il resta immobile, pourtant, ce qui plut à Conan. La propre paume puissante du Cimmérien se posa sur l'épaule de sa bien-aimée. Sous la peau soyeuse, il perçut combien la chair était tendue et tremblait.

— Raconte-moi ! ordonna-t-elle. Raconte-moi tout !

— Eh bien... eh bien, il y a beaucoup à dire, dit Otanis, hésitant. Nous sommes devenus de proches amis, lui et moi.

— Il n'est plus la victime de ce monstre de Ramwas? cria-t-elle.

— Non, il ne l'est plus, dit Otanis, secouant la tête. Il m'a raconté comment Ramwas vous avait achetés tous les deux, commença-t-il après avoir cherché ses mots. Et comment tu t'es échappée. Il n'osait pas espérer davantage qu'une mort décente pour toi. Comme il serait heureux de te voir ici, reine des batailles ! Quoi qu'il en soit, Jenahan avait réussi à causer tant d'ennuis de son propre côté que Ramwas se décida de se débarrasser de lui en le mettant en vente. Mon maître Bahotep l'acheta. Comme je le disais, Bahotep sait qu'il y a mieux à faire d'un homme éduqué et plein de dons qu'un simple travailleur des champs. Jenahan se conduisit d'une façon satisfaisante sous un traitement équitable. (Otanis jeta un sourire affecté en direction de Conan.) Nous pouvions même rendre visite à une certaine fille qu'il gardait, une fois par semaine, si nous étions assez obéissants. Il redevint sérieux, rencontra le regard mouillé de Bêlit, et continua : Oui, Jenahan travailla à côté de moi, et cela jusqu'à ce que l'on m'envoie faire ce voyage. Bien sûr, son cœur aspire toujours à la liberté. Mais il est trop intelligent pour risquer ce qu'il a, si peu que ce soit, du moins jusqu'à ce que les dieux lui offrent une meilleure chance de s'évader qu'il n'a pu en avoir jusqu'à présent.

— Jenahan — à Khemi ? — Jenahan ! sanglota Bêlit, Elle se jeta dans les bras de Conan et laissa aller ses larmes. Il la tint serrée, lui caressa les cheveux d'avant en arrière, lui murmura les quelques mots de réconfort qui lui vinrent. Ceux-là de ses hommes qui se tenaient sur le pont supérieur la dévisageaient, les yeux écarquillés, mais n'osèrent pas s'approcher.

— Où est-il, Otanis ? fit Bêlit, s'arrachant à son amant et se tournant soudain vers l'autre homme. Nous allons tenter un raid. Guide-nous à lui, et tout l'or de la Stygie t'appartiendras !

Conan pouvait comprendre, au plus profond de sa moelle épinière, ce qu'elle ressentait. Pourtant, le fait qu'il était encore, dans une certaine mesure, un étranger, lui permit de garder son calme. Sous cette façade, la rage et l'impatience s'agitaient en lui. Offrir ce cadeau à Bêlit ! Mais il avait le pouvoir de prendre du recul et de voir comment cela pouvait être accompli. Il la prit par les bras, la força à le regarder en face, et dit très précautionneusement :

— Ma chérie, tu délires. Un vaisseau contre une cité et une flotte entière ? Cela n'est plus un sauvetage, mais du suicide. Servons-nous de notre intelligence, autant que de nos épées (sa voix prit une intonation plus ferme) et Jenahan parcoura bien les ponts de la *Tigresse*.

Elle fit l'effort de se ramener, presque pied à pied, à la réalité.

— Oui, bien sûr, tu as raison, fut-elle enfin capable de dire. Il nous faut un plan. Mais c'est pour cette cause que nous allons vivre désormais — la liberté de Jenahan — jusqu'à ce que nous ayons triomphé !

Le regard bleu glacé de Conan passa par-dessus la tête de Bêlit et transperça Otanis.

— Nous aurons besoin de ton aide, dit le Cimmérien. Sans nul doute, cette aventure sera dangereuse. Tu as combattu pour ton pays. A présent, accepte notre cause, et tu auras non seulement ta liberté, mais des vaisseaux remplis de richesses. Est-ce que cela ne t'aiderait pas à acheter les services de nombreux mercenaires pour aider les tiens ? (Il fit une pause pendant un instant, silencieux sous le vent marin.) Si tu nous mène à l'échec, termina-t-il brusquement, tu es mort !

— Cela ne sera peut-être même pas si difficile, répondit Otanis, souriant. Pouvons-nous parler encore ?

Bêlit confia au premier maître la tâche du transbordement de la cargaison, et accompagna les deux hommes dans l'ancienne cabine du capitaine. Elle et Conan prirent place à sa table. Otanis apporta du vin et se joignit à eux. Un rayon de soleil s'infiltra par une fenêtre aux carreaux plombés, oscillant d'avant en arrière selon le mouvement du bateau. Les sons que faisaient les hommes en travaillant, leurs rires, le cri grinçant des mouettes virevoltantes, le choc sourd et rythmé des vagues contre la coque, parvenaient à l'intérieur. La pièce était petite et chichement meublée, mais l'air de l'océan entrait par la porte entrebâillée, apportant un souffle salé rempli d'espoir.

Otanis prit une gorgée de vin, se laissa aller en arrière, entrecroisa les doigts, et dit :

— La demeure de Bahotep et ses entrepôts ne sont pas lourdement gardés. Ses esclaves savent qu'ils ont le meilleur — le moins mauvais — maître de Khemi, et ne cherchent qu'à rester dans ses bonnes grâces. Et il en est de même pour Jenahan, sauf si une chance définie de s'échapper lui est présentée. En ce cas... Ma Dame Bêlit doit avoir bénéficié d'une chance incroyable lors de sa propre évasion. Il me serait intéressant d'entendre comment cela s'est produit.

— J'ai volé un esquif, aboya la femme-pirate.

— Et n'as-tu pas été interceptée avant cela ? Par un python sacré par exemple ? demanda Otanis, claquant de la langue. Qui plus est, lorsqu'un esclave manquant et un bateau disparu furent signalés le lendemain matin, trois ou quatre au moins de nos navires se lancèrent à leur recherche. Les Stygiens cherchent toujours à faire un exemple de leurs serviteurs rebelles, et un navire a davantage de mobilité qu'un simple esquif. C'est le plus pur des hasards si nul ne t'a aperçue et si nul n'a jugé bon de s'enquérir de ta destination exacte auprès d'un magicien, jusqu'à ce qu'il soit trop tard. Jenahan ne peut plus espérer une chance semblable. Et une évasion suivie d'une fuite vers l'intérieur des terres serait plus vaine encore. Souviens-toi, le châtiment réservé aux esclaves fugitifs n'est pas la mort — pas avant des jours.

Il marqua un temps d'arrêt. Conan but une longue gorgée du vin acide venu de Stygie et le regarda amèrement.

— Cependant, comme je le disais, reprit Otanis, Jenahan n'aurait pas de difficultés particulières à quitter la demeure de Bahotep. Lui, comme moi, le fait souvent, à l'occasion de telle ou telle course. Il pourrait sans problèmes s'inventer une raison d'être absent pour deux ou trois jours, une raison qui pourrait convaincre le garde, comme par exemple un message à délivrer à un des intendants sur l'une des plantations de Bahotep. Il est improbable que le garde irait s'enquérir auprès du maître pour si peu. Je pourrais lui envoyer des instructions dans ce sens, le donner à quelque ami illettré au sein de la maisonnée, dès que cette personne passera le lieu où je me tiendrai dissimulé. Ensuite, Jenahan et moi pourrions nous rendre aussi vite que les dieux le permettent jusqu'au bateau qui m'aurait débarqué à terre, prendre la mer avec une avance inestimable sur d'éventuels poursuivants, et rejoindre ce vaisseau, ma Dame.

Du vin se répandit hors de la coupe que Bêlit portait à ses lèvres.

— Tu sembles être bien astucieux, Otanis, gronda Conan. Qu'est-ce qui pourrait t'empêcher de nous fausser compagnie à tout jamais, une fois que tu auras ton bateau ?

— Une bonne question, seigneur, répondit l'homme noir, imperturbable. Ma réponse est triple. D'abord et moindre fait, vous m'avez proposé de grandes récompenses pour mes services, des récompenses qui serviront moins à moi seul qu'à ma pauvre terre natale. Ensuite, Jenahan et moi sommes de véritables amis. Si cela prête à caution dans votre esprit, donnez-moi quelques heures pour vous rapporter ce qu'il m'a raconté de lui — et de toi, ma Dame — oui, des récits qui plongent fort loin dans son passé, jusqu'à l'enfance. Tu connais ton frère ; tu sais qu'il ne confierait pas ses confidences intimes à n'importe qui, surtout pas à un homme en qui il n'aurait pas confiance. En troisième lieu, je suis un homme de Taia, un montagnard, et non un marin. Il faudra que l'on m'accompagne pour faire aller l'embarcation qui m'emportera. Il serait mieux aussi que j'emmène un fort guerrier, au cas où les choses tourneraient mal.

Le poing de Conan retentit sur la table.

— Tu en as trouvé un ! s'exclama-t-il.

— Non, pas toi, mon amour, protesta Bêlit, agrippant son poignet. J'irai moi-même.

— Impossible, répliqua-t-il. Tu ne pourrais jamais te faire passer pour une femme de la noblesse ou une fille des rues, seuls types de femmes qui puissent évoluer librement à Khemi, si ce que l'on m'a dit est vrai. De plus, si tu es une guerrière intrépide, il n'en reste pas moins que c'est moi le plus apte à combattre dans une rude mêlée, plus même que qui que ce soit d'autre dans l'équipage, en fait. Et encore, nul d'entre eux n'a l'habitude des villes, n'est-ce pas ? Un homme inexpérimenté commettrait bien trop aisément une maladresse et pourrait attirer l'attention. De surcroît, tu me nommes ton collègue capitaine, Bêlit, mais en vérité, c'est toi que les Noirs obéissent. Je ne parle pas même leur langage. Il nous faut garder la *Tigresse* prête à bondir... pour Jenahan.

Elle avala sa salive, puis admit avec un glacial réalisme.

— Qu'il en soit ainsi, Conan. Je saborderai ce navire et accosterai notre propre galère près de cet îlot là-bas. On l'appelle Akhbet, et je t'apprendrai les voies qui mènent de cette rive jusqu'à Khemi. Nul n'y habite, ce qui en fait un lieu de rendez-vous commode.

— Hum, fit le barbare en caressant son menton massif. Tu comprends certainement qu'il n'existe nulle manière de prévoir combien de temps tout cela nous prendra. Nous ne voulons pas agir à la légère, Otanis et moi. Et la malchance la plus incontrôlable pourrait nous retarder. Peut-être même nous forcer vers l'intérieur des terres une fois que Jenahan sera avec nous.

— Oui, bien sûr, je comprends, acquiesça Bêlit. Sa voix se brisa : Mais, oh, Conan, jamais je ne te renierai vivant ou mort ! Je suis déchirée entre mon amour pour toi et mon amour pour mon frère. De mauvaise grâce seulement suis-je capable d'accepter ton départ vers le danger, même pour le sauver, et pourtant il est le fils de mon père. Non, jamais je ne te délaisserai. Ici restera la *Tigresse,* au large de l'île d'Akhbet. Si vous restez longtemps absents, il nous faudra peut-être mettre le cap vers d'autres cieux pour nous procurer des provisions ; ou la prudence peut nous mener ailleurs si des navires de guerre viennent à croiser dans ces parages ; mais toujours, toujours nous reviendrons pour attendre. (Elle se blottit au creux de ses bras.) Toujours, Conan !

Bientôt, cependant, elle fut suffisamment calme pour demander à Otanis des nouvelles de Jenahan, comment il se portait et ce qu'il avait à raconter. Tandis qu'elle écoutait, une ardeur s'enflammait en elle, qui embrasait aussi Conan.

VII

LA TAVERNE DES TRAÎTRES

La nuit était tombée quand une yole arrachée au navire marchand atteignit le continent, mais une ample lune bosselée donnait bien assez de lumière aux yeux de celui qui avait parcouru les profondes forêts obscures de Cimmérie. Les rayons étincelaient sur les vagues basses qui clapotaient et la voile latine. Devant eux, la Stygie s'étendait au loin sous le ciel d'est aux pâles dorures. La brise était encore loin vers la mer, et Conan sentit la chaleur augmenter tandis qu'il approchait de son but.

Ce n'était pas le port de Khemi. Nulle embarcation n'y pénétrait sans autorisation, et Conan ne voulait pas livrer la sienne aux regards de la police. Il lui faudrait peut-être faire une sortie hâtive et violente. Otanis avait suggéré une petite baie au sud de l'estuaire, ce qui avait plu à Bêlit ; elle l'avait remarquée lors de traversées entre le comptoir d'échange de ses parents et leur ville d'élection des jours anciens. Elle donna à Conan des instructions pour qu'il tienne la barre en se guidant d'après les étoiles, et il en fut vite capable, car bien souvent il s'était dirigé sur terre de la même façon. Ses adieux résonnaient encore dans son esprit.

L'esquif perdit le vent lorsqu'il entra dans la petite baie, protégée par des écrans de palétuviers couverts de lianes et de palmiers qui poussaient sur ses rives boueuses.

— Serre la voile, dit Conan à Otanis avant de ramasser un aviron. L'eau bouillonna sous la force de ses coups de rame. Des serpents et des crocodiles glissèrent vers d'autres eaux, inquiets, leurs dos luisant à la lune.

— Oh, que tu es donc maladroit ! ajouta Conan après avoir observé les efforts malhabiles de son compagnon. Laisse-moi m'occuper du reste quand nous aurons accosté.

Cela se produisit bientôt. Il arrima solidement la yole à des arbres qui poussaient sur la berge là où l'eau était basse ; il aurait été imprudent de confier leur moyen d'évasion au gré de la marée. Les branches tombantes et les lianes étaient drues alentour et protégeraient des regards leur embarcation. Une fois ces questions réglées, il enveloppa sa silhouette moite dans un caftan, un manteau à capuchon, et des sandales qui avaient fait partie du butin. La cape dissimulait son épée et son poignard, tous deux illégaux, et lui permettraient de soutenir une inspection de routine, de nuit tout au moins. Sa taille était inhabituelle, mais pas extraordinaire parmi les Stygiens, généralement grands ; sa peau avait la teinte bronzée de celle de leurs aristocrates, et ses yeux bleus et ses autres caractéristiques étrangères étaient dans l'ombre.

— J'envie ta tunique légère, fit-il remarquer à Otanis. Un vrombissement emplit l'air étouffant. Il sentit une piqûre, écrasa le moustique, et gloussa.

— Ou peut-être que non. Enfin, à partir d'ici, c'est toi qui donnes les ordres, ami.

En pratique, il découvrit qu'il devait être leur guide à travers le marais, car l'autre homme trébuchait et s'égarait. Conan était frappé par l'incapacité de cet homme qui avait été chasseur et bouvier, et qui pourtant était aussi mal à l'aise que n'importe quel citadin. Toutefois, le Cimmérien supposa qu'un natif des hautes terres pouvait très bien être en difficulté dans ces ténèbres humides et enchevêtrées. Peu d'hommes avaient eu une aussi grande expérience de la nature sous tous ses aspects que lui.

Otanis prit le commandement une fois qu'ils eurent atteint des champs cultivés. Grise de poussière sous le clair de lune, une route courait vers le nord à côté d'un fossé d'irrigation, facile à suivre. Par deux fois ils croisèrent des villages de serfs, de misérables groupements de huttes en terre. Des chiens faméliques aboyèrent sur leur passage mais ne réussirent point à réveiller les humains, qui dormaient du sommeil de l'épuisement.

— Pourquoi vivent-ils ainsi ? s'enquit Conan. Que retirent-ils de leur existence sinon de la peine, et qui profite non à eux mais à leurs maîtres, et le besoin, et le fouet du contremaître sur leurs dos usés s'ils faiblissent ?

— C'est la seule vie qu'ils connaissent, rétorqua Otanis.

— Mais ne peuvent-ils au moins imaginer quelque chose de meilleur ? La seule vie que je connaissais étant enfant était celle de mon pays barbare. Comparée à ceci, c'était le paradis même, mais cependant j'en fus vite lassé et je décidai de me mettre en route pour découvrir le vaste monde au-delà de l'horizon. Oh, remarqua Conan, un homme seul ou une famille seule qui tenterait de s'échapper d'ici rencontrerait certainement le malheur. Mais si un nombre suffisant d'entre eux s'assemblaient, se juraient d'être libres ou morts, ils pourraient enfin se débarrasser de ce poids monstrueux de l'Etat qui les écrase.

— Mais, éclata Otanis, choqué, cela amènerait l'effondrement de la civilisation !

— A coup sûr, acquiesça Conan gaiement.

— L'héritage de siècles entiers, la culture, l'art, le raffinement, tout cela serait aboli pour la sauvegarde de ces — de ces bêtes de somme ?

— J'ai été dans bon nombre de royaumes civilisés, et il est vrai qu'ils avaient beaucoup à offrir ; mais à chaque fois, le prix en était d'avoir à subir un Etat, un gouvernement, et ce prix est trop élevé. (Conan jeta un regard acéré à son compagnon.) Tu parles bien étrangement pour un Taien, du moins selon le peu que je connais des hommes de Taia.

— Mieux vaut pour nous ne pas discuter de politique, fit Otanis, pinçant les lèvres. Puis il se plongea dans un silence dont Conan ne put le tirer. Le Cimmérien haussa finalement les épaules et se laissa aller en pensant à Bêlit.

La distance à parcourir n'était que de quelques lieues, et les voyageurs atteignirent Khemi bien avant minuit. Des remparts et des tours surplombaient la rivière Styx qui luisait sombrement au-dessous de ces cimes de pierre. Çà et là une fenêtre brillait, tache jaune et solitaire, mais dans l'ensemble, la cité n'était qu'un gouffre d'obscurité qui semblait absorber le clair de lune qui tombait sur ses maisons. Par une chaude nuit comme celle-ci, la plupart des villes auraient laissé entendre des sons de fête, mais le silence s'appesantissait sur la capitale des prêtres sorciers.

Otanis conduisit Conan vers les quais, le long d'un chemin pavé sous les remparts. Cela les mit en vue de la Grande Pyramide, un édifice énorme qui dépassait les plus hautes fortifications. Comme ils se tenaient en terrain élevé, Conan aperçut également le pâle labyrinthe d'anciennes carrières et de tombes, qui plus bas descendait vers le bord de l'eau. Il réprima un frisson d'angoisse. Les ennemis mortels faits de chair, il se glorifiait de les affronter, mais il conservait une peur primitive du surnaturel, et l'on murmurait que les fantômes d'innombrables siècles passés hantaient cette vaste colline. Quand à Khemi elle-même, il n'avait osé révéler à Bêlit de quel courage il devait s'armer pour y entrer.

Et pourtant, il était vraiment l'homme le mieux préparé pour accompagner Otanis et ramener son frère à sa bien-aimée. Dans son esprit, il chassa toutes ses craintes ; son corps se mit à avancer par larges enjambées avec une régularité de tigre.

Les portes de la ville étaient fermées entre le coucher et le lever du soleil, à moins qu'il ne s'agisse d'affaires d'Etat. Mais seule une paire de murs qui se faisaient face et deux tours de guet gardaient les quais, ouverts à tous vents. Toute autre mesure aurait nui au trafic portuaire, dont Khemi, tout comme la plupart des cités stygiennes, dépendait grandement. Pour assurer sa défense de ce côté, la cité pouvait compter sur la flotte royale, la pente escarpée, et finalement, le pouvoir de ses sorciers. Depuis des siècles et des siècles, nulle force hostile ne s'était risquée à une attaque. Même les fortifications tournées vers l'intérieur des terres servaient principalement à la hiérarchie, lui permettant de garder le contrôle de sa vie intérieure.

Ainsi Conan et Otanis purent entrer comme deux pêcheurs attardés l'auraient fait, si ce n'est qu'ils se tinrent plaqués aux murs pourvoyeurs d'ombres denses, et que parfois ils se pliaient en deux, attendant l'occasion d'avancer de quelques mètres sans attirer l'attention de la police qui aurait pu les questionner sur leurs activités. Une fois dans les ruelles proches, ils n'eurent plus besoin d'adopter tant de prudence.

— Quel trou, grommela Conan. N'y a-t-il pas une seule auberge ouverte à cette heure, où l'on peut savourer une corne de bière pour lutter contre cette maudite chaleur ?

— Cela, tu pourras te le procurer là où nous allons, déclara doucement Otanis, mais dans peu d'autres endroits. Fais silence, à présent. Nous ne voulons point risquer d'éveiller le courroux de certaines choses qui rôdent dans la nuit.

Sous sa cape, Conan ferma le poing sur la garde de son épée. Il avait entendu parler des pythons sacrés de Set, qu'on autorisait à sortir après la tombée du jour lorsqu'ils avaient faim, et à se repaître des proies qu'ils pouvaient rencontrer. A la limite, il aurait presque accueilli avec joie un tel monstre, quelque chose de concret à combattre. Lui n'était pas stygien, et ne se serait pas laissé broyer et dévorer sans résister par cause de la volonté de ce dieu !

Malgré la largeur de la rue, de hauts bâtiments cachaient la lune des deux côtés, ainsi que la plupart des étoiles, la transformant en ravin lugubre. Il apprécia, sans enthousiasme, l'absence des immondices communs à la plupart des carrefours des autres cités — jusqu'à ce qu'il aperçoive un groupe d'esclaves qui se chargeaient de les nettoyer chaque nuit. Ils étaient émaciés, malades, fous ou incapables de toute autre tâche à ce stade de leur vie, et il semblait que seuls les fouets de leurs geôliers les poussait à continuer leur labeur. Ailleurs, une torche brasillante signalait un autre travailleur occasionnel d'un genre légèrement plus chanceux, un messager, un prêtre vêtu d'une toge et portant un masque bestial, ou une courtisane dépourvue de tout vêtement, à l'exception de la haute aigrette symbole de sa fonction. Ces gens étaient peu nombreux et sans joie. A part leur présence, Khemi n'était qu'une abysse peuplée de sifflements et de bêtes rampantes.

L'obscurité se fit plus dense comme Otanis menait Conan dans une partie plus misérable de la cité. Là, les venelles étaient étroites, tortueuses et sales, entre les murs décrépis de taudis et les ateliers lépreux. Les toits plats était encombrés de dormeurs qui avaient fui la fournaise de leurs masures. A un moment, un couple de jeunes hommes se glissa près d'eux, spectraux dans leurs caftans, et Conan discerna l'éclair de poignards prêts à jaillir. Il tira son épée, et ils changèrent d'avis sur leurs projets, et retournèrent à leur ruelle.

— Oui, dit-il, ce repaire de hyènes n'a pas le droit d'imposer sa loi à une contrée telle que la tienne, Otanis.

Son guide ne répondit point.

Finalement, ils s'arrêtèrent devant un seuil précis. Une enseigne écaillée proclamait qu'il s'agissait d'une auberge et la lumière filtrait faiblement par les fissures des portes et les fentes des volets. Les oreilles perçantes de Conan percevaient des bruits à l'intérieur, et parmi les odeurs nauséabondes de la rue, il sentit le parfum de la viande qui rôtissait.

— Avons-nous trouvé l'hostellerie dont tu parlais ? demanda-t-il.

— Oui, chez Uminankh, répondit Otanis. A bord du bateau, il avait expliqué que, tandis que les étrangers sans laissez-passer n'avaient pas le droit d'être hébergés à Khemi, il se trouvait des tenanciers qui ne posaient pas de questions à un client pourvu qu'il puisse payer. La bourse à la ceinture de Conan était bien remplie. Il s'était étonné qu'Otanis, montagnard amené des hautes terres pour entrer au service d'un respectable marchand, soit au courant de telles choses. Sa réponse avait été que les sbires de Bahotep se voyaient parfois confier de curieuses missions. Et par la suite, le bavardage allait bon train dans la maisonnée.

Otanis frappa à la porte. Celle-ci, retenue par des chaînes, s'ouvrit d'un pouce et un visage maussade apparut dans l'entrebâillement. Conan grimaça un sourire et montra une pièce d'or. La chaîne claqua en se détachant et les nouveaux venus entrèrent.

Ils se trouvaient dans une petite taverne, au plafond si bas que le Cimmérien devait baisser la tête. Les paillasses en jonc sur le sol n'avaient pas été changées depuis des semaines et puaient la bière rance et les détritus amassés. Des lampes de pierre répandaient une lueur blafarde sur quelques hommes affublés de kilts et de ceintures à poignards, qui étaient assis à même le sol, la mine patibulaire. Une traînée, hideuse et pitoyable par sa vieillesse, se traînait alentour, ignorée de tous. Un quartier de porc sur une broche était plus ou moins gardé au chaud par un brasero de charbons qui rendait l'air enfumé plus étouffant encore qu'à l'extérieur.

Otanis échangea quelques mots en stygien avec l'aubergiste borgne, et de l'or changea de mains. Lançant un regard à Conan, il indiqua une porte intérieure et dit en shemite :

— Tu as un grabat pour toi seul, la vermine mise à part. Il se trouve dans la première chambre à ta droite en sortant par là. J'ai payé ta pension pour une semaine. Ne laisse pas Uminankh te faire payer davantage pour la nourriture ou le vin. Il ne manquera pas d'essayer, bien entendu.

— Une semaine, enfermé dans cette porcherie ? grimaça Conan.

— Nous avons parlé de cela avant de faire voile, lui rappela Otanis. Errer seul te rendrait trop aisément suspect. De plus, comment ferions-nous dans ce cas pour nous retrouver en cas de besoin ? Non, reste caché ici. Je ne sais combien de temps il me faudra pour faire parvenir ce message à Jenahan, ni à quel moment il pourra s'enfuir sans danger une fois cela fait. Si les dieux sont avec nous, cela prendra peut-être seulement un jour ou deux.

— Et tu me rejoindras ici, acquiesça Conan. Très bien. Si Bêlit pouvait voir l'endroit où je t'attends, elle n'aurait plus jamais de doutes quant à mon amour pour elle !

— Je dois partir, à présent ! Dors en paix.

— Euh, il vaudrait mieux que mon sommeil soit léger. Mais partiras-tu sans te repaître ou te rafraîchir un peu ?

— Je sais où se trouve la demeure de Bahotep, et je puis commencer à reconnaître le terrain dès maintenant.

— Tu es un brave homme, dit Conan d'un ton bourru, empoignant Otanis par les épaules. Puisse la chance marcher à tes côtés.

L'homme noir sourit, s'inclina légèrement, puis s'en fut. Uminankh remit la chaîne en place derrière lui. Conan s'approcha de la viande. Elle n'était pas particulièrement appétissante, mais il était affamé. Comme il tirait son poignard pour en couper quelques tranches, Uminankh se précipita vers lui. Conan ne comprit pas les mots proférés par le tenancier, mais il paraissait évident que l'autre réclamait de l'argent. En cimmérien, Conan lui dit : « Tu as été payé », et il l'éloigna du coude. Uminankh commença alors une tirade accompagnée de grands gestes. Il fit appel à ses clients, invoquant leur bonté, et deux d'entre eux se levèrent, portant la main à leurs poignards. Conan rejeta de côté sa cape, révélant son épée imposante. Un homme se rassit promptement, l'autre étendit la main vers Conan et gémit : « Bakshish ? » A demi amusé, le barbare lui donna une pièce de cuivre, et fut aussitôt entouré par l'assemblée tout entière. « Bakshish, bakshish ! » clamaient-ils. Il avait eu moins de difficulté à se frayer un chemin au milieu d'une troupe ennemie qu'il n'en eut ce soir-là à gagner sa chambre.

Ce qui était peu exact comme appellation, tant le réduit sans fenêtres était sale. Mais il s'y trouvait une paillasse de roseau suspendue au mur, un grabat mité sur le sol, et une cruche. Conan se déshabilla et plaça ses vêtements comme drap inférieur. Ses armes furent disposées de chaque côté, et il dormirait d'un sommeil fort léger, en vérité, ses doigts toujours près de leurs pommeaux.

Il s'enfonça dans un rêve où Bêlit...

Du bruit le réveilla, des voix rogues et des chocs métalliques. L'air avait fraîchi et s'était empli de lumière grise, celle de l'aube à l'extérieur. Il entendit Uminankh faire de vives remontrances ; un autre choc sourd qui aurait pu être celui d'un poing frappant l'aubergiste, car il fut suivi d'un gémissement ; des ordres aboyés ; des pieds qui remuaient. Il bondit, dressé, en armes.

Un glaive transperça le rideau qui s'abattit, s'émiettant en poussière, pour révéler deux soldats stygiens. Ils étaient entièrement harnachés, casques, cuirasses, pagnes cloutés, bouclier au bras et glaive à la main. Derrière eux se tenait Otanis.

— Conan, rends-toi ! cria-t-il. Tu n'as nul espoir sinon la clémence de mon maître Tothapis.

La fureur rendait livide le visage du barbare et rugissait à ses oreilles.

— Ton maître, maudit chacal ? gronda-t-il. Avec quel morceau de charogne t'a-t-il acheté la nuit dernière ?

Plus grand que les autres, le traître leva la tête avec condescendance et répliqua :

— Jamais je n'ai été acheté. Je ne suis pas de Taia, mais un véritable Stygien. Amnun est mon nom si cela t'intéresse, et c'est avec joie que je me suis embarqué pour accomplir ma mission au service du prêtre Tothapis : te ramener. Set lui-même a commandé qu'il en soit ainsi, et une puissance sorcellerie y a prédestiné. Ne lèves pas la main contre Celui Qui Est, Conan. Rends-toi et conserve ta vie.

— Pas dans le même monde que la tienne, chien ! fit le Cimmérien, carrant son large dos contre un coin de la pièce. Venez donc me prendre !

Amnun parla au chef des soldats, qui lâcha quelques ordres secs en direction de ses hommes. Ceux-ci s'avancèrent.

Cela, ils le firent avec précaution, professionnellement. Amnun devait les avoir averti du genre d'homme qu'ils devaient maîtriser. Bouclier contre bouclier, la ligne de front formait un mur mobile qui couvrait les porteurs de piques derrière lui. Eût-il bénéficié de davantage d'espace, Conan aurait bondi pour les contourner, en tuant deux ou trois au passage. Ici, il était pris au piège.

Il frappa. Un casque stygien résonna. La tête de son possesseur partit en arrière. Ebloui par la douleur à son cou, il défaillit. Son bouclier s'abaissa. L'épée de Conan hurla en tournoyant, s'abattant en pleine colonne vertébrale de l'homme qui se tenait derrière le premier soldat. Un troisième trébucha sur le cadavre qui s'écroulait, et Conan l'attrapa d'un revers puissant.

Mais leur chef les rappela vers la porte. Là, ils reprirent la formation et s'avancèrent à nouveau. Cette fois, les lances des second et troisième rangs s'élancèrent en avant des attaquants. Soudain Conan se vit en cage parmi les longues tiges aux pointes de fer.

— Cède ! Cède ! invectivait Amnun de l'entrée.

Conan se fendit. A droite et à gauche, son épée voleta, pour écarter les lances. Pendant une seconde à peine, il eut la possibilité d'un coup droit entre elles ; cela lui suffit.

Sa main gauche s'éleva et décrit un arc de cercle. Son poignard s'en envola. Amnun hurla lorsque l'arme lui transperça la gorge ; puis il s'affala à terre, son sang s'échappant à gros bouillons.

— Voilà ta récompense ! lança Conan.

Il s'attendait pleinement à mourir. Il n'espérait plus qu'envoyer quelques autres Stygiens sur le chemin de l'enfer pour le précéder. Mais les ordres de l'escadron étaient de le ramener vivant. L'officier aboya un nouvel ordre. Plusieurs lanciers retournèrent leurs armes afin de les utiliser comme massues. Malgré les assauts rageurs de Conan, qui frappait aveuglément, et expédia deux autres soldats dans l'au-delà, et blessa presque tous les autres, la pluie de coups sur son crâne eut finalement raison de lui. Il tomba sur le sol et dans un gouffre noir. Les soldats ne cessèrent de le rouer de coups avec haine que lorsqu'ils en reçurent l'ordre, longtemps après.

VIII

CAPTIFS DE L'ANNEAU NOIR

La physionomie de vautour de Tothapis était crispée en un rictus. Ses doigts tapotaient l'accoudoir droit de son trône à la gloire du cobra. Pour un instant, ce son fut le seul à percer les ombres massées en oscillements informes dans son sanctuaire.

— Je n'aime point cela, dit-il enfin. C'est agir imprudemment.

Nehekba, assise sur un tabouret à ses pieds, laissa ses grands yeux teintés de bronze s'écarquiller encore davantage. La lumière des cierges qui s'y reflétaient semblait transformer tout son visage gracieux en source de clarté.

— Alors, que préconiserais-tu, ô seigneur ? demanda-t-elle.

— Plus je pense à cette question, plus il me paraît sage de les faire tous exécuter pour nous en débarrasser, pendant que cela est possible : Conan, la princesse de Taia, Jehanan, oui, et cet Ophirite, Falco. Avortons son destin meurtrier, avec ces trois autres moindres destinées qui lui sont liées.

— Seigneur, pardonne-moi, mais il me faut dire que je vois la peur s'exprimer par ta bouche, et non la raison, rétorqua la prêtresse-sorcière. Il nous faut sonder plus loin, apprendre davantage, avant de prendre des mesures aussi draconiennes. Sinon la chaîne des événements futurs que nous briserions ainsi pourrait s'enrouler autour de nous d'une façon incontrôlable. Par exemple, Mithra (au nom du dieu Soleil tant haï, tous deux laissèrent échapper un sifflement et tracèrent dans l'air une ligne serpentine) pourrait en trouver un autre que Conan pour manier la Hache qui fut forgée dans les cieux, si cela est bien sa destinée ; et cette fois, nous n'aurions plus l'avantage de savoir qui il serait et où il apparaîtrait. Il nous faut rassembler des indications, traquer les possibilités qu'il porte en lui, avant d'être certains de la marche à suivre pour s'assurer que les exploits qu'il est censé accomplir ne verront jamais le jour.

— Oui, cela est juste, concéda Tothapis. Mais nous avons des drogues et des tortures pour l'interroger rapidement, lui et les autres. Au lieu de cela, tu as non seulement demandé qu'il soit gardé avec le plus grand luxe dans l'Antre de la Manticore, mais tu voudrais par surcroît qu'on les réunisse. Non !

— Potions et supplices ne tireront que peu de choses de ce barbare borné et volontaire, expliqua Nehekba. Ils constitueront nos dernières ressources, avant son exécution, et non notre première. Alors que si nous laissons nos prisonniers se rencontrer, parler et agir librement, s'ils se croient à l'abri de toute surveillance, ils nous révéleront tout ce qu'il nous faut savoir à leur sujet y compris les faiblesses de Conan que nous pourrons utiliser contre lui.

Tothapis était encore indécis. Nehekba dut insister :

— Qu'y a-t-il à craindre ? Nul mortel n'a jamais échappé à la Manticore. Sois zélé au service de Set, et il te viendra en aide. Ne se réjouit-il pas des subtilités de la ruse ?

La décision se cristallisa chez le sorcier.

— Très bien, dit-il. Nous essaierons cela.

Il décrivit le signe et prononça les paroles qui ouvraient le chemin à une vision qui allait de cette maison au château. La scène qui apparut était la salle occupée par l'officier de jour. Celui-ci ne vit rien en retour, et sursauta, effrayé, lorsque la voix de Tothapis retentit. Se dressant sur pieds, il esquissa un salut et écouta ses ordres, tandis que la sueur perlait sur sa peau.

— Oui, grand seigneur, cela sera fait à l'instant, balbutia-t-il.

Tothapis et Nehekba suivirent la progression des hommes qu'il avait fait mander. Ceux-là remplirent leurs missions sans encombres. Une fois qu'ils eurent quitté la salle commune, le prêtre s'attacha à observer les quatre qui se tenaient là à présent. Profitant de son premier examen de près de Conan, Nehekba se pencha avidement en avant, prenant une profonde inspiration.

Lorsque la porte de ses quartiers fut ouverte, le Cimmérien s'empara d'une chaise. Son espoir insensé était de briser le crâne au premier qui entrerait et de réussir d'une manière ou l'autre à faire son chemin jusqu'à l'extérieur de la prison. Il eut un rictus de dépit et laissa tomber son arme improvisée en voyant un détachement entier de soldats en armes. S'ils venaient le chercher pour le mener à la torture ou pire, il se battrait et mourrait dans le feu de la bataille. Mais le traitement qu'on lui avait réservé jusque-là, aussi invraisemblable que cela paraisse, rendait cette éventualité lointaine.

Plutôt que des chaînes et une cellule de donjon, il s'était vu attribuer des appartements princiers tout en haut de ce grand édifice. Un physicien avait appliqué des cataplasmes sur ses plaies. Un barbier venait chaque jour, avec des gardes, pour le raser. Les plateaux qu'on lui passait par un petit guichet ménagé dans la porte recelaient des boissons et de la nourriture délicieuse, en abondance. Il y avait une piscine où il pouvait nager ou se laver, car son eau fraîche était renouvelée à chacun de ses passages. Au bout de trois jours dans ces conditions, il ne souffrait plus que de la rage d'être ainsi confiné, du désir de Bêlit, et de l'étonnement mêlé de peur qu'il ressentait devant son avenir incertain.

— Réjouis-toi, dit le chef du détachement dans un shemite où pointait son accent. Dans sa générosité, le seigneur Tothapis a décidé de ne pas te laisser languir seul, mais de te laisser profiter de la compagnie d'autres captifs durant certaines heures. Suis-nous.

Stupéfait, le cœur battant la chamade sous sa tunique, Conan obéit. Les hommes le conduisirent le long d'un corridor aux portes semblables à celles de ses quartiers, et qui dissimulaient certainement des décors similaires. Au bout du couloir se trouvait une salle vaste et bien meublée, aux riches tapis, pleine de lumière et d'air doux issu de fenêtres ouvertes. Les murs blanchis à la chaux étaient décorés de fresques représentant du gibier sauvage et des fleurs. Une haute carafe de vin et quatre gobelets reposaient sur une table. Trois personnes, déjà présentes observèrent l'entrée de Conan.

— Nous reviendrons te quérir à l'heure du dîner, dit l'officier stygien. Il se retira, suivi de ses hommes. Conan entendit un lourd cadenas se refermer. La pièce ne possédait qu'une seule sortie. Aiguillonné par sa volonté de s'évader, il se rendit à la fenêtre la plus proche et risqua un coup d'œil. Comme il s'y attendait, elle n'offrait aucune issue, il n'y avait là qu'un mur nu qui descendait à pic vers la même cour intérieure que son balcon surplombait, impossible à escalader ou même de sauter sans se rompre les os en s'écrasant.

Il se tourna vers les autres :

— Mon nom est Conan, et mon origine est au pays lointain et polaire des Cimmériens, déclara-t-il en shemite. Etes-vous également retenus prisonniers ici ?

— Je — je le pense, répondit un jeune homme. En tout cas, moi je le suis. Aucun de nous ne s'est rencontré jusqu'à présent. Je suis Falco, fils du Baron de Kirjahan à Ophir.

Conan acquiesça. La nationalité de l'homme était facile à deviner, malgré son accoutrement stygien. Agé de peut-être dix-huit ans, il était svelte, un peu petit, mais solidement musclé. La peau claire, les yeux noisette, les cheveux brun rougeâtre, ses traits réguliers indiquaient qu'il venait du peuple des Ophirites de l'Ouest, civilisés, aux manières courtoises, à l'esprit souvent tourné vers le commerce, plutôt que hommes des plaines aux rudes façons comme on en trouvait à l'est de ce royaume. Mais on lui avait certainement appris à se tenir en selle, à tirer à l'arc, et à manier l'épée, aussi bien qu'à lire, écrire, et jouer de la musique à l'intention des dames. Conan se remémora des cartes qu'il avait consultées. Ophir se tenait au nord de Shem, et Kirjahan n'était pas très éloigné de la frontière d'Aquilonie.

— Et pouvons-nous demander à savoir ton nom, ma Dame ? s'enquit-il auprès de la femme du groupe, après une révérence.

Conan la contempla avec plaisir. Elle était très grande

pour son sexe, mince mais bien proportionnée, sa chair ferme voilée sous une robe diaphane, ses cheveux et ses yeux sombres mais son teint, lui, était presque doré, et son visage le fruit du mélange de plusieurs races, mais finement modelé. Elle entreprit de s'adresser à eux en un langage qu'il ne reconnut pas, à ceci près qu'il semblait appartenir à la famille hyborienne. Voyant que nul ne la comprenait, elle l'abandonna pour le stygien.

— Elle est Daris de Taia, traduisit Falco. Son père Ausar a pris la tête de la révolte de cette province contre le roi Mentuphera. (Il hésita, son visage juvénile marqué par le trouble.) Si son père est encore en vie.

Conan fronça les sourcils. Après son expérience, il ne pouvait s'empêcher d'éprouver de la méfiance vis-à-vis de quiconque venu de Taia.

— Comment est-elle arrivée ici ? demanda-t-il.

Falco posa la question, reçut une réponse, et expliqua brièvement ce qui s'était passé. Les soupçons de Conan le quittèrent.

— Eh bien, bravo pour toi, femme ! dit-il. Ton cœur est frère de celui de Bêlit.

Le quatrième homme présent proféra un cri rauque. L'attention des autres se tourna vers lui. Shemite grand et solidement charpenté, il s'était tenu à l'écart, silencieux, la tête basse, chacune des rides sur son visage cruellement mis à mal dénotant le chagrin.

— Qui es-tu ? s'enquit Conan.

— Je ne suis personne, je ne suis rien, répliqua-t-il d'une voix mal assurée. Soudain ses yeux embués se levèrent soudain pour rencontrer ceux du Cimmérien. Mais t'ai-je bien entendu prononcer un nom ?

— Oui. Celui de Bêlit, la reine pirate de la Côte Noire...

Conan n'eut pas le temps de finir. L'étranger s'avança d'un pas trébuchant et enserra ses bras en une étreinte que même le barbare trouva douloureuse. Il entendit un cri acéré : « Ainsi, elle est en vie ? Comment va-t-elle ? »

— Aussi bien qu'il est possible, dit Conan. Elle commande une galère et un équipage de corsaires subas qu'elle mène fièrement contre vaisseaux et rivages pour assouvir sa vengeance...

Une terrible pensée venait de s'imposer à son esprit.

— *Qui es-tu ?*

— J'ai été Jehanan, son frère.

Le Shemite lâcha prise. Il se laissa tomber sur une chaise, le corps secoué de sanglots qu'il ne pouvait réprimer.

— Jehanan ! jeta Conan, s'accroupissant auprès de l'homme en larmes, le prenant dans ses bras, avant de dire rapidement : Entends-moi. Je suis l'amant de Bêlit, à présent, et nous vivions un grand bonheur tous deux avant que l'on m'entraîne à terre par une fausse promesse selon laquelle j'aurais pu te rendre la liberté, Jehanan, et te ramener à elle. Par la lance de Crom, cela je vivrais pour le faire !

— Non. Non. Elle ne voudrait pas voir ce que je suis devenu.

— Qu'importent quelques cicatrices ?

— Dans mon corps, fit Jehanan en désignant son visage, son épaule gauche, ses côtes, rôde une douleur sans fin. Je puis me mouvoir malgré elle, travailler, combattre, oui, cela je le puis. Mais elle me prive de ma condition d'homme, et le sommeil ne me vient que grâce à l'épuisement.

Conan tressaillit. Il lâcha l'autre et se redressa, pour rester blême, les narines palpitantes, les muscles frémissants et durs comme le fer à travers son corps massif. Falco attira Daris à l'écart. Un instant après, Conan laissa échapper un rugissement. Le cri du lion résonna encore et encore dans la salle. Il empoigna une lourde table et la réduisit en miettes à force de la cogner contre le sol.

Alors seulement il put parler.

— Ils paieront, ils paieront, ils paieront un tel prix que le monde n'en aura jamais vu d'aussi élevé à ce jour. Il se mit à arpenter la pièce de long en large. Sa voix devint aussi lisse que le plat de l'épée.

— Jehanan, ne perds pas espoir. Si l'on ne peut rien obtenir d'autre, il reste encore la vengeance. Et plus tard, l'air frais de l'océan et les immenses horizons marins apportent la paix à l'âme. Ce qu'il nous faut préparer maintenant, c'est notre évasion. A ces fins, il est nécessaire que nous échangions toutes les informations dont nous disposons. (Il fixa son regard sur Falco.) Commençons par toi, jeune seigneur, dit-il. Comment en es-tu arrivé ici, et que sais-tu de cet endroit ?

L'Ophirite rougit. Il n'avait pas l'habitude d'être commandé à la façon d'un vulgaire paysan. Mais ayant considéré plus avant le géant qui se tenait devant lui, il dit avec respect :

— Comme tu le souhaites, bien sûr. Oserais-je suggérer que nous prenions place autour d'un peu de vin ?

— Fais à ta guise, dit Conan en secouant la tête, mais parle.

Sa colère lui donnait déjà l'ivresse ; c'était comme s'il pouvait entendre le grincement aigu du métal s'entrechoquer à l'intérieur de son crâne, et un goût amer planait sur sa langue.

Falco emplit trois verres. Le premier fut offert à Daris, qui le prit et se percha agilement sur un sofa. Le second fut pour Jehanan qui le saisit et avala son contenu tandis que les larmes cascadaient encore sur ses joues. Le troisième il l'apporta près de la jeune Taienne, la rejoignit, but un peu, murmura « Excellent », et se laissa aller en arrière avant de commencer.

— Je me chagrine en entendant la tragédie qui vous frappe, dit-il, mais franchement, seigneur, je ne peux croire à la possibilité d'une évasion, et je me demande même si une telle éventualité serait désirable. Peut-être devrais-je commencer par le commencement.

« Je suis l'un des plus jeunes fils du Baron de Kirjahan, et ainsi mes chances de m'élever m'ont conduit à m'éloigner de mon roi pour mieux le servir. Il y a un an de cela ou même plus, ses officiers supérieurs avaient rassemblé des faits qui, une fois mis en concordance, paraissaient de mauvais augure : des choses que des voyageurs à l'étranger avaient vues et entendues, des rumeurs de recrutement de troupes par ici, des factures de grosses commandes pour la Stygie, et ainsi de suite. Le roi Mentuphera est connu pour son ambition démesurée et son avidité pour la puissance et la gloire. Se pouvait-il qu'il fomente quelque tentative qui mettrait Ophir en péril ?

« Finalement, le seigneur Zarus de Vandishan fut envoyé à Luxur, siège du trône de Stygie. En apparence, il était un ambassadeur spécial, chargé de discuter des questions telles que l'amélioration des relations commerciales entre nos deux pays et la coopération en vue de mettre fin à la piraterie. En réalité, il devait réunir toutes les informations nouvelles qu'il recueillerait. Je l'accompagnais en tant que scribe et secrétaire.

Empêché de s'éloigner de plus de quelques lieues de la cité, peu encouragé à faire des rencontres, incessamment espionné, Zarus réussit cependant à rassembler en l'espace de plusieurs mois suffisamment d'indices qui prouvaient que se tramait quelque chose de dangereux. En fin de compte, je lui offris de cambrioler le bureau des Affaires étrangères de Stygie, où davantage de preuves auraient dû se trouver. J'avais parfaitement mémorisé les heures de changement de la garde et les plans de l'édifice. Le seigneur Zarus m'avertit que si j'étais pris, il devrait me désavouer, et que mon sort serait certainement peu enviable. Malgré cela, je suivis mon plan.

Regardant l'Ophirite, Conan pensa, avec une lueur de malice, au milieu de la rage, qu'aucun garçon plein de valeur ne pourrait réellement croire à l'éventualité de sa propre mort. D'ailleurs, c'était une forme de courage que le Cimmérien admirait.

— Je me suis faufilé à l'intérieur un soir, tel un ver, poursuivit Falco. A la lumière d'une lanterne noire, j'ai découvert et j'ai lu un dossier de correspondance destiné à être vu par bien peu. Oui, car il révélait que le roi Mentuphera avait passé des alliances secrètes avec plusieurs villes-Etats de Shem, et avec d'autres encore qui lui étaient tributaires. Ils envisagent une invasion conjointe et la conquête d'Ophir. Si cela est couronné de succès, ils seront à la frontière d'Aquilonie. Gouvernée par des faibles et des idiots, rongée par la corruption civile, le pays tombera bientôt à leurs mains, isolant du même coup Argos, en vue de projets ultérieurs. Vastes seront les domaines de Mentuphera et le royaume glacé de Set.

Il frissonna, puis haussa les épaules dans l'espoir d'apparaître un homme du monde sûr de lui.

— Malheureusement, j'ai été pris. Peut-être qu'un hasard fit remarquer à quelqu'un le rayon de ma lanterne, ou peut-être que l'esclave d'un sorcier alla me dénoncer à toutes jambes. Je l'ignore. Je tirai ma rapière, occis un garde (sans nul doute son premier ennemi tué, pensa Conan) en blessai d'autres, mais ils venaient toujours plus nombreux. Je dus céder.

Il regardait dans le vide par une fenêtre. Sa voix s'abaissa.

— Ce qui s'ensuivit me sembla presque surnaturel. Je ne fus pas torturé, ni décapité, ni rien de la sorte. Au contraire, on me conduisit bientôt par des passages dérobés à un quai où attendait un bateau commandé par des prêtres, un bateau qui tirait sa vitesse non des rames ou de la voile, mais de feux démoniaques, déployant des ailes pour parcourir d'un vol rapide la surface des eaux, si rapide que nous atteignîmes Khemi en deux jours et une nuit. J'ai entendu dire que c'est là le seul vaisseau de son espèce, construit dans l'ancienne Acheron par des sortilèges depuis lors oubliés. Le chef des prêtres à bord me parla peu mais admit qu'il était fort rare de faire convoyer par ce moyen des prisonniers, quels qu'ils soient. Il révéla aussi que son gouvernement ne ferait aucune plainte au sujet de mes actes, ne me mentionnerait même pas, et laisserait au seigneur Zarus le soin de s'inquiéter de mon sort.

« A la fin du voyage , je fus amené ici et placé dans un emprisonnement assez doux. Et j'y suis resté depuis, cela fait quelques semaines.

— As-tu la moindre idée quant au motif de ce traitement si généreux ? demanda Conan.

Falco acquiesça. Son visage s'empourpra.

— Oui, seigneur, j'en ai une, et c'est la raison qui me pousse à me demander si notre évasion serait nésessairement une chose souhaitable. Au contraire, nous devrions peut-être espérer d'être remis en liberté sous peu.

— Explique-toi, trancha Conan, croisant ses larges bras en se renfrognant.

— Eh bien, dit Falco, après avoir bu une longue gorgée et s'être détourné du regard impérieux du Cimmérien, j'ai à plusieurs reprises reçu la visite de la femme la plus magnifique que...

Jehanan releva subitement la tête. Il se raidit.

— Oui, soupira Falco, la Dame Senufer est un rêve de

beauté et, en vérité, d'amour. J'ai, euh, une certaine connaissance des femmes, mais jamais je n'aurais imaginé qu'il puisse en exister une semblable. Elle est la vivante preuve que tous les Stygiens ne sont pas mauvais et, et en fait, que la paix n'est pas une cause perdue.

— Oublie son corps, dit Conan avec un sourire sardonique. Parle-moi plutôt de ce qu'elle veut.

— Eh bien, répondit Falco, elle m'a expliqué qu'un puissant parti en faveur de la paix existe parmi la noblesse. Ils ne conçoivent pas de gain possible en de pareilles tentatives à l'étranger. D'ailleurs, plusieurs d'entre eux voudraient ouvrir le pays aux influences extérieures, pour y laisser entrer de nouvelles idées venues de l'extérieur. Ils essaient à toute force de faire changer leur roi d'avis, et ils possèdent une influence considérable. L'un d'eux a appris ma capture peu après qu'elle se soit produite, et a immédiatement pensé qu'il fallait me préserver en tant que, euh, agent de liaison potentiel. Ses partenaires ne pouvaient me faire libérer, mais ils ont arrangé qu'on me mène en captivité ici. Senufer est… remarquable à tous points de vue. En premier lieu, elle était simplement venue faire ma connaissance, pour faire un rapport à ses compatriotes, mais bientôt…

Ecarlate, il jeta au loin sa coupe de vin.

Jehanan ne pouvait en endurer davantage. Il bondit sur ses pieds et se mit à crier.

— Ne la crois pas ! Elle n'est qu'un autre démon, comme celle qui est venue après moi. Tu apprendras cela à ton grand regret, garçon !

— Que veux-tu dire ? interrogea Conan.

Lentement, la langue souvent retenue par la honte, Jehanan se força à relater ses tourments, et comment une superbe femme licencieuse qui se faisait appeler Heterka lui avait rendu la joie de vivre, pour la lui soustraire un moment après par pure cruauté.

L'expression de Conan se fit plus dure. Il réussit à s'approcher du frère de Bêlit, à calmer la main qui tremblait devant lui, et à murmurer quelques paroles de réconfort. Puis il tourna son regard vers Daris.

— Mieux vaudrait pour nous entendre la totalité de son

récit, dit-il. Nous sommes tous englués dans la même toile d'araignée.

Tandis que Falco traduisait ses propos, la jeune fille décrivit ses propres aventures. Lorsqu'elle mentionna la nef ailée, l'Ophirite marqua sa surprise, et lui rapporta son expérience. Conan se contenta d'acquiescer. Jehanan avait replongé dans son état misérable.

— Eh bien, fit le barbare, il est temps pour moi de vous conter mon histoire. Je suis, comme vous vous en souvenez, un aventurier qui a fait son chemin de par le monde durant un certain nombre d'années. Je suppose que le segment de mon existence qui nous intéresse ici commence avec ma rencontre de Bêlit.

Jehanan sembla plutôt ravigoré par le récit où apparaissait sa sœur.

— Elle s'est trouvé un homme de valeur, à ce qu'on dirait, dit-il à un moment.

Conan continua l'histoire sans laisser filtrer quelque information qui aurait pu servir un éventuel espion aux oreilles ouvertes détourna son esprit de sa colère ouverte. Au fond de lui, elle bouillait, grandissait, chauffée à blanc. Il se versa un gobelet de vin pour l'éteindre un peu. A la fin, les trois spectateurs levèrent les yeux pour les plonger dans le bleu glacé des siens, et l'entendirent raconter :

— Il est clair que nous sommes au cœur d'événements étranges. Je devine d'après tout ce que j'ai entendu que ce Tothapis est un prêtre-sorcier de haut rang. (Falco hocha la tête pour confirmer cela.) Bon. Mais pourquoi irait-il déployer de telles ressources pour me capturer, moi, un simple corsaire ? C'est là la tâche de la marine royale. Pourquoi le reste d'entre vous est-il également si important pour quelqu'un ? Un espion, un esclave, une prisonnière de guerre, même s'il s'agit d'une princesse. Pourquoi sommes-nous soudain amenés ici et laissés seuls ensemble ? Qui peut tirer profit de tout cela ?

— Les gens de Senufer ont dû travailler en notre faveur, suggéra Falco. Peut-être pourra-t-elle m'en révéler davantage, lors de notre prochaine rencontre.

— Ne fais point confiance à une sorcière stygienne ! aboya Jehanan.

— Tu n'as pas eu de chance, dit Falco, agacé. Mais je n'admettrai point qu'on dise du mal de Senufer.

Bien que Daris ne soit pas en mesure de suivre leur shemite elle sentit la tension et s'exprima en stygien. Falco se détendit et dit à Conan :

— La Dame propose que si nous n'avons plus d'autres questions, nous passions le restant de l'après-midi à mieux faire connaissance, à échanger des souvenirs et des contes et des chansons, en buvant cet excellent vin.

— Très bonne idée, mignonne, dit Conan, en cimmérien, car il le pouvait tout aussi bien. Il lui sourit, et elle lui rendit son sourire.

Lorsque les prisonniers eurent été rendus à leurs quartiers individuels, Tothapis effaça la vision. Il resta à méditer pendant que Nehekba se levait pour étirer son corps souple.

— Eh bien, seigneur ? demanda-t-elle. As-tu trouvé cela digne d'intérêt ?

— Peut-être, répliqua-t-il. Nous avons gagné un grand nombre de précisions d'ordre personnel à leur sujet. Il reste à voir combien de celles-là peuvent nous servir à la nécromancie qui trace le chemin de leur destinée... ou l'interrompt !

— Pour ma part, je pense que ce que nous savons déjà peut être suffisant, dit-elle.

Il lui lança un regard acéré à travers l'obscurité :

— Hein ?

Elle se mit à rire, d'un rire évidemment malicieux.

— Conan aime peut-être sa petite Bêlit, mais il est séparé d'elle depuis des jours, et c'est clairement un homme fort viril. N'as-tu pas vu comment il contemplait Daris ? Cela peut prendre un certain temps, mais il me semble corruptible à travers cette faiblesse, sinon par d'autres moyens. Et une fois qu'il sera corrompu, aux yeux exigeants de Mithra...s-s-s-s... une fois qu'il sera tombé sous ma coupe, ah, alors il nous appartiendra, qu'il veuille l'admettre ou non. Sa destinée sera perdue, son âme à la dérive — et cependant, tant qu'il est en vie, nul autre ne peut avoir l'honneur d'être le guerrier élu du dieu. Car n'est-il pas écrit que « Les promesses de Mithra... s-s-s-s...

durent l'éternité entière » ? Tu pourras le garder en vie un temps infini, Tothapis.

Des ongles acérés caressèrent ses tresses.

— Et moi — moi, je m'attends à profiter de lui à un point extrême.

IX

BIENVENUE AU GUERRIER

Ce soir-là, la pleine lune s'éleva au-dessus du Styx. Elle ne serait pas visible du balcon de Conan avant un moment, mais il voyait le ciel qui s'éclairait d'un pourpre profond sur les remparts qui entouraient la cour intérieure. Des étoiles apparaissaient. Le temps s'était radouci, la nuit était belle.

Il fixa son regard sur l'Etoile du Nord, grâce à laquelle il aurait pu voguer vers les siens s'il avait été libre. Non pas qu'il souhaitait délaisser Bêlit, mais elle avait dit qu'un jour, elle aimerait visiter son pays natal. Il regarda plus haut et trouva Jupiter, point d'une brillance dorée et argentée. La même planète étincelait au-dessus d'elle, là où elle se trouvait, en mer. La regardait-elle en cet instant précis, ne trouvant pas le sommeil à cause de son désir et ses angoisses à son sujet ?

La douleur le poignarda à nouveau. Il prit une profonde inspiration. Il tourna les talons et rentra précipitamment à l'intérieur. Des heures d'exercices vigoureux l'avaient gardé en parfaite forme, tout en servant à repousser un peu l'ennui. Eh bien, il en ferait une série de plus ce soir, dans l'espoir qu'ensuite il trouverait le sommeil.

Des bougies luisaient à travers la pièce principale. Il en ignora les richesses, se dépouilla de sa tunique, la laissa tomber à terre, et, vêtu d'un seul pagne, commença à décrire des mouvements de gymnastique puissants.

Un bruit de serrure retentit dans le silence. Conan s'accroupit, instantanément prêt à l'action. Son cœur bondit. Une clé venait de tourner dans le cadenas qui maintenait la porte extérieure.

Sa silhouette massive aux muscles de fer s'élança. Un soldat en armure recula prudemment, une arbalète pointée sur le barbare. En écoutant par une trappe légèrement entrebâillée, Conan s'était déjà assuré que la garde de nuit à cet étage ne consistait que de ce seul surveillant. Pendant un instant, l'espoir jaillit en lui. S'il se déplaçait assez vite, il pourrait éviter le trait mortel et si une chance exceptionnelle le favorisait, il mettrait la main sur son geôlier !

Pourtant il savait à quel point une telle attaque contre un homme d'armes vigilant serait désespérée. Il remit en question tout son projet lorsqu'il vit une seconde silhouette se dessiner contre la porte et entrer : une femme.

Elle s'adressa au garde, qui exécuta une révérence sans pour autant déplacer sa ligne de tir, puis ferma la porte derrière elle, la verrouilla et se retira. Conan restait immobile, bien que le sang palpitât violemment dans ses veines et que chacun de ses sens restât en alerte. Il perçut le son de ses pas félins comme elle traversait le tapis, et les effluves d'un parfum musqué ; son regard parcourait la silhouette de haut en bas. Jamais il n'avait vu de femme plus belle, et peu qui égalaient celle-ci. Quasiment transparente, sa robe flottait et scintillait par-dessus un corps dont la minceur le rendait encore plus désirable. Son visage représentait la perfection du type racial stygien. La peau ambrée et les cheveux d'ébène rayonnaient à la lueur des bougies.

Elle se glissa jusqu'à deux mètres de lui, puis fit halte. Elle lui décerna un sourire bienveillant et leva sa paume gauche, comme pour le prévenir contre toute violence. Il ne nourrissait plus aucune intention de cette sorte. A part sa réticence naturelle à malmener une femme, il se rendait compte que cela serait pire qu'inutile — alors que s'il attendait son heure, il pourrait recevoir les réponses aux énigmes qui l'environnaient. Il humecta ses lèvres.

— Est-ce que... Est-ce que tu parles le shemite ? demanda-t-il, conscient du ridicule de sa question.

Elle leva la main jusqu'à un petit miroir suspendu à sa gorge. Conan se raidit, tout à coup mal à l'aise. Sa voix mélodieuse s'éleva, ses doigts légers voletèrent.

Un rayon de lumière jaillit du miroir pour venir le frapper dans les yeux. Il lui sembla que son cerveau s'embrasait. La blancheur s'empara de lui. Elle chantait en un langage inconnu. Son esprit chavira dans un tourbillon de luminosité et de sons. Il ne pouvait comprendre qu'il se tenait paralysé, mais ne tombait cependant pas.

Après un laps de temps qui n'était pas réellement du temps, la lumière s'éteignit, les chants se turent, et il entendit : « Conan, réveille-toi ! » La conscience lui revint en un éclair. Il recula en trébuchant, s'écartant de l'étrangère.

— Quelle sorcellerie as-tu employée sur moi ? gronda-t-il.

Elle sourit à nouveau, ouvrit grands les bras en un geste de bénédiction, et dit doucement :

— Aucune qui te soit néfaste, Conan. Je ne veux que te venir en aide. Je suis ton amie.

— Alors pourquoi as-tu fait cela ? répliqua-t-il, rassemblant tout son courage pour rester en place.

Elle rit gaiement :

— Quelle langue parlons-nous ?

— Eh bien... mais... Le stygien ! comprit enfin Conan, foudroyé.

— Oui, approuva-t-elle. Je connais le shemite et bien d'autres langues encore, mais il m'a semblé qu'il te serait utile de pouvoir te faire comprendre dans celle des gens qui t'entourent. Mon enchantement n'a fait que t'apprendre ce langage en l'espace de quelques minutes.

Il secoua la tête, comme pour en chasser sa stupéfaction.

— Est-ce vrai ? maugréa-t-il, avant de prononcer plusieurs mots pour se mettre à l'épreuve. Homme, femme, épée, navire, cheval, bataille...

— Ah, soupira-t-elle, je n'ai pas réussi à te débarrasser de ton accent cimmérien. Enfin, peu importe. Ce grasseyement est plutôt viril, excitant. (Elle s'avança vers lui.) Boirons-nous un peu de ce vin ?

Il maîtrisa son émerveillement et oublia sa crainte des choses surnaturelles. Il ressentait vraiment du plaisir à sa présence. Bêlit et, oui, Daris possédaient une force de charme plus saine, mais cette créature exotique éveillait en lui des songes qu'il lui serait peut-être bon de brosser au loin. S'il le pouvait.

— Qui es-tu ? demanda-t-il.

— Nehekba, grande prêtresse de Derketa ici à Khemi. Et comme je le disais plus tôt, ton amie.

Si cela était vrai, elle se montrerait une alliée précieuse. Il n'était point adorateur de sa divinité, mais elle ne lui répugnait pas non plus, comme par exemple Set. La déesse de l'amour et de la mort avait des convertis dans ces régions, et bien au-delà des frontières de la Stygie. Bêlit elle-même l'invoquait parfois.

Nehekba l'approcha et lui offrit sa main. Il la prit dans sa grande patte et, maladroitement, s'inclina pour en baiser la peau délicate, soyeuse. Lorsqu'il se redressa, elle eut un sourire qui lui parut à la fois langoureux et radieux.

— Je vais chercher le vin, dit-il d'une voix épaisse, et s'en alla quérir la carafe posée sur une table à son usage. Plusieurs gobelets s'y trouvaient aussi, car on lui offrait également de l'eau, de la bière et du lait chaque jour. Il en remplit deux et les apporta à Nehekba, qui avait pris place sur sa couche et croisé ses longues jambes sous elle. Elle accepta une coupe et lui fit signe de prendre place à ses côtés. Une fois qu'il l'eut rejoint, elle leva le récipient, et dit, chantant presque :

— A ton bonheur, Conan. Fasse les dieux que je puisse t'aider à le reconquérir.

— Merci, dit-il faiblement.

— Boiras-tu à ma santé, en retour — ou plutôt, à nous ?

Il but sans porter de toast, puis se lança enfin :

— Tu dois savoir que je suis complètement dans l'obscurité sur tout ce qui m'arrive. Pourquoi suis-je ici ? Et toi même ? Que se passe-t-il donc ?

— Tu dois en avoir appris un peu de la bouche de tes compagnons de captivité aujourd'hui, dit-elle. C'est moi qui ai décidé Tothapis à vous accorder ces heures.

Certes, il avait fait certaines découvertes, pensa le Cimmérien, et en faisait encore davantage à présent.

— Nous avons en effet parlé, dit-il, choisissant ses mots avec soin. L'un d'entre nous croit connaître la raison de son confinement à cet étage, plutôt que dans quelque donjon ou dans la tombe. C'est le jeune Falco, qui a lui aussi reçu la visite d'une femme.

— Ah, oui, acquiesça Nehekba, la lumière miroitant sur ses cheveux, Senufer. C'est une femme de la noblesse qui sert la même cause que moi, celle de la paix.

— Et du plaisir, à ce que j'en sais, dit Conan sans ménagement.

— Pourquoi pas ? firent les lèvres pleines, s'ourlant à nouveau. Quel mal y a-t-il à cela ? C'est une riche veuve, et elle est libre de satisfaire ses instincts, tant qu'elle le fait dans une relative discrétion. De plus, il est bon pour nous de garder le contact avec Falco. L'heure viendra où ses relations à Ophir se montreront précieuses. Un homme qui lui rendrait visite régulièrement pourrait attirer des soupçons, mais une femme qui mène une aventure de toute évidence n'a rien à craindre de tel, sinon d'avoir à graisser la patte d'un nouveau garde.

— Et Heterka ? lança Conan.

— Qui ? interrogea Nehekba, haussant les sourcils.

— C'est une histoire horrible, fit Conan, tandis que le verre de vin vacillait un peu entre ses doigts.

— Je ne sais rien de cela. Enfin, je connais une autre femme de la noblesse qui porte ce nom, dont les penchants sont tournés vers la lubricité mais qui est portée vers certains excès cruels, à ce qu'on dit. Nous autres Stygiens sommes humains, mon cher, et ainsi il se compte parmi nous des bons, des mauvais, et des indifférents, et nos affaires sont aussi troubles que celles du reste du monde.

— Assez, coupa Conan d'une voix basse, car il avait décidé de ne pas continuer sur ce sujet. Je t'en prie, révèle-moi ce que tu sais de ma détention ici, et tes intentions.

— Tu dois comprendre que je ne suis point une confidente de Tothapis, dit-elle d'un ton plein de compassion. C'est un sorcier puissant autant qu'un prêtre, et le chef actuel de ce réseau de magiciens appelé l'Anneau Noir. Ainsi, je suis moi-même dans le noir quant à une grande partie de ce qui s'est produit. Pourtant je chéris l'espoir d'en découvrir davantage. En attendant, je vais te raconter ce que je sais.

« Aux rives de Stygie sont parvenus des récits concernant un errant venu du Nord lointain, un guerrier sans pareil, qui rôde dans nos contrées. Devenu pirate, tu pourrais constituer pour nous un sérieux danger en temps de guerre, qui s'annonce proche. Tothapis peut fort bien avoir causé ton emprisonnement pour cette seule raison, mais peut-être nourrit-il d'autres desseins. Je dois accorder qu'il me paraît impossible de te laisser dévaster et harceler mon peuple. Je ne peux t'en vouloir : la piraterie est considérée comme un métier honorable chez vous autres barbares, non ? Mais mon but est de t'inculquer d'autres talents, et d'éveiller en toi la fibre chevaleresque que, je le sais, tu possèdes déjà.

« Les factions qui défendent la paix ou la guerre ne sont point au fil de l'épée. Il ne s'agit que de politique et de débats, qui n'empêchent nullement des personnes de bord opposés de coopérer sur d'autres questions. Etant membre de la hiérarchie, j'ai entendu parler de toi et j'ai persuadé Tothapis de te faire installer ici. Lui de son côté soutient l'expansion de la Stygie impériale, mais ce n'est pas un sanguinaire et il lui suffit de t'avoir mis hors de combat. Dans quelques temps, une fois que je te connaîtrai mieux, Conan, je pense pouvoir le convaincre que tu feras honneur à ta parole. Alors il pourra te rendre ta liberté.

— Combien de temps cela prendra-t-il ? s'enquit le Cimmérien.

— Un an ou deux peut-être, répondit Nehekba avec un regard appuyé. Cela dépend de la rapidité avec laquelle nous nous rapprocherons l'un de l'autre, et du degré de notre intimité à toi et à moi, ronronna-t-elle.

— Que veux-tu de moi ? fit-il serrant les poings.

— Il se peut que tu sois d'un intérêt vital pour la cause de la paix, dit-elle. Il est fort probable qu'une prémonition magique de cela aura été la motivation profonde des actions de Tothapis contre toi. Si cela est, alors je crois pouvoir graduellement chasser au loin ses craintes. Pas que je t'emploierais jamais, ou nul autre, dans un but de trahison. C'est seulement que je suis sincèrement persuadée que le bien de la Stygie, elle aussi, se trouve dans la paix. Que serais-tu préparé à faire pour nous aider, en échange de généreuses récompenses, cela va de soi ? Eh bien, cela reste à déterminer ; mais je peux sans peine t'imaginer en messager vif comme l'éclair, et que nul ne saurait arrêter, bandit ou agent secret. Des dépêches aux gouvernements de pays tels que Ophir, Argos, la Némédie, Koth, la Corinthie, même l'ensorcelée Aquilonie, pourraient les encourager à s'unir pour faire pression grâce au commerce et à la diplomatie, sur le roi Mentuphera afin qu'il modifie ses projets. Le fait que son héritier, le prince Ctesphon, ne partage pas ses ambitions, joue en notre faveur.

— Hmm, ces questions deviennent trop embrouillées pour mon cerveau épais, dit Conan, se caressant le menton. Néanmoins — attends. A en juger d'après les dires de Falco, la guerre entre Ophir et la Stygie est imminente, et commencera bien avant que tu n'aies pu me tirer de cette cage grâce à tes paroles.

— Non, dit Nehekba, secouant la tête qu'ornait un diadème. Rien ne peut être fait tant que Taia est en révolte, lui rappela-t-elle. J'ai été à l'origine de la venue de la fille du chef en ces murs. Peut-être qu'après une conversation entre elle et moi, elle acceptera d'agir comme intermédiaire pour négocier une fin à la rébellion et aux injustices. Une réussite comme celle-ci renforcerait considérablement l'influence du parti de la paix.

— Tu as laissé inexpliquée la présence de Jehanan, lança-t-il.

— Jehanan ? répondit-elle innocemment. Qui est-ce ?

Avant qu'il n'ait le temps de parler, elle posa son gobelet et s'approcha de lui.

— Nous aurons maintes chances de parler de politique, souffla-t-elle. Devons-nous continuer encore ce soir même ?

— Que veux-tu dire ? demanda-t-il d'une voix rauque.

Elle battit des cils.

— Mieux vaut que j'emploie la même excuse que Senufer pour nos rencontres. Et je ne ferai pas semblant, par surcroît. Par les dieux, Conan, mais tu es un *homme !*

Le désir s'embrasa en lui avec violence, inimitable aux yeux de la femme. Elle les ferma à moitié, ouvrit à demi ses lèvres et chavira vers ses bras ouverts. Leurs bouches se rencontrèrent. Bêlit elle-même ne lui avait jamais donné baiser plus passionné.

Leurs mains s'élancèrent, avides.

Celles de Conan atteignirent son cou. Ses muscles bandés s'emparèrent de la chaînette qui retenait le miroir et brisèrent les maillons d'argent. Il jeta l'amulette de l'autre côté de la pièce.

Nehekba hurla. Il plaqua sa paume sur son visage. Elle lui griffa les joues avec fureur. Sa main gauche s'empara de ce poignet dangereux. Tenant bon, il se déplaça pour empoigner également l'autre bras. Une de ses hanches, collée à ses cuisses, la cloua contre le divan. Malgré les efforts, halètements et contorsions, elle ne pouvait résister à sa force brutale digne d'un ours.

— Laisse-toi faire, lui dit-il. Sinon je te serre le cou jusqu'à ce que tu perdes connaissance. Je puis faire cela sans causer de dégâts irréparables, mais je préférerais m'en abstenir.

Les yeux superbes lancèrent des éclairs de haine vers lui. Sous la contrainte, elle obéit. Conan hocha la tête d'un air lugubre. Grâce à la trappe que le garde avait refermée derrière lui, nul n'avait entendu son cri. Le risque que le barbare avait couru était qu'une surveillance de quelque manière ait été exercée sur lui, comme il l'avait ressenti plus tôt dans la journée. Mais il avait deviné qu'elle ne voudrait pas de témoins à ses ébats amoureux, et qu'elle aurait compté sur son talisman pour la protéger au cas où ses charmes échoueraient.

Qui plus est, elle n'aurait certainement pas suspecté l'éventualité d'une telle ignominie.

Conan maintint son emprise sur ses poignets tandis que, de sa main libre, il lui arrachait sa robe.

— N'aie crainte, dit-il. Je n'ai jamais pris une femme de force. D'ailleurs, cela n'aurait certes pas été nécessaire, si je ne me trompe ? Je ne désire que t'immobiliser.

— Es-tu fou ? gémit-elle.

— Non, répondit-il, secouant sa crinière noire, ni même aussi stupide que tu l'imaginais. Vous autres civilisés prenez pour acquis que parce que nous les barbares n'avons ni cités ni livres, nous ne sommes qu'un tas d'animaux stupides. Par l'enfer, nous avons plus besoin de notre intelligence que vous !

— Mais... mais je suis ton amie, Conan, implora-t-elle.

Je veut être ton amante si tu m'acceptes, oui, encore à présent.

Il se leva, la fit mettre debout, et la força à lui tourner le dos. En se servant des soieries déchirées, il lui lia les mains derrière le dos.

— Non, mon intuition me dit que tu es l'amie de ce Tothapis. Je pense aussi que tu es la douce Senufer et la vile Heterka, dit-il. Il ne ferait pas sens que cette geôle grouille de jeunes brunes lubriques, ou que le seigneur de l'Anneau Noir ignore que tu complotes contre lui et ne prenne nulle mesure en conséquence. Quoi qu'il en soit, je ne fais pas confiance à une sorcière.

— Tu te trompes... tu te trompes, pleura-t-elle.

— Des larmes de crocodile, c'est bien ce qu'on dit? répliqua-t-il, implacable. Eh bien, en supposant ton innocence, ce qui m'est impossible même pour l'espace d'un battement de cœur, tu as toi-même admis que je devrais rester ici pendant des années avant d'être libéré. Jamais! Je suis destiné à retourner auprès de ma propre femme, ce soir, ou à mourir en chemin.

Il l'allongea sur le sol et garda un genou posé sur ses cuisses tandis qu'il lui attachait les chevilles.

— De surcroît, ajouta-t-il, tu m'as fait avaler de belles paroles au sujet de la paix, mais Bêlit et son frère ont encore à se venger de la Stygie. Ainsi je le dois également.

Il se baissa et la ramassa sans effort.

— Appelle le garde pour qu'il te fasse sortir, ordonna-t-il. Une fois que je lui aurai réglé son compte, je te laisserai ici. La relève de la garde te trouvera, au matin.

— Non, espèce de brute aveugle! explosa-t-elle.

— Si tu n'obéis pas, dit Conan en lui décochant un terrible regard, je te briserai en deux, pour ce que tu as fait à Jehanan.

— Je vais le faire, je vais le faire, dit-elle blottie au creux de ses bras.

Il approuva de la tête, et approcha de la porte. En vérité, il avait menti, ou du moins il le pensait. Il doutait qu'il eût été capable de mettre sa menace à exécution sur une femme, quels que soient ses méfaits; et il n'avait aucune preuve définie de l'iniquité de Nehekba. Cependant, la rage qui couvait en lui depuis longtemps ajoutait de la force à ces paroles inquiétantes.

A la porte, il ouvrit le panneau du coude et en approcha la tête de Nehekba.

— Prends l'air calme, murmura-t-il à son oreille.

Elle eut un hochement de tête convulsif et cria avec une froideur qui trahissait ses pouvoirs de duplicité :

— O soldat, ma tâche est accomplie. Viens m'ouvrir, que je puisse retourner à ma demeure.

A l'instant, Conan la posa à terre et utilisa deux pièces d'étoffe restantes pour la bâillonner. Elle trouva le temps de proférer avec colère :

— Tu viens d'assurer ta mort prochaine, barbare. Si tu as de la chance, elle sera instantanée. Si c'est moi qui en ai, elle mettra de longs jours à venir.

Il ne lui prêta aucune attention, et pensa que dans sa fureur elle venait de montrer son vrai visage. Une fois debout, il s'empara d'un chandelier de cuivre jaune sculpté à l'image de trois serpents, qui était sur une étagère. La barre glissa, le verrou cliqueta, la porte s'ouvrit toute grande, le garde recula, épaulant son arbalète.

Toutefois, il était bien moins précautionneux qu'auparavant, grâce au ton de Nehekba. Conan surgit de derrière le chambranle et lança son arme improvisée. Elle atteignit son but avant que la corde ne se détende. Le trait se perdit sans causer de dommages vers le fond de la pièce. Conan était déjà sur le Stygien. Ses mains volèrent jusqu'à la gorge de l'homme, s'y enfoncèrent, se mirent à serrer. Il sentit le larynx se rompre sous ses doigts. Du sang jaillit de la bouche du soldat. Il tomba et s'affala. Conan lui ôta son épée et mit fin à ses souffrances.

Avec une vitesse funèbre, le Cimmerien revint à ses appartements. Une tunique paraîtrait moins suspecte qu'un pagne, s'il atteignait la rue. Il endossa celle qu'il avait quittée et y ajouta une cape. Ayant chaussé des sandales, il ressortit. Nehekba lui lança un coup d'œil empoisonné chargé de tant de haine qu'il se demanda s'il n'aurait pas mieux fait de la tuer. Mais il ne pouvait s'y résoudre, ni ne voulait avoir quoi que ce fût à faire avec le talisman qu'il lui avait arraché. Mieux aurait valu se débarrasser de l'objet, mais il ne savait comment et n'osait pas prendre de risques.

Il ramassa le fourreau du Stygien, y remit l'épée, et le boucla à sa taille. Une clé était encore sur la porte, passée à un anneau qui en retenait plusieurs autres. Conan les en détacha et se mit en marche dans le couloir. Il n'abandonnerait pas derrière lui les amis qu'il s'était faits aujourd'hui.

X

UNE NUIT A KHEMI

Falco sursauta et se dressa sur son lit. L'homme qui venait de lui secouer l'épaule le lâcha et se pencha vers lui. La lumière dispensée par les bougies qui éclairaient le hall entrait, diffuse, par les portes entrebâillées. Elle se reflétait dans les yeux de Conan, qui étincelaient comme deux torches bleues.

— Debout, garçon, dit le Cimmérien. Nous partons d'ici.

— Mais... mais... comment... bégaya Falco.

— Je te raconterai cela plus tard, si nous survivons aux prochaines heures. Il y a un garde mort à cet étage, et il nous faudra en laisser d'autres derrière nous en chemin.

— Non, protesta Falco, s'écartant de lui. C'est de la folie. As-tu oublié ce que Dame Senufer nous a promis ?

— Je t'expliquerai plus tard ce que valent ses promesses, cracha Conan, lorsque l'occasion se présentera. A présent, viens, par la grâce de Crom ! Nous n'avons pas le temps de jacasser.

La détermination gelait l'Ophirite sur place. Il s'assit au milieu du lit et dit :

— Non. Fais à ta guise, et je te souhaite de réussir, même si je doute qu'aucun bien en résulte. Mais je ne quitterai pas Senufer que j'aime et en qui j'ai confiance.

— Comment, gronda Conan, espèce de chiot à foie jaune ! Que vaut alors ta parole, le serment que tu as fait à ton roi ? Tu es le seul qui puisse l'avertir de ce que Mentuphera complote contre lui. Le reste d'entre nous serait à peine admis à sa cour, et certainement on ne nous croirait pas. Reste, dans ce cas, et sois un chien de salon !

Falco se tordit les poignets et mordit ses lèvres jusqu'au sang. D'un geste convulsif, il bondit sur ses pieds et dit :

— Je suis désolé. Tu as raison, il est de mon devoir de... d'essayer. Sa voix tremblait.

— Voilà qui est bien mieux. Habille-toi. Vite !

— Penses-tu que nous pouvons réellement nous évader ? demanda Falco en passant une tunique et des sandales. Comment le pourrons-nous ?

— En nous servant de ce que j'ai utilisé jusqu'ici : la surprise et la rapidité. J'ai été attentif lorsqu'on m'a amené ici. Pas toi ?

Falco ne répondit pas. Regardant au-delà de son compagnon, il chuchota :

— Je te reviendrai, Senufer, si je survis... je reviendrai en apportant la paix entre nos nations, O ma chérie.

Conan grogna et ouvrit la voie, en allant déverrouiller la porte de Jehanan. Le Shemite dormait d'un sommeil agité, remuant et gémissant au milieu d'un cauchemar. Quand Conan l'éveilla, il sursauta et se mit à frapper.

— Du calme, dit le Cimmérien. Réserve cela aux Stygiens.

— Vous êtes libres, tous les deux ? s'étonna-t-il sans joie. Qu'allez-vous faire ?

— Retourner auprès de Bêlit avec toi, pour commencer. Je t'ai dit plus tôt que j'avais caché une embarcation quelque part, et que le traître qui en savait la place a servi à nourrir les chiens. Avant tout, il nous faudra nous frayer un chemin hors d'ici en combattant, mais...

— A quoi bon ? interrompit Jehanan, effondré.

— Au nom d'Ymir ! explosa Conan. Quels maudits dépourvus de tripes êtes-vous donc tous, pour que j'aie ainsi à vous convaincre de lutter pour votre liberté ? S'il n'y a rien d'autre, au moins ne veux-tu pas tuer des Stygiens ?

— Il reste cela à l'existence, dit lentement Jehanan, le dos se raidissant. Très bien.

— Habille-toi, alors. Cela brisait le cœur de Conan de voir l'autre homme lutter contre la terrible douleur à chacun de ses mouvements comme il se levait. Par ici,

Falco, indiqua le barbare, tournant les talons et prenant le jeune homme par le coude. Nous devons décider de quel équipement improvisé nous disposerons.

Se souvenant de Bêlit, il prit une carafe de verre, en frappa le fond contre une table, et donna à l'Ophirite le goulot effilé et tranchant. Les muscles se bandèrent dans tous ses membres, épais comme des câbles, lorsqu'il arracha un pied au même meuble imposant. Il fourra cette massue sous son bras, défit son ceinturon, et tendit l'épée à Jehanan qui s'était habillé.

— Vous autres Shemites préférez les lames courtes, dit Conan. Celle-ci devrait te convenir à merveille.

Une sombre anticipation toucha le visage ravagé, et le corps couturé de cicatrices se déplaça plus alertement après avoir été utilisé un peu.

— Allons nous-en, dit le frère de Bêlit.

— Il nous faut encore la fille, rappela Conan. Au moins, elle mérite une chance d'essayer avec nous.

Daris de Taia devait s'être éveillée lorsque la clé tourna dans la serrure de sa porte. Comme le Cimmérien faisait son entrée, elle apparut en bondissant hors de sa chambre. Sa silhouette nue avait la souplesse du léopard ; ses cheveux noirs ondulaient derrière elle. Elle le vit, s'immobilisa en plein mouvement, et tendit la main. Ses yeux étincelèrent, ses dents brillèrent.

— Tu t'es échappé ? cria-t-elle. O Mithra, ô merveille !

— Nous sommes sur notre chemin. (Même en cet instant, Conan se trouva en train d'admirer sa nudité superbe, dont elle ne paraissait pas se rendre compte.) Si tu veux nous suivre, habille-toi et fais vite !

— Pas avec une robe destinée aux jouets de riches Stygiens, railla-t-elle. Laissez-moi aller chez... oui, chez toi, Falco, et je trouverai une tunique appropriée. J'en aurai pour une minute.

Elle tint parole. En revenant, elle révélait encore la courbe gracieuse de ses jambes, car le vêtement était un peu court pour elle, et ses pieds étaient encore nus. Elle avait aussi trouvé une ceinture de cuir ornée d'une lourde boucle de bronze.

— Je ferai bon usage de ceci, dit-elle presque avec joie.

— Un soldat et trois bagarreurs de taverne, hein ? lui

sourit Conan. Je pensais que tu aurais pu te servir de cette arbalète, dit-il, indiquant du pouce le cadavre du garde.

— Pour un coup unique, si tu le veux. Mais ensuite, nous serons pris dans une mêlée, juste ? (Daris fit une pause pour s'approprier l'arme et la préparer.) Tout à coup, voilà que tu parles stygien, observa-t-elle. Bien des choses étranges ont pris place cette nuit, et je parierais que bien d'autres se produiront encore.

— Silence, avertit Conan, et il les conduisit vers l'escalier.

Leur avancée le long des volées de pierres humides fut lente car ils se voulaient prudents. A chaque palier, le barbare faisait une pause, écoutait, puis risquait un coup d'œil, avant de faire signe à ses compagnons de le rejoindre. Les deux premiers étages au-dessous d'eux parurent vides, parce que nul ne devait être détenu à l'heure actuelle sous les conditions dont ils avaient bénéficié. Plus bas, cependant, ils rencontrèrent une considérable activité pénitentiaire et militaire. Les gardes de nuit ne se composeraient pas d'un seul homme. A deux reprises, Conan obligea son groupe à faire halte et à laisser passer des soldats. Grâce à tant de précautions, les fuyards atteignirent enfin le rez-de-chaussée sans avoir été détectés.

L'escalier débouchait sur une salle immense. Personne n'y était visible, mais quelques sons flottaient au milieu de ce vide. A sa droite, se souvint Conan, se trouvait une vaste antichambre où des gardes entouraient la grande porte. Il ne pouvait être certain de leur nombre à cette heure, mais il en avait compté dix lorsqu'on l'avait amené ici, et sans nul doute il y en avait beaucoup d'autres à portée de voix. Ce qui se trouvait à sa gauche, il n'en avait pas idée. Il pourrait rencontrer une sortie plus facile, ou se perdre dans un labyrinthe, ou encore tomber face à face avec d'autres pièges.

Il ne lui fallut qu'une seconde pour se ranger à la décision provisoire qu'il avait prise. Crom favorisait les braves, même s'il ne les aidait point. Conan prit à droite. Il se mit à courir sans bruit.

Au bout du passage, il ne s'arrêta pas pour observer les alentours ni ne perdit son souffle à lancer un cri. Il continua à charger, filant sur les pierres nues vers la patrouille, dont les cuirasses ; les casques, et les pointes de lance scintillaient. Le plafond voûté était hors d'atteinte de la lumière dispensée par diverses lampes, et des chauve-souris voletaient parmi les ombres, là-haut. Sur les murs décorés de fresques, les dieux à tête de bêtes et le Grand Serpent lui-même profilaient leurs silhouettes menaçantes. Au-dessous de leurs effigies brûlait un encens à l'odeur âcre.

Les sentinelles étaient bien dix. En apercevant Conan, ils lancèrent des appels et se placèrent en formation de combat, protégeant les lanciers par leurs épées et leurs boucliers. Derrière Conan, l'arbalète claqua. Daris avait visé juste : un Stygien s'écroula au sol dans un bruit métallique, le carreau profondément enfoncé dans sa gorge. Daris poussa un cri joyeux.

Conan se lança sur les neufs ennemis restants. Des lances se portèrent vers lui. Il fit décrire un vaste arc de cercle à son gourdin, qui en faucha une, détourna la pointe de l'autre vers le sol et brisa la tige de bois. Puis il se trouva trop proche des soldats pour être atteint par les piques, et s'attaqua aux porteurs de glaives. Un homme lui porta un coup de derrière son bouclier — et se mit à hurler lorsque la massue lui rompit le bras. Conan frappa le casque derrière celui-là et le métal sonna. Le soldat recula en chancelant. Cela laissa à découvert l'une de ses jambes, que Conan brisa.

La formation se dissout au milieu du chaos. La lame de Jehanan trouva un autre adversaire. Le Stygien en armure obligea cependant son attaquant à perdre du terrain. La ceinture de Daris vola, cognant le garde entre les deux yeux, il abaissa son glaive et Jehanan lui transperça la gorge. Falco bondissait çà et là, trop agile pour qu'on l'atteigne, frappant dès qu'il entrevoyait une ouverture, et se servait de sa bouteille brisée en obtenant des effets terrifiants. Conan faisait rage partout à la fois, s'empara d'une lance après avoir cassé le cou de son possesseur, s'en servit avec toute son énergie. Le sol était rendu glissant par le sang versé.

D'autres gardes apparurent aux extrémités des corridors, de chaque côté de l'antichambre. Conan avait espéré qu'ils n'arriveraient pas si vite, ni en tel nombre.

— Ouvre cette porte, toi ! rugit-il.

Côte à côte, lui et Jehanan retenaient les survivants de la patrouille tandis que Falco et Daris luttaient farouchement avec une lourde chaîne de sécurité. Les Stygiens nouvellement arrivés s'agitaient au fond de la salle. La plupart n'avaient pas d'armure et étaient stupéfiés. Leur confusion ne durerait pas plus d'une minute ou deux. Conan frappait, le frère de Bêlit se fendait, oublieux de sa douleur grâce à la flamme de la bataille.

Le portail grinça. Un souffle nocturne se glissa dans l'atmosphère fétide de l'intérieur. « Sortons ! » hurla Conan. Il resta en arrière tandis que ses compagnons s'enfuyaient. Un officier cria « Tuez-le ! » et lança ses hommes à l'attaque. Le Cimmérien projeta sa lance avec force et fit taire l'homme. Une lampe brillait sur un piédestal tout proche. Conan la lança avec son contenu d'huile enflammée sur le garde suivant qui tenta de mener un assaut. Les deux charges s'arrêtèrent. Le barbare se faufila à l'extérieur et rejoignit ses propres troupes.

La lune s'était levée ; son éclat glacé emplissait la rue. Conan se fit la réflexion qu'il pouvait malgré cela semer d'éventuels poursuivants et disparaître à leurs regards. Il aurait pu faire cela, et Daris avec lui, mais ils comprirent bientôt que Jenahan et Falco ne pourraient les suivre. En une décision commune et muette, ils ralentirent. Un regard en arrière leur révéla un essaim de gardes qui se lançait derrière eux.

Conan pensa à se plonger dans l'une des venelles que rencontrait l'avenue ici ou là, pour ensuite égarer ses ennemis dans les boyaux sombres et tortueux qui se trouvaient au-delà. Mais non. Ni lui ni personne de son groupe ne connaissait cette ville maudite assez précisément. Ils se mettraient à errer, perdus tandis que les Stygiens seraient libres de déployer un filet humain qui inévitablement les prendrait au piège.

Les quais offraient, peut-être, une petite chance. Il les avait entr'aperçus en arrivant.

— Par ici, aboya-t-il.

Des sphynx de marbre et des stèles gravées d'inscriptions scintillaient de chaque côté, irréels à la clarté lunaire. Une fois ou deux, un passant abasourdi observa la poursuite avant de s'enfuir.

Les demeures majestueuses cédèrent la place à des entrepôts massifs, désertés après le coucher du soleil, lieu de prédilection des rats fouineurs. En avant d'eux, Conan put distinguer des mâts qui surplombaient les embarcadères. Des lanternes aux gracieux reflets trompeurs approchaient, tenues par une escouade de police portuaire. Conan ralentit l'allure. Maintenant, il serait peut-être possible d'échapper à l'ennemi par des chemins détournés.

Derrière lui, une trompette retentit. Les notes n'étaient pas de la musique, mais des éclats longs ou courts sur des tons différents.

— Le code de l'armée stygienne, haleta Daris. Sans nul doute ils avertissent tous leurs partis avoisinants de notre évasion.

— Ils vont nous encercler, grogna Falco.

— Au moins pourrons-nous choisir le lieu de notre dernière bataille, et leur infliger de lourdes pertes, dit Conan.

— Non, répliqua Jehanan, la respiration malaisée. Si nous pouvons échapper à leur vue par ici avant qu'ils nous coupent la retraite, je connais un endroit où nous pourrons les semer.

— Hein ? gronda Conan, l'espoir renaissant dans sa poitrine.

— Les anciennes carrières et les tombes au bas de la Grande Pyramide, dit Jehanan. Elles ont une réputation magique, et inspirent la peur. Nul n'ose s'y aventurer, sinon des esclaves comme moi qui, le jour, vont extraire le peu de pierre à chaux qui s'y trouve encore. J'ai fini par les connaître assez bien à force de les traverser pour accomplir ma tâche.

L'espoir se figea au cœur de Conan. Un picotement lui parcourut l'échine, et la sueur de ses efforts lui parut soudain glaciale.

— Ne sont-elles pas hantées, ces ruines ? maugréa-t-il.

— Mieux vaut risquer de rencontrer une goule plutôt que de se laisser prendre, dit Falco, soudain plein d'entrain. l'action avait éveillé son exubérance juvénile naturelle, et pour le moment avait réussi à le détourner de ses obsessions amoureuses. Elle se refuserait certainement à lui, de toute façon, après ce qui s'était passé cette nuit. Sauf s'il revenait investi de quelque pouvoir officiel. Par surcroît, en tant qu'aristocrate cultivé issu d'une région civilisée, à l'esprit raisonnable, il n'avait que peu de crainte du surnaturel.

Daris, moitié barbare, avait elle-même été interloquée. Elle se rasséréna et dit d'un air intrépide :

— Si tel est le chemin de nos foyers, qu'il en soit ainsi !

Oui, pensa Conan, s'il lui fallait combattre des horreurs venues de la tombe pour regagner Bêlit, il le ferait. Les lanternes de la police du port gagnaient du terrain, armes et armures apparaissaient au loin. Formes sombres sous la lueur de la lune, les soldats de la Manticore approchaient eux aussi, d'un pas de course traînant mais tenace.

— Conduis-nous, ordonna Conan, la gorge serrée. Jehanan hocha la tête et s'élança.

Au croisement d'une venelle, que deux édifices muraient dans l'obscurité, il tourna. Le groupe se prit par la main pour ne pas se perdre. Il les amena, certainement plus par sens de l'orientation que par connaissance des lieux, à travers plusieurs passages de ce dédale, jusqu'à une tour de guet au faîte du mur de flanc. Le clair de lune les inonda à nouveau. Des pierres s'entrechoquèrent, du sable crissa sous leurs pas. Ils étaient au-delà de la ville, qui luisait d'un éclat moiré au-dessus d'eux. Jehanan courait en biais sur la pente qui descendait abruptement des remparts vers la large bande luisante que traçait le fleuve Styx. La masse de la Grande Pyramide parut enfin à leurs yeux, fantomatique dans cette clarté, presque comme si elle flottait sous un ciel piqué de quelques étoiles.

Un son d'airain perça le silence nocturne. Conan jeta un regard par-dessus son épaule. Des lanternes brillaient telles des lucioles. Peut-être que leur groupe avait été aperçu de la tour ? D'autres lanternes approchaient derrière le muret.

Le terrain où ils couraient se fit plus accidenté, traître et plein d'embûches, d'un blanc squelettique. Des puits béaient de tous côtés. Des ombres projetées par de grands blocs rocheux renversés les rendaient difficiles à identifier avant que l'on ne trébuche sur leurs bords effilés. Jehanan cabriolait comme une chèvre des montagnes; d'une manière ou l'autre, il avait réussi à maîtriser la douleur constante qui aurait estropié la plupart des hommes. Daris se débrouillait encore plus prestement. Conan vit Falco tomber à plusieurs reprises, évitant de justesse une chute fatale dans un puits. Il rejoignit l'Ophirite et lui tendit une main solide pour le guider. Une partie de son esprit savait gré au jeune homme de lui fournir ces ennuis supplémentaires, car ainsi il était trop occupé pour se soucier des démons.

Des cris retentirent. Les Stygiens avaient atteint le terrain accidenté. Ils s'avançaient péniblement, maladroitement, mais leurs officiers lançaient des ordres qui les exhortaient à aller de l'avant.

Jehanan fit un geste. Une excavation béait à ses pieds, assez large pour que la lune en perce les profondeurs. Il se mit à quatre pattes et se fraya un chemin en descendant une pente abrupte. Ses amis le suivirent. Des pierres se détachèrent avec fracas. Conan serra les mâchoires et rampa dans la tombe ancestrale avec les autres.

Une fois ses pupilles dilatées, il s'aperçut qu'une lumière tout juste suffisante lui permettait de n'être pas totalement aveugle. « A moi », chuchota Jehanan d'une voix rauque. Le Shemite se dressait, tache obscure, au centre de quelque objet. Une fois arrivé à cet endroit, le toucher plus que la vue révéla à Conan qu'il devait s'agir d'un sarcophage dépourvu de couvercle victime de pillards des siècles plus tôt.

Tous les quatre s'y glissèrent et se tinrent cois, serrés ensemble. Le barbare sentit quelque chose de dur pointer entre ses côtes. Ses doigts tracèrent une courbe, suivirent des creux, des dents : un crâne humain. Celui du propriétaire précédent ? Certes non, surtout après des millénaires. De plus, des rubans de chair s'en détachèrent. Quelque créature l'avait emporté là pour le dévorer, arraché à une tombe récente d'ailleurs. Quelle sorte de bête ou de démon ?

Des voix lançaient des cris alentour, des pieds raclaient le sol, du métal cliquetait. Les Stygiens avaient rejoint ce secteur et le parcouraient dans leur quête. Conan repoussa ses angoisses et se mit à réfléchir en guerrier. L'épée de Jehanan et la ceinture de Bêlit étaient leurs seules armes restantes. Mais le tombeau était aisément défendable et bon nombre de rocs gisaient là, qui auraient pu servir à lancer ou à lester un poing.

Le bruit s'éloigna. L'ennemi n'avait pas cherché aussi consciencieusement qu'il l'aurait fallu. Certainement que le clair de lune étincelant et les ombres d'un noir d'encre, au beau milieu de cet immense étendue dévastée, sauvage et stérile, avaient brouillé leur vision. Mais sans nul doute, ils étaient également pressés de quitter ces lieux.

Après leur départ, Jehanan dit :

— Nous ressortons. Si nous nous déplaçons avec soin, en rampant, ils ne nous verront pas. Ils viendront en force à l'aube, je suppose, et à ce moment nous pourrons être dans un endroit que je connais où ils ne pourront nous découvrir avant un mois entier.

— Un mois sans eau ? grommela Conan.

— Si nous résistons jusqu'à demain soir, je vous mènerai à l'arrière-pays, promit Jehanan. Et ensuite, tu pourras nous guider jusqu'à ton bateau.

XI
LE VAISSEAU DU SERPENT

Leur refuge était une niche ou une caverne étroite près du sommet d'un escarpement, protégé des regards par une corniche. Le sable s'y était infiltré pour y adoucir un peu le sol. La nuit passant, l'air se fit plus froid ; les dormeurs se pelotonnèrent les uns contre les autres pour se tenir chaud. Tous furent la proie de rêves fréquents, qui les firent lutter, gémir et s'éveiller, en proie à la peur. L'aube fut la bienvenue.

Conan fut le premier à reprendre conscience. Il se dégagea doucement des bras que Daris avait passés autour de lui dans son sommeil, et se glissa au-dehors. Perché sur le parapet rocheux, il se pencha par-dessus le bord. Le soleil peignait le fleuve et le ciel à l'est d'une teinte argentée. Khemi la noire et la sombre Grande Pyramide se découpaient contre le bleu du ciel, à l'ouest. Au-dessous de lui, les ruines de carrières étaient d'un jaune pâle et recouvertes d'ombres violettes. Il vit des soldats qui escaladaient le terrain, en contrebas, à sa recherche. Le soleil brillait sur leur accoutrement métallique, mais à cette distance, ils avaient l'air de fourmis, et ne réussissaient pas à troubler la quiétude du paysage.

Il prit une profonde inspiration et chassa le souvenir des cauchemars de la nuit. Ce qui les avait provoqués était retourné dans les tombes. Lui et les siens pourraient prendre du repos durant la journée, recouvrer leurs forces malgré la faim et la soif, et après le crépuscule, s'en aller d'ici. Les Stygiens essaieraient certainement d'encercler ce secteur, mais il y aurait aussi d'amples brèches dans leurs rangs, suffisantes pour qu'un groupe athlétique, déterminé, savamment guidé, puisse passer sans encombre. Si besoin était, les fuyards pourraient ramper sur deux ou trois lieues dans les terres arables du voisinage, jusqu'à ce que la distance les mette à l'abri. Ensuite, il ne serait pas long d'atteindre la yole, ni même de voguer jusqu'à l'île d'Akhbet, jusqu'à la *Tigresse,* jusqu'à Bêlit. Conan étira ses muscles fatigués et sourit.

Tout à coup il se crispa. Un juron lui échappa.

Sortant du port à la rame, comme des araignées géantes, les galères de guerre s'élançaient. Une autre, puis une autre encore, et encore... Au milieu du courant, les voiles furent déployées, profitant d'un vent d'ouest pour continuer d'avancer à contre-courant, et disparurent entre les promontoires qui entouraient la baie, voguant vers la mer.

— Eh bien, il doit y avoir là presque toute leur maudite flotte ! s'exclama Conan après les avoir comptées.

Ses compagnons, éveillés par le bruit, s'amassèrent autour de lui.

— Où vont-ils ? demanda Falco. La guerre contre Ophir a-t-elle éclaté ?

— J'en doute fort, répondit lugubrement Conan. Non, le plus probable est qu'ils en ont après nous.

— Quatre évadés, forcer une telle armada à se mettre en branle ? fit Daris, incrédule.

— Je ne sais pourquoi, mais il est apparent que nous comptons beaucoup pour certaines personnes haut placées, répondit Conan. J'ai donc raison de penser que la canaille qui m'a leurré ici n'a jamais pensé à révéler à ses maîtres la cachette de notre bateau. Pourquoi l'aurait-il fait ? Je ne l'ai pas fait devant vous hier, au cas où nous aurions été espionnés. Ils n'auraient eu qu'à poster une embuscade là-bas, et... Ils savent cependant que l'esquif n'est pas bien loin. Ainsi, ils n'ont pas une vaste surface à surveiller, et ils sont certains de nous intercepter lorsque nous ferons voile. (Il haussa les épaules.) Ils ne s'attendent pas à être en mer pour plus de quelques jours. Et en attendant, cela donne de l'exercice aux marins.

— Je t'ai dit hier que nous pouvions nous cacher ici tout un mois, dit Jehanan d'une voix morne. Evidemment, nous serions morts bien avant cela. Projetons notre attaque, pour au moins être sûrs de mourir l'arme à la main.

— Non ! dit violemment Daris. Si nous pouvons atteindre l'intérieur du pays comme tu l'as dit, nous pouvons essayer de... d'attendre Taia.

— Cela ne recèle qu'un mince espoir, répliqua Falco. Nous ferions mieux de nous diriger au sud, vers Kush, même si nos chances paraissent également quasi inexistantes.

— Pourquoi pas au nord, à travers la rivière, et jusqu'à Shem ? s'enquit Conan. Même dans les régions tributaires à la Stygie, nous devrions pouvoir trouver de l'aide et des refuges.

— N'es-tu pas au courant ? demanda Daris, tandis que les autres le regardaient, stupéfaits. A l'ouest des hautes terres de Taia, le Styx est mortel pour les nageurs. Ceux qui tentent de le traverser tombent malades et meurent en l'espace de deux jours. Même passer à gué à l'un des deux ou trois passages franchissables aussi est dangereux ; il faut se laver de l'eau contaminée immédiatement après.

— Eh bien, ne peut-on voler une embarcation pour nous servir de bac ? dit Conan.

— La police portuaire, sur terre et sur les eaux, ne manquera pas d'être doublement prévenue contre une telle tentative, avertit Jehanan.

— La nef ailée ! cria Daris, bondissant sur ses pieds.

— Reste baissée ! grogna Conan en l'empoignant pour la ramener à terre. On pourrait t'apercevoir de loin, debout sur cette corniche.

Sa peau souple frémit entre ses bras, elle plongea son regard dans les yeux du Cimmérien, et dit en un souffle tendre :

— La nef magique qui m'a emportée ici, je me souviens de l'endroit où on la garde. Elle n'est que peu gardée et... et on la garde prête à partir, et elle peut distancer tout autre navire.

Conan la serra jusqu'à ce qu'elle pâlisse. Il relâcha son étreinte, mais l'excitation s'emparait de lui.

— Peux-tu la diriger ? Sais-tu comment faire ?

— J'y ai prêté attention en chemin, acquiesça-t-elle, juste pour empêcher mon esprit de se briser de désespoir.

— Moi aussi ! fit Falco d'une voix aiguë. L'enchantement est fort simple, et l'on n'a pas besoin d'être sorcier pour le réaliser. Ce sont des acolytes ordinaires qui pilotaient la nef.

Conan laissa aller Daris. Un instant, il resta accroupi, poing sous le menton et contempla les cieux. Un faucon y évoluait, très haut. Enfin, il opina du chef.

— Oui, cela semble être notre meilleure chance jusqu'ici. Si nous ne pouvons nous diriger vers la mer, nous irons à Taia pour y rejoindre les rebelles. Nous trois qui sommes étrangers leur demanderont de nous aider pour nos voyages respectifs. Nous irons à Ophir, puis Jehanan et moi continuerons vers Argos où nous trouverons un bateau pour aller retrouver Bêlit.

— J'ai une idée encore meilleure, insista Falco. Plus rapides que les messagers de Khemi, nous pourrons faire un arrêt à Luxur et nous réfugier dans l'ambassade du seigneur Zarus. Averti de mes découvertes, il se rendra à Ophir à la première occasion. Nous emprunterons le même bateau, sous des déguisements, et nous vous déposerons à l'île. Puis Daris emmènera la nef ailée vers l'est. Son peuple pourra certainement lui trouver une utilisation.

— Nous déciderons de cela une fois que nous aurons notre moyen de transport, décréta Conan. Pour le moment, il faut nous reposer, oui, dormir un peu.

— Comme tu le désires, murmura Daris, le regard rempli d'admiration. C'est toi qui nous a menés jusqu'ici. Comment ?

Toujours flatté de pouvoir briller aux yeux d'une femme, surtout une belle, Conan ramena ses partisans à l'intérieur de la caverne et s'installa, prêt à relater les événements de la veille. Ils l'écoutèrent en retenant leur souffle, bien que Jehanan laisse paraître une douleur accentuée et que Falco rougît souvent.

— Oui, dit le Shemite à la fin, de la voix d'un malade, chacun à Khemi a entendu parler de Nehekba et de son alliance avec Tothapis, le prêtre sorcier de Set. Je n'aurais pas imaginé cela, mais, oui, elle était sans doute ma cruelle Heterka, et aussi ta Senufer, Falco.

— Non ! cria le jeune homme. Impossible ! Si... si vous

l'aviez rencontrée ne serait-ce qu'une seule fois, vous pourriez comprendre.

— A quoi ces femmes ressemblaient-elles ? demanda impudemment Daris.

Son idée échoua, car aucun de ses compagnons n'était capable de décrire quelqu'un de façon très nette. De leurs tentatives émergea le portrait plutôt vague d'une aristocrate stygienne, typique à part sa beauté. Le talisman au miroir était un détail révélateur.

— Mais jamais ma Senufer n'a porté une telle chose, dit Falco, triomphant. Maintenant, êtes-vous satisfaits ?

Le Cimmérien renonça. Il ne pensait pas que cela fît une différence, pour l'heure ; et l'Ophirite gagnerait certainement un peu de sagesse avant que le temps le réunisse à son amoureuse. Ce qui importait pour l'instant, c'était de garder ce groupe uni. Leur plan semblait prometteur, mais il doutait que s'emparer de la nef sacrée des mages noirs fût une tâche aisée ou sans danger.

Ils partirent avant que la lune soit levée. Un jour sans eau ou nourriture n'avait pas réussi à entamer leur potentiel de force et d'agilité. Tous avaient les sens aiguisés et avaient déjà chassé du gibier en pays sauvage. Le début de leur voyage fut rapide. Quand la lune dissipa les brumes qui la rougissaient, le dernier piquet de garde stygien était derrière eux et se profilait en ombre chinoise contre un rempart.

— La nef ailée est amarrée à un dock couvert sur un court canal qui a dû être creusé spécialement pour elle, à l'ouest de la cité, expliqua Daris. Une double rangée de monolithes assure la garde du chemin qui mène à un port ; j'ai lu sur leurs flancs de terribles malédictions contre les intrus, en les dépassant pour être menée ici. A part cela il n'y avait que quatre sentinelles.

Conan avait écarté son malaise devant ces malédictions. N'importe qui pouvait inscrire des menaces sur une pierre, et les Stygiens étaient fort révérents vis-à-vis de leur hiérarchie. Si les nécromants se souciaient vraiment de leur vaisseau, ils auraient défendu ce chemin à l'aide de flammes ou de vipères ou d'autre chose de mortel. Cela, il devait le croire, et mettre sa confiance en… en Mithra ?

Il conduisait les autres vers le sud, car il n'osait pas

traverser le quartier du port. Des portes verrouillées, un arrêté sur le trafic terrestre, devraient les protéger de la vigilance des soldats s'ils restaient le long des fortifications. La lune était trop éclatante à son goût, mais le terrain à l'ouest en serait à l'abri.

A mi-chemin du premier des trois remparts, une herse était abaissée. Conan prévoyait l'absence de sentinelles à cet endroit une fois la nuit tombée. Trop précieuses pour être mises en danger sans nécessité, elles seraient postées dans les tours qui flanquaient le portail et, s'ils faisaient véritablement attention à quelque chose, seraient concentrés sur l'horizon. Pourtant il fit signe d'une prudence redoublée avant de se mettre en marche.

Un sifflement le fit bondir. La lune scintilla sur les écailles d'un énorme serpent, qui ondulait entre les barreaux. Il s'avança vers Conan, la gueule béante, la langue palpitante. Des yeux dépourvus de paupières luisaient dans une tête levée à hauteur d'homme.

Jehanan tira l'épée. Daris chuchota en tremblant :

— C'est un python de Set, en quête d'une proie. Nous pouvons courir plus vite qu'il ne rampe.

— Non, vous deux, murmura Conan. D'une manière ou l'autre, nous ferions trop de bruit. Restez immobiles contre le mur ! Silence !

Il cessa de bouger, comme s'il était un Stygien acceptant d'être étouffé et dévoré. Le serpent siffla encore et s'approcha davantage. Vif comme l'éclair, il se détendit pour planter ses crocs dans sa victime et l'entourer de ses anneaux.

Le poing de Conan rencontra le mufle de la bête avec violence. Le serpent recula par vagues. L'espoir qu'il s'enfuirait disparut vite, car en se retirant, il épiait Daris. Le corps épais comme un homme ondula vers elle.

Conan bondit. Il se jeta sur le cou glacé, juste sous la tête, le seul endroit où nul anneau ne pouvait l'atteindre pour lui broyer les côtes. Ses jambes assurèrent une prise ferme. Ses bras entourèrent la tête, ses mains agrippèrent la mâchoire inférieure et pesèrent vers le bas. Le reptile se débattait avec la vigueur d'un maelström, mais la lutte était silencieuse et glacée sous la lune.

Un craquement retentit. Conan venait d'arracher la

partie avant de la mandibule. Il serra encore plus fort le corps furieusement agité tandis qu'il levait le morceau arraché au-dessus du crâne bestial. De toutes ses forces, il en abattit les dents sur la surface. Le coup les enfonça à travers les écailles et les os jusqu'au cerveau.

Il se dégagea des anneaux qui se tordaient encore. A terre, il roula sur lui-même, et se mit sur pieds, pantelant. « Laissez le monstre mort s'agiter jusqu'à ce que le soleil vienne le calmer », si ce proverbe au sujet des reptiles était vrai, les gardes d'en haut n'oseraient pas venir voir de plus près.

Conan retrouva son souffle, et il rejoignit les autres. Ils se collèrent à lui, mains et regards implorant de savoir comment la lutte avait tourné. Il fit un signe de tête rassurant et se remit en route.

Coin sud-est, mur sud, coin sud-ouest, et au nord.

L'ombre emplissait l'ouest de Khemi, là où les champs s'étendaient, taches grises sous les rayons de lune. Le canal du bateau était plus proche que cela. Conan tint son regard éloigné des illuminations et laissa sa vision nocturne s'affiner. Accroupi au-dessus du canal profondément creusé, il vit l'eau scintiller comme un ruban d'argent terni, à son extrémité se tenait un dock surmonté d'un toit soutenu par des perches solides. En silhouette, il distingua les menhirs dont la double ligne marquait un chemin de la berge à une porte ménagée dans le mur de la cité.

— Il nous faut être rapides dans notre action ou alors silencieux, et de préférence les deux, murmura-t-il, attirant ses compagnons autour de lui. Car le moindre bruit fera venir à coup sûr les hommes de ces tours. Suivez-moi, mais n'agissez que sur mes ordres.

Il évita l'escalier qui descendait la berge, et, comme un tigre en chasse, il glissa sur la terre nue en direction du quai. Bientôt, il put distinguer le vaisseau qui y était amarré, long, métallique, à la figure de proue qui représentait quelque reptile à bec. Plié en deux, il se glissa tout près. Quatre sentinelles montaient la garde. Deux se tenaient debout, lances appuyées contre les planches ; deux autres étaient assises sur un banc proche. Ils étaient jeunes et robustes, mais ce n'était pas des soldats ; leurs têtes rasées et leurs tuniques noires désignaient des serviteurs des prêtres de Set.

Conan avança à pas de loup derrière les deux hommes assis. Il se dressa. Ses larges mains saisirent les deux crânes et les cogna l'un contre l'autre. Il y eut un craquement, et les deux corps s'affalèrent.

Les gardes firent volte-face. Conan sauta par-dessus le banc. Un Stygien tenta de le transpercer de sa lance. Conan fut plus rapide. Le tranchant de sa main droite faucha l'homme au cou. Il s'effondra par terre. Le Cimmérien l'attrapa avant qu'il ne roule dans l'eau et la fasse rejaillir bruyamment. Puis il le posa au sol avec soin.

Cela prit toutefois un bref instant. Pourtant le quatrième séide n'avait pas appelé au secours. Levant les yeux, Conan en comprit la raison : Daris s'était faufilée derrière lui, enfonçant un genou dans son dos et lui avait passé la ceinture autour du cou. Elle n'avait pas la force nécessaire pour lui rompre le cou, mais elle l'avait fait taire, et Jehanan arriva pour mettre fin à ses jours, d'un coup d'épée. Il n'avait pu proférer nul cri d'alarme.

Conan décida de ne pas réprimander les deux autres malgré leur désobéissance. Cependant, la rapidité leur demeurait essentielle. Il fit signe à son groupe de ramasser les armes des morts et de monter à bord.

N'eût été la force de décision dont il avait dû faire preuve ces temps derniers, Conan aurait pu avoir du mal à se persuader de faire cela. Des flammes dans un globe de cristal de la taille de trois crânes humains brûlaient, menaçantes. Le métal du pont et de la coque lui parut froid, pareil à nul bois chaud et vivant. En avant du rouf, dont les fenêtres noires avaient des airs d'orbites vides, jaillissait la terrifiante figure de proue.

Mais si tel était son chemin pour rejoindre Bêlit, il n'hésiterait pas. Il avait proposé de mettre le cap droit sur la mer, mais Falco et Daris ne pensaient pas cela raisonnable. Des bateaux seraient forcément obligés de remarquer ce vaisseau et le fait que son équipage n'était pas celui qu'il aurait dû être. Il n'était pas assez rapide pour éviter des pierres ou des missiles enflammés lancés par une catapulte puissante. Il n'était pas même certain que la magie qui le faisait avancer le mènerait loin des côtes de Stygie. Le pouvoir de Set semblait se dissiper au milieu du plein océan.

Vers l'intérieur des terres, alors !

— Prends le commandement, Daris, dit Conan à voix basse. Reste à ses côtés, Falco. Jehanan, aide-moi à larguer les amarres.

Les yeux de la princesse s'écarquillèrent mais elle se contraint à se placer face au globe, à prononcer les paroles, et à décrire les gestes. Le jeune homme l'observait de près. Presque sans bruit, le navire quitta la rive, recula dans l'étroit canal, et s'engagea sur le fleuve, tournant la proue vers la lune. Ses ailes se déployèrent. La vitesse augmenta. La coque se souleva pour glisser sur la surface de l'eau. L'air limpide siffla. Khemi disparut dans la nuit.

Conan maîtrisa ses craintes et prit la direction des opérations. Il envoya Jehanan à l'avant comme guetteur. Lui-même alla en exploration, à la lueur de la lune et des feux démoniaques. Dans le rouf, il découvrit de petites cabines séparées, des lanternes, du silex et de l'acier pour les mettre en route, de vastes réserves de nourriture et de boissons qui n'avaient pas besoin de cuisson, des armes et des vêtements de toutes sortes, et des instruments qu'il ne reconnut pas et dont il ne voulait rien savoir.

Il pensa à les jeter par-dessus bord, mais préféra finalement ne pas y toucher. Minute après minute, il se sentait plus calme, plus heureux. Une nuit, un jour, et une nuit encore, et ils seraient à Luxur. Une flèche ou un cheval au galop pouvaient peut-être dépasser cela, mais qui pouvait tirer une flèche ou mener un cheval sans fatigue durant près de mille lieues ?

Exultant, il chargea de la viande séchée, du fromage, des raisins, du vin et de l'eau sur un plateau. Il servit d'abord Jehanan, puis alla vers l'arrière. Quand Daris et Falco furent rassasiés, il s'adjugea une énorme rasade et un solide repas. Puis il s'enquit de la façon dont le vaisseau était contrôlé. Ils lui expliquèrent cet art simple. Il accordait autant d'attention à Daris qu'à ses dires. Comme elle ressemblait à Bêlit, radieuse au clair de lune de la liberté.

Tothapis, qui avait été sans âge, pareil à une momie, semblait vieux à présent. Il était profondément enfoncé sur son trône, comme si l'effigie du cobra pouvait le protéger, et grinça soudain :

— Ainsi, ils nous ont échappé. Ils ont réussi l'impossible et se dirigent maintenant vers Taia, dans le propre bateau de Set...

— Comment peux-tu en être certain ? demanda Nehekba.

Elle savait que ce n'était pas grâce à ses espions. Une fois que son dieu lui eut révélé le lieu où se trouvait le navire corsaire, il avait pu le surveiller sans cesse. Mais une fois Amnun à bord, il avait relâché cette surveillance, car c'était une chose pénible à maintenir. En effet, dans sa hâte de capturer Conan, il avait négligé de demander des renseignements à Amnun sur les projets de Bêlit ; et un agent qu'il avait protégé de la magie néfaste à son égard durant sa vie ne pouvait être rappelé d'entre les morts. S'il envoyait sa vision à distance parcourir des régions lointaines, la chance de découvrir ses ennemis était très faible, tandis que le temps filait entre ses doigts comme du sable fin.

— Qui sinon Conan, l'homme-lion Conan, aurait ainsi pu occire trois hommes forts, à mains nues, en silence, après avoir mis à mort un python sacré du seigneur de l'univers ? frissonna Tothapis. Et je sens là l'œuvre du destin, des puissances divines elles-mêmes. O Set, reste avec tes serviteurs, rends-nous la force de lutter contre l'impitoyable Soleil !

— Est-il réellement en route pour Taia ? Ne s'est-il pas plutôt dirigé vers la mer ?

— S'il avait pu tenter cela ! dit Tothapis, secouant la tête en signe de dénégation. La nef serait bientôt réduite à l'impuissance, immobilisée sur les vagues qui annulent sa puissance. Non, il doit avoir choisi l'autre chemin, vers son destin.

— Alors pourquoi n'as-tu pas envoyé ta vision à distance en amont du fleuve jusqu'à ce qu'ils soient retrouvés ? demanda Nehekba avec un regard dénué de respect.

— L'ignorais-tu ? Tant que ce navire demeure sur la rivière dont il incarne l'esprit, nul sortilège ne peut conquérir ou révéler la position de la nef.

Debout dans la pénombre, encore secouée par son expérience, Nehekba dit, le venin dans chaque mot :

— Pourtant elle est visible aux yeux des mortels, tangible par des mortels, et, oui, elle peut être dérobée par des mortels... elle doit donc être vulnérable à la force ordinaire.

Tothapis la regarda longuement. La volonté s'infiltra lentement en lui, redressant ses épaules et relevant sa tête baissée.

— Que veux-tu dire ? s'enquit-il.

— Nous savons, à quelques heures près, quand ces criminels ont fui Khemi, répliqua la sorcière. Nous connaissons la vitesse à laquelle ils voyagent. Ainsi il nous est facile de calculer où ils doivent se trouver au mieux. Mon seigneur, sers-toi de tes talents, de ton pouvoir sur certaines bêtes. Ton esprit sait voler à la vitesse de la pensée, et éveiller à tes ordres une horde de behemoths en amont du fleuve. Laisse les grands chevaux de rivière nager vers la nef quand elle approchera, s'élever des profondeurs, l'écraser de leur masse, et enterrer les os de Conan au fond du Styx !

— Nous perdrions des instruments fort précieux, réfléchit Tothapis.

— Si Set a dit la vérité, et si toutes nos prémonitions magiques sont exactes, alors l'accomplissement de la destinée de ce ruffian nous coûterait bien davantage.

Tothapis médita, perdu dans les ombres. Puis, il dit enfin :

— Non. Aussi forts que soient les behemoths, des harponneurs dans leurs barques de joncs en ont souvent tué. Pense à ce que ces maudits ont déjà détruit, et à ce dont ils disposent à présent, et au fait que leur destinée est à nouveau en mouvement, et bien plus qu'auparavant. Ils nous vaincraient. Et j'aurais dépensé un temps et une énergie sans prix pour rien.

— Attendras-tu alors sans bouger que ce singe triomphe ? grinça Nehekba.

— Tu le hais, n'est-ce pas ? demanda Tothapis après l'avoir étudiée.

— Après ce qu'il m'a fait, oui. Et la vengeance me sera plus précieuse que les rubis. (La sorcière réprima sa colère.) Je l'ai traité de brute. Et j'avais raison sur ce point, seigneur, et tort quant à ce que je proposais. La force pure et le courage insensé, voilà son domaine. Il nous faut le combattre sur un autre terrain.

« Voyons, mon seigneur, fit-elle en riant, il nous a joués tandis que nous nous sommes montrés aussi dépourvus de cervelle que lui. Utilisons notre intelligence. C'est ce que tu as fait plus tôt, lorsque tu as envoyé Ramwas et un homoncule à Luxur. Jamais investissement n'aura donné meilleur profit que celui-là.

— Que veux-tu dire ? demanda encore Tothapis.

— Nos ennemis feront halte là-bas, dit avidemment Nehekba. Falco insistera pour cela. Vois, n'ai-je pas été sage d'apprendre à le connaître ? Il soutiendra que Zarus doit être prévenu, et de plus est en mesure de les faire sortir clandestinement de Stygie. Conan sera probablement de son avis. Il n'a nulle raison de supposer qu'ils ne sont pas loin devant même le plus rapide des pigeons voyageurs. Mais tu peux envoyer un message instantané à Ramwas, lui ordonnant de garder un œil discret sur l'ambassade d'Ophir et de se préparer à prendre le groupe lorsqu'ils arriveront.

— Par le Monde Inférieur, oui ! fit Tothapis, aussi près que jamais de montrer de l'enthousiasme. C'est ce que nous allons faire. (Une ombre d'inquiétude couvrit à nouveau son visage.) Pourtant si de quelque façon, par un tour imprévu de la chance, le barbare réussit à échapper à notre piège…

— N'oublie pas ma guise de plumes, dit Nehekba. Sous forme d'oiseau, je partirai à l'est dans l'heure. Je peux aller plus vite ainsi que la nef ailée elle-même, et j'emploierai des sorts qui me garderont en vol sans nulle fatigue. Il ne me faudra pas beaucoup plus longtemps que le vaisseau pour atteindre Luxur, et là, j'écouterai et j'observerai.

— Tu ne possèdes pas les moyens de communiquer d'esprit à esprit, objecta-t-il.

— Et alors ? répliqua-t-elle. Ne posséderais-je pas l'intelligence qui me permettra de faire ce qui se montrera nécessaire (ses doigts se crispèrent tels des serres) pour mener Conan la brute à sa destruction ?

XII

LA CITÉ DES ROIS

Luxur était à environ cent lieues au sud du Styx. Autrefois l'oasis avait servi de repaire à des pillards nomades. Une fois que leurs chefs eurent conquis de vastes domaines alentour, et établi la Première Dynastie, sa situation centrale en avait fait un bon siège pour le trône royal. Avec le développement de la civilisation, la ville avait englouti l'oasis. Cependant, l'irrigation rendait la culture possible dans la région, et un canal de navigation la reliait au fleuve. Le commerce prospérait, car si les allées et venues des étrangers étaient réglementées, elles n'étaient pas virtuellement interdites comme à Khemi. A part des visiteurs de tous les coins du royaume, Luxur recevait des Shemites, des Kushites, des Keshanites et d'autres peuples exotiques. Des navires occasionnels apportaient des marchandises des lointaines Argos ou Zingara, qui remontaient le fleuve à la rame pour des prix qui rendaient même les déplorables auberges locales supportables à leurs équipages.

La nef ailée se glissa dans le canal de nuit, pour ne pas attirer l'attention. Comme pour aider les voyageurs, un vent venu du désert soulevait la poussière, qui écorchait leurs narines et mordait leurs yeux, mais obscurcissait aussi la lune. Il s'éteignit vers le matin. A ce moment, ils n'étaient plus très loin de la capitale, dans un secteur que Falco avait visité lors d'excursions limitées qu'on autorisait au personnel de l'ambassade. Là, une pente douce allait de l'eau à la terre ferme, créant un marais couvert de roseaux et rempli d'oiseaux sauvages. Le vaisseau se réfugia dans cette épaisseur chuchotante et fut amarré solidement à la berge.

— Mettons-nous en route, dit impatiemment Conan. Souviens-toi, garçon, si tu n'as pas de nos nouvelles d'ici trois jours, n'essaie pas de jouer au héros. Rends-toi vite à Taia, trouve le père de Daris, Ausar, et dis-lui ce que tu sais, avant de profiter de l'aide qu'il t'apportera.

— Ou-oui, dit l'Ophirite, inquiet. Mais, oh, revenez ! Mithra et Varuna soient avec vous !

Durant le voyage, il n'avait pas seulement pris du repos et récupéré comme ses camarades, mais il avait aussi gagné une vénération pour le puissant Cimmérien. Daris trouvait souvent, elle aussi, son regard tourné vers leur chef, et était bizarrement timide lorsqu'elle s'adressait à lui. Jehanan était presque toujours silencieux, bien qu'il fît sa part de travail et tous les efforts possibles pour ne pas infliger ses souffrances aux autres. Cela avait été un étrange voyage, parmi des contrées arides ou verdoyantes. Nul capitaine de vaisseau n'avait osé les interpeller du pont de son navire, quel qu'il fût. Les serfs abandonnaient leurs outils et s'enfuyaient en les voyant. Pourtant, ceux de la nef étaient paisibles, et trois d'entre eux parfois joyeux, pleins de chants, de contes, et de vin, et d'espoirs pour le futur.

A présent, l'action s'imposait à nouveau à eux. Falco se devait de rester en arrière, pour surveiller et parce qu'on aurait pu le reconnaître sur le chemin de l'ambassade. Si tout se passait bien, ses compatriotes viendraient le chercher après le crépuscule, apportant un faux laissez-passer à son intention pour qu'il entre malgré les postes de garde à chaque porte de la ville. L'obscurité assombrirait son visage. Pour ce premier contact, Conan voulait être accompagné de Daris et Jehanan. Malgré capuchon et caftan, il paraîtrait assez suspect dans les rues. Cela égarerait les soupçons s'il était accompagné d'un Shemite et d'un Taien. Ainsi les gens assumeraient qu'ils faisaient partie d'une caravane, trois membres de races différentes. Cela était courant, et tous les Taiens n'étaient pas en rébellion. Certains, descendants d'esclaves ou de serviteurs, n'avaient même jamais vu leurs collines ancestrales.

Vêtue comme elle l'était, Daris pouvait passer pour un jeune homme imberbe.

— Merci, dit Conan, prenant Falco par la main. Les dieux soient aussi avec toi. Mais ne te charge pas de plus que tu ne peux assurer. Ce qui sera, sera. Notre fierté est d'aller à sa rencontre la tête haute.

Il prit appui sur la rambarde et bondit à terre. Ses deux compagnons lui emboîtèrent le pas. Sur la terre ferme, ils marchèrent jusqu'à un chemin de terre qui, parallèle au canal, pointait vers des tours qui fendaient l'horizon au sud. L'aube naissante devint un ciel ensoleillé. Une bande de canards faisait du raffut dans les marais. Des hameaux de boue tachaient un terrain couvert de champs, de vergers de dattiers, et de fossés d'irrigation. Au sud-ouest et au sud-est, le désert qui commençait mordait sur ses vertes limites. L'air était encore frais mais se réchauffait rapidement.

Après un moment, Conan remarqua :

— Falco nous a décrit comment trouver la demeure de Zarus, mais nous ne devons pas sembler trop pressés ou prédestinés. Mieux vaut flâner dans les rues comme des nouveaux venus en congé, ouvrir l'œil et chercher un éventuel moyen de distraction pour dépenser notre paye. Une ville comme celle-ci abrite beaucoup de voyageurs de cette espèce chaque année.

— Ne sois pas si sûr de l'attitude des Stygiens, dit rudement Jehanan. Ces adorateurs du serpent ne ressemblent à nul autre peuple. Sont-ils seulement humains ?

— Oh oui, rétorqua Daris, lui touchant la joue par compassion. Certains d'entre eux t'ont fait du tort, et aux tiens, et aux miens également. Mais j'en ai rencontré bon nombre et j'en ai entendu parler d'autres, des gens semblables à nous, qui se préoccupent seulement de faire vivre leurs familles une fois payés leurs impôts exorbitants. Et quel mal font-ils, ceux-là qui peinent sans cesse ? Les Stygiens du peuple sont les premières victimes de leurs propres nobles et de leurs prêtres fanatiques.

Conan grogna. Il ne s'embarrassait pas de telles subtilités. A son avis, à part les loyautés immédiates et vivaces, la main de chaque homme se dressait contre chaque autre. Au mieux, il y avait une trêve, pour des motifs pratiques, et toujours fragile. Cela ne signifiait pas que des individus ne pouvaient partager les travaux, le commerce, l'amusement, l'amour, le respect. Il avait regretté d'avoir eu à tuer certains hommes par le passé. Mais il n'en avait pas pour autant perdu le sommeil. La lutte était dans l'ordre naturel des choses.

Luxur était en vue. Les défenses extérieures étaient de grès rouge, formidables mais pas impératives comme celles de Khemi. Des oriflammes flottaient fièrement au haut des remparts. Les portes étaient grandes ouvertes, et les sentinelles ne se souciaient plus de contrôler le trafic, trop dense : hommes à pied, en chariots, à cheval, bétail, ânes, chameaux. Travailleurs en pagnes, bergers en tuniques effilochées, nomades du désert en robes noires et blanches, marchands en vêtements plus décoratifs, courtisanes voilées, soldats, fauconniers, camelots, femmes d'intérieur, enfants, étrangers, un défilé incroyablement varié qui se mouvait incessamment. Ils s'amassaient, discutaient, bavardaient, se querellaient, criaient, maudissaient, gémissaient, chantaient, engendrant un tourbillon de sons entre des murs hauts et ternes aux balcons ornés de guirlandes de vêtements qui y séchaient. Les rues, pavées pour la plupart, sales et jonchées de détritus comme dans toutes les grandes villes, dégageaient des parfums de fumée, de graisse, de viande grillée, d'huiles, d'encens, de médicaments, de fleurs, d'hommes et de bêtes.

Le groupe mené par Conan entra et passa lentement à l'intérieur des murs. Un monument, la statue d'un ancien roi qui piétinait un Shemite et un Kushite, marquait l'endroit où ils devaient tourner, dans la rue des Tisserands. Là, dans des échoppes, les jambes croisées, des marchands vantaient la qualité de leurs étoffes à tous les passants. On y trouvait moins de monde que dans la rue principale, et les arrivants y marchèrent plus vite. Selon leur plan, ils prétendirent s'émerveiller devant le spectacle qui s'offrait à eux.

— Holà, holà, cria une voix. Conan jeta un coup d'œil en arrière et vit un homme vêtu d'un vieux caftan qui courait après lui. Il brandissait un chargement de bibelots : des jouets grossiers à l'effigie de chameaux, des colliers d'os pendant à ses épaules. S'approchant, il dit en argosien :

— Bienvenue à Luxur. Etes-vous d'Argos ?

— Non, répondit Conan, agacé.

— Ah, Zingara ! dit l'homme, essayant une version maladroite de cette langue, qu'il parlait avec un fort accent. La belle Zingara. Vous y ramener souvenir.

— Non, dit Conan en stygien. Je ne veux rien acheter.

— Vous parlez notre langue ! s'exclama aussitôt le vendeur.

Un sourire lui parcourut le visage d'une oreille à l'autre. L'effet en fut amoindri par le peu de dents qui lui restaient.

— Tu es un grand voyageur, alors. Tu connais le beau travail. Vois, regarde ce chameau. Magnifique artisanat. (Il fourra un de ses jouets dans la main du Cimmérien.) Seulement cinq lunars. (Il se référait à une piécette en bronze en usage dans le royaume.)

— Je n'en veux pas, fit Conan, en tentant de rendre l'objet, mais les doigts du colporteur n'étaient plus là.

— Quatre lunars, offrit le Stygien.

— Non, par Crom, jeta Conan, réprimant une forte envie de sortir la hache qu'il dissimulait sous sa robe, ce qui aurait été folie.

— Pour quatre lunars, tu auras deux chameaux, dit l'homme. Ramène-les chez toi pour tes enfants.

— Je te dis non !

— Trois chameaux.

— *Non !*

— Trois chameaux et un collier.

Conan continua sa marche. Le camelot suivit l'allure.

— Tu ne dois pas empêcher un pauvre homme de gagner sa vie, seigneur, gémit-il en une complainte bruyante. Pense à mes nourrissons, à la maison.

— Reprends cette maudite chose, rugit Conan, essayant à nouveau de rendre le jouet, pour encore échouer.

Soudain il se rendit compte que Jehanan et Daris n'étaient plus à ses côtés. Il s'arrêta et regarda derrière lui. Le propriétaire d'un véritable chameau, tout mangé aux mites, avait coincé la jeune fille et insistait qu'il lui fallait faire un petit tour sur le dos de l'animal, et qu'il l'emmènerait dans tous les endroits intéressants de la ville.

— Là, dit-il en faisant asseoir l'animal, et la poussant vers la selle. C'est facile. C'est amusant. Tu ne me paies que ce que tu veux.

Jehanan cherchait à se débarrasser d'un homme qui lui proposait des confiseries douteuses sur un plateau.

— Ah, railla ce Stygien, je sais. Tu veux du *numi.* (D'une manche bouffante, il extirpa un paquet noir.) Le meilleur *numi.* Fais-le brûler, aspire la fumée, fais de jolis rêves, et sois heureux. Seulement deux stellars d'argent.

Jehanan pâlit.

— Trois lunars, proposa le nuisible de Conan.

Le barbare s'apprêtait à jeter l'objet de pacotille au loin, mais il comprit quel drame cela pourrait causer. Déjà, des badauds curieux s'étaient arrêtés pour regarder la scène. Parmi eux se tenait un garde à cheval à quelques mètres de distance. De son côté, Daris avait été mise en selle sur le chameau vivant. La bête se mit péniblement sur pieds, son propriétaire attrapa la bride et se mit en marche, claquant de la langue.

— Pour trois lunars, trois chameaux et deux colliers, entendit Conan.

— Tu aimerais rencontrer ma sœur, suggéra le vendeur de bonbons et de drogues, rayonnant. Jeune, belle, très, très bon. Prends *numi,* sens-toi bien, fais lui l'amour, sois heureux. Viens, dit-il agrippant la cape de Jehanan, dont le souffle se fit court, et les poings se crispèrent.

— Attendez ! cria Conan. Nous devons continuer. Pas de temps. Tiens, je te prends ton jouet pour trois lunars. Daris, Jehanan, par les dieux, donnez une rançon à ces crapules et filons d'ici !

— Tu achètes trois chameaux et deux colliers, lui apprit le camelot. Une collier de plus pour un lunar de plus te portera chance !

Conan ouvrit sa bourse et en tira des pièces. La nef était amplement pourvue en monnaie stygienne. Daris mit fin à sa promenade en payant plus que le meneur de chameau aurait espéré gagner en une journée entière. Les mains de Jehanan tremblaient tandis qu'il achetait sa tranquillité.

Même le Stygien fut impressionné par son regard et s'inclina avant de disparaître.

D'autres misérables de la même espèce s'attroupaient autour des voyageurs : « Voyez, regardez ce que j'ai à offrir !... Vous êtes mon père et ma mère !... L'aumône, bakshish pour les pauvres pour l'amour des dieux ! »

— J'ai entendu parler de cela, mais sans jamais y croire, dit Daris, le souffle coupé.

— Et j'ai déjà rencontré quelque chose de la sorte, mais jamais à un tel point, répondit Conan.

— Nous nous sommes trompés, dit Jehanan. Il nous faut avancer rapidement, droit devant nous, renfrognés, les poings fermés et le long du corps, ne regardant à droite ni à gauche.

— Tu parles si bien à présent ! murmura le Cimmérien, lui agrippant l'épaule. O frère de Bêlit, tu n'es point blessé dans ton cœur !

Les mendiants et les colporteurs disparurent dans la foule. Conan se demanda comment se débarrasser des babioles qu'il avait dû acheter. S'il les donnait à quelques-uns des enfants dénudés qui jouaient alentour, cela en attirerait une nouvelle horde. Dans les rues de Jars, il réussit à les jeter subrepticement dans une vaste jarre.

Peu après, le groupe arriva à un carrefour d'aspect tout différent. Au centre de Luxur, les générations royales avaient bâti un vaste complexe réservé aux grands et à leurs serviteurs. Le palais, la chapelle de Set, les baraquements et le terrain de parade des troupes personnelles du roi, les archives, les édifices où travaillaient ses conseillers et leurs domestiques, entouraient une vaste place centrale. Face à celle-ci se tenait une rangée de demeures aristocratiques, parmi lesquelles des ambassades étrangères. On accédait à cette rangée par l'avenue des Rois, large et lisse, ornée d'un double rang de monarques anciens immortalisés dans la pierre. Des inscriptions sur les bases des statues rehaussaient leur prestige. Ici, la circulation était limitée et pleine de dignité : seigneur ou dame en palanquin, des enfants de bonne famille en route pour l'école avec leurs pédagogues, un scribe portant les instruments de sa profession, un prêtre éventuel, un riche marchand, un officier, un diplomate, un serviteur en livrée, un livreur qui apportait des marchandises commandées. On jetait des regards en coin à ces trois étrangers plébéiens, mais nul ne leur posa de questions. Falco avait dit : « Conduisez-vous comme si vous aviez une commission précise là-bas, et nul ne pensera que ce n'est pas la vérité. Qui oserait venir semer le trouble au palais royal de Stygie ? »

Le pouls de Conan s'accéléra. Il avait presque atteint son but.

L'avenue se terminait à un croisement. La rue transversale était moins imposante, mais propre, tranquille, paisible. Sur les toits des maisons fleurissaient de petits jardins. D'étroits sentiers couraient entre eux. Plus haut, Conan vit de plus hautes structures, massives, qui entouraient la citadelle et le palais. Il n'y avait là que peu de gens. Le silence pesait autant que la chaleur montante. Les ombres étaient bleues.

Il tourna à droite. Plusieurs entrées plus loin, une des façades s'ornait d'un lion d'or, éclatant de brillance. Là se trouvait l'ambassade d'Ophir. Conan accéléra le pas.

Un Stygien qui faisait les cent pas les aperçut et se figea soudain. Il s'empara d'un sifflet qui pendait à son cou et souffla de toutes ses forces. Le bruit retentit, strident. Des portes, des deux côtés du lion, s'ouvrirent brusquement. Des soldats en arme en surgirent.

— Halte ! tonna une voix. Conan et tes compagnons, halte ou vous mourrez !

— Mithra nous aide, lança Daris. Nous sommes trahis.

— Par la sorcellerie, fit Jehanan, tirant l'épée de sous son caftan. Par Nehekba, par Tothapis. Ishtar ! pria-t-il dans sa langue natale, laisse-moi mourir bravement, rends-moi la santé pour que je puisse exister grâce à ton amour.

Conan dégagea la hache qu'il avait choisie à bord du bateau. C'était une arme taienne, à manche droit, à bec aussi bien que tranchante, vivante entre ses mains par son poids. Il ne perdit qu'un instant à penser qu'il avait perdu, qu'il n'étreindrait jamais plus Bêlit, que la fière Daris allait périr à ses côtés par sa main s'il fallait empêcher sa capture. Son regard vacilla ; les Stygiens tenaient leur parti piégé entre deux longues façades. Ils étaient trente, la moitié d'entre eux se rapprochaient sur leur flanc à gauche et à droite, quatre portant des arbalètes armées, le reste avec épée et bouclier. Derrière le rang du côté est, leur commandant aboyait ses ordres, un homme grisonnant à la large carrure, équipé d'une épée, mais protégé par une simple tunique.

— Nous chargerons vers leur officier et tenterons de passer, dit le Cimmérien à ses amis. Dos à dos une fois le combat commencé.

— Si seulement mon père me voyait et aux côtés de qui je me bats, dit Daris à voix basse, un poignard dans la main droite et sa ceinture lestée de Khemi dans la gauche. Il serait presque aussi honoré que je le suis.

XIII

LA MORT ET L'HONNEUR

Les voyageurs attaquèrent. Ils attaquèrent séparément, accroupis, bondissant en zigzags. Des flèches leur sifflèrent aux oreilles, mais manquèrent ces cibles si lestes et imprévisibles. Avant que les archers ne puissent se préparer à nouveau, Conan était arrivé à l'infanterie.

Aguerri au maniement de la hache d'armes, il la tenait de la main gauche, près du milieu de l'arme. Le Stygien qui lui faisait face porta un coup de derrière la garde de son bouclier. Conan atteignit la lame et la repoussa vers le bas. Son arme s'élança immédiatement par-dessus sa propre épaule gauche. Comme il la balançait en arrière avant de frapper, il ramena sa prise plus bas pour y joindre l'autre main, ce qui lui donnait la puissance maximum pour abattre le poids de la hache d'une irrépressible poussée. Le Stygien leva haut son bouclier pour arrêter le coup. Il affrontait toute la masse et la force du Cimmérien. Le métal résonna, sa carcasse se déformant, et le soldat tituba en arrière. Son bouclier pendait, accroché par ses courroies à un bras brisé.

Conan cingla son flanc droit avec la hache ; plantant le bout pointu dans la cuisse découverte de l'ennemi qui se tenait de ce côté. La blessure ne serait pas mortelle, mais la surprise et le choc mirent l'homme hors de combat. Conan se tourna alors vers l'homme à sa gauche. A nouveau, il para un coup d'épée du manche de son arme. Puis, la faisant tournoyer dans l'air, il l'amena sous le bouclier de l'homme. Le poids et son énergie repoussèrent le bouclier de côté. Il taillada un genou dépourvu de protection. Le Stygien hurla et s'effondra au sol. Conan fit virevolter sa hache et l'abattit sur le casque de l'autre homme blessé à la jambe. A demi assommé, ce Stygien trébucha et tomba aussi.

Daris et Jehanan se battaient aux côtés de leur chef. Elle fit claquer sa ceinture sur la main d'un soldat. La boucle lui causa une telle douleur qu'il en lâcha son arme. Jehanan laissa le Cimmérien parer les coups dirigés contre lui en attendant le moment où il pourrait se baisser et ramasser un bouclier ennemi pour l'utiliser à son compte. Le Shemite se dressa pour bloquer à son tour un assaut destiné à Conan.

Leur ligne avait été rompue, mais les Stygiens étaient des guerriers valeureux et bien entraînés. Ceux des flancs se jetèrent dans la mêlée au centre. Leur proie fut encerclée avant d'avoir l'occasion de fuir vers l'avant. Le second rang de soldats atteignit la bataille et s'y lança.

Dos à dos, nos trois héros se défendaient. Conan faisait rugir sa hache, Jehanan frappait et taillait avec son épée, Daris attaquait avec sa ceinture et son poignard volait. Le sang giclait, coulait sur le métal, se déployait en un lac écarlate sur le pavé. Des hommes criaient, le fer claquait. Les riverains observaient cela avec terreur. Parmi eux, Conan distingua un homme à la barbe grise, revêtu de la large tunique et des pantalons flottants d'Ophir, sous le signe du lion d'or. Le seigneur Zarus, sans nul doute, à peine à quelques mètres d'eux. Mais l'ambassadeur aurait aussi bien pu se trouver sur la lune.

Le Cimmérien se voyait déjà à la fin de sa carrière. Eh bien, il en avait vécu davantage durant ses deux douzaines d'années que la plupart ne l'auraient fait en un siècle. Qu'il puisse seulement tuer autant de Stygiens qu'une fois les survivants rentrés dans leurs foyers, ils ne puissent plus jamais dormir tranquilles. Et qu'il soit assuré que lui et ses compagnons ne mourraient pas entre les mains des vils sorciers mais ici, et proprement.

L'officier s'approcha, pour stimuler ses troupes. Conan le vit clairement, et frappa avec plus de vigueur encore, dans l'espoir de se frayer un chemin dans la meute qui l'entourait et d'aller trancher cette tête. L'espoir était vain. Les Stygiens se pressaient trop contre lui, avec une trop grande sauvagerie pour que même sa force suffise à cela.

— *Ramwas !* hurla Jehanan, comme un loup dément. Ramwas ! Ramwas !

Et le Shemite devint fou furieux. Alors qu'il s'était battu avec soin, en tentant d'aider au mieux ses amis, il abandonna toutes précautions. Son bouclier devint une arme offensive, au bord tranchant, aux ornements meurtriers. Son épée virevoltait, tel un météore. Il ne semblait pas sentir les blessures qu'il recevait, et elles saignèrent peu, malgré la profondeur de certaines d'entre elles. Son visage était un masque de gorgone devant lequel les hommes reculaient, horrifiés. Frappant, piétinant, doué d'une force inhumaine, il se dégagea de leur foule. Des morts et des blessés jonchaient son chemin, hideusement mutilés en l'espace de ces quelques secondes.

— *Ramwas, souviens-toi !* hurla-t-il, et fut sur l'officier. Cet homme tira son épée. Le bouclier de Jehanan alla l'envoyer voltiger et tournoyer en l'air sur des mètres. La lame de Jehanan transperça le ventre du Stygien. Mordant profondément, le Shemite souleva le noble éventré au-dessus de sa tête, et le projeta contre un mur. Le crâne éclata, la cervelle explosa pour aller se répandre alentour.

Conan lui-même s'était remémoré avec un frisson qui était Ramwas. Mais il demeurait un lion qui soudain aperçut une issue au piège. La plupart des soldats avaient reculé, terrorisés et confondus. Il chargea, Daris près de lui. Les deux hommes qui tentèrent de leur barrer le passage furent éliminés en autant de coups.

Ils rejoignirent Jehanan. Une âme humaine était revenue à ses yeux. Ses blessures commençaient de s'ouvrir et saignaient abondamment. Une boucle de ses entrailles pendait de son caftan déchiré et taché de rouge.

— Partez, grinça-t-il, désignant du geste la venelle la plus proche entre deux maisons. Je peux encore les retenir un peu... pour l'instant.

— Non, frère de Bêlit, nous resterons ensemble, protesta Conan.

— C'en est fini de moi, dit le Shemite, croisant son

regard. Laisse-moi mourir... à son service. Si vous réussissez à la rejoindre... dis-lui... que je l'aimais.

— Je lui en dirai bien plus, promit le Cimmérien, serrant la main qui tenait toujours une épée ensanglantée. Elle saura que tu es mort en homme libre.

— Oui. Libre, débarrassé de ce corps, libre de prendre mon essor. Les dieux soient avec toi, mon frère.

Les mots avaient été échangés en une brève minute, tandis que les Stygiens se débattaient ou restaient figés, privés de leur chef, plus de la moitié d'entre eux morts ou hors de combat. Seules les clameurs des agonisants retentissaient. Mais un membre de la troupe, peut-être un sous-officier, leva bientôt la voix. D'un cri, il les exhorta à attaquer, il les gifla, les forçant à retrouver leur formation.

Conan entraîna Daris, aux joues mouillées de larmes et de sueur, à l'intérieur de l'étroite ruelle. Jehanan prit position à son entrée.

— Venez ! railla-t-il. Venez, chiens, et nous ferons de vous de la pitance pour les rats. Comment, reconnaîtriez-vous que trois contre votre nombre est exagéré ? Eh bien alors, nous vous affronterons chacun à notre tour, maudits bâtards.

Alors même qu'il cherchait à leur donner l'impression que ses camarades étaient restés à ses côtés, de peur qu'ils ne se lancent à leur poursuite, il cherchait aussi à leur rappeler que leur devoir était de prendre les fugitifs vivants si possible.

Conan et Daris le quittèrent. Les derniers mots de sa bouche qu'ils entendirent furent prononcés dans sa langue natale : « Ishtar déesse des amants, qui descendit en enfer pour retrouver ton homme, ouvre-moi tes bras accueillants... »

Le passage s'ouvrait sur une rue aussi large que l'avenue des Rois. Sur le trottoir d'en face se dressaient des édifices imposants, aux colonnes en lotus, aux façades donnant sur la place à l'arrière. Peu de gens étaient en vue, et ils portaient les colliers des esclaves, qui n'oseraient point s'éloigner du trajet de leurs missions respectives. Le vacarme de la bataille devait avoir attiré des hommes libres désireux d'assister au spectacle, aucun dans cette ruelle-ci, mais certainement ailleurs, à moins que tous n'aient pris refuge dans l'un ou l'autre bâtiment du gouvernement.

— Nous ne pouvons nous attarder, haleta Conan. Très bientôt, toute l'armée sera à nos trousses, bien avant que nous puissions atteindre une des portes de la ville. Il vaudrait mieux nous cacher quelque part en attendant l'aube, je suppose, heure où les caravaniers arrivent et les travailleurs des entrepôts déchargent les marchandises ou les emportent à bord des navires marchands à quai. Dans ce tumulte, nous aurons une chance de nous échapper sans être remarqués.

— Pas dans cet état, dit Daris, regardant leur mise ensanglantée.

— Non, par l'enfer, il nous faut soigner nos blessures, nous laver, et aussi nos vêtements, mieux, nous en procurer de nouveaux... mais où cela ? Comment ? Et où trouver abri dans une cité qui nous est inconnue, alors que partout des crieurs répandront notre signalement, et que tous chercheront à mériter la récompense ?

— Réfléchis, le pressa Daris, étreignant son bras. Il faut nous remémorer tout ce que Falco nous a appris, non, attends, laisse-*moi* essayer de me souvenir. Je n'ai jamais été ici auparavant, mais le trône royal de Stygie est bien là, après tout, et on m'en a beaucoup parlé dans mon enfance. (Elle claqua des doigts.) Mais oui ! A la gauche de la place où nous nous trouvons se tient un vaste et renommé temple de Set. Derrière celui-ci existe un jardin muré qu'on dit en forme de labyrinthe mais où nous trouverons certainement au moins un bassin. Au-dessous du jardin, il y a des cryptes destinées aux rites secrets. Qui penserait à nous chercher là-bas ?

Conan se raidit. Pendant un instant, il fut découragé. Puis il rejeta en arrière sa crinière noire et émit un rire silencieux.

— Magnifique ! Si nous avons emprunté la nef de Set, il ne nous refusera pas l'hospitalité pour une nuit. Viens, conduis-moi.

Ils prirent soin de marcher comme s'ils avaient des affaires légitimes en train, leurs armes à nouveau dissimulées sous leurs tuniques, et nul esclave ne s'approcha assez près d'eux pour leur prêter attention. De la rue qu'ils venaient de quitter s'élevaient encore des cris et des clameurs : Jehanan livrait sa dernière bataille. Tournant le coin du bâtiment des archives, ils atteignirent le mur du temple, haut de trois mètres, dont les briques colorées formaient l'image d'un puissant python. A son faîte, des piquets de fer représentant des cobras dressaient leurs pointes. A sa droite était érigé un édifice massif aux étages décroissants. Daris n'avait nul besoin d'expliquer qu'il s'agissait du temple, car une coupole à son sommet était entre les anneaux d'un immense serpent d'or. Au-delà du mur, de l'autre côté d'une esplanade décorée de la couronne et du sceptre des rois stygiens, Conan aperçut les colonnes du palais.

Personne ne se trouvait près d'eux, mais cela ne durerait pas.

— Envole-toi, jeune fille, dit-il, soulevant Daris de ses mains musclées. Lui-même sauta, empoigna un piquet, et se hissa au haut du mur. Les cobras ne servaient qu'à repousser les intrus grâce à leur aspect effrayant. Ce ne fut pas difficile de se glisser entre eux et de bondir à terre de l'autre côté.

Conan était prêt à tuer quiconque se serait trouvé là, mais il n'y avait personne. Ce qui n'avait rien de surprenant, car le jardin était en effet un labyrinthe. Il semblait ordonné et taillé, le mot qui s'imposait à l'esprit était *luxuriant*. Dans la chaleur immobile qui montait, des palmiers squelettiques surplombaient des haies à hauteur d'homme dont les feuilles et les épines denses confinaient le promeneur aux sentiers tracés. Ces chemins étaient pavés de mousses pour étouffer le moindre pas, comme les masses verdoyantes et épaisses avalaient les sons parlés. Des lianes décrivant des courbes serpentines s'étendaient parmi les arbres. Leurs fleurs écarlates étaient moins vives que ternes, ainsi que les parterres de lotus noir et rouge d'où provenaient des poisons subtils. Nul oiseau ne chantait, mais des scarabées ailés parcouraient les airs, des araignées rampaient dans des toiles qui faisaient partie du dessin du labyrinthe, et des fourmis venimeuses se déployaient en files dans les sentiers.

— Je suis désolée, se confessa Daris après un moment passé à marcher. J'ai mal fait de nous amener en ce lieu mauvais. La peur m'englue comme de la vase, car nous sommes perdus.

— Tu n'a jamais été dans la jungle, n'est-ce pas ? lui demanda-t-il, étreignant sa taille. Moi si, et ceci n'est pas pire que certaines jungles. Au moins, on n'y trouve pas de perroquets. Il doit y avoir de l'eau pour garder le sol humidifié. Cherchons d'abord cela. Je suis suffisamment assoiffé pour assécher la mer de Vilayet.

Il enleva ses sandales, pour laisser la plante de ses pieds percevoir les changements de terrain. Il renifla, écouta, fit appel à son instinct de coureur des bois, et il se dirigeait toujours grâce au soleil, qui était à Mithra. Avant longtemps, il les avait menés à une fontaine.

Elle se répandait dans une série de petits bassins d'onyx, jusqu'à un étang où des lis d'eau poussaient en abondance et où les carpes nageaient.

Conan suggéra que des tuyaux souterrains partaient d'ici pour courir partout et irriguer le sol. Il retint Daris qui allait se mettre à boire.

— Elle pourrait venir du Styx, avertit le barbare, avant de goûter le liquide, avec prudence. L'eau était froide, pure, artésienne. Conan rit tout bas.

— Qu'est-ce que l'architecte avait en tête ? ou bien s'est-il simplement trompé ?

Ils burent et burent et burent encore. Ils se déshabillèrent, lavèrent leurs corps, rincèrent leurs vêtements déchirés. Ce faisant, une rougeur assombrit l'or du visage et de la poitrine de Daris. Conan, qui la regardait en une sincère appréciation, se souvint que sa nudité ne l'avait pas embarrassé, un peu plus tôt.

— Mieux vaut attendre que nous soyons secs, ainsi que nos habits, de façon à ne pas laisser de traces derrière nous, dit-il.

Ils suspendirent leurs oripeaux à un buisson proche. Puis ils s'accroupirent près de l'étang, en saisirent quelques poissons, et les mangèrent crus. Il n'y avait pas moyen de savoir quand ils mangeraient à nouveau. Une fois qu'ils eurent terminé, l'air avait aspiré toute l'humidité hors de leurs vêtements.

— Nous avons de la chance qu'aucun jardinier ne nous ait surpris jusqu'ici, fit remarquer Conan. Ou plutôt, c'est lui qui en a. Toutefois, il serait sage de chercher un endroit où nous risquerions moins d'être interrompus.

S'étant taillé des bandages pour leurs blessures, qui étaient superficielles, ils se mirent en route. Au-dessus des arbres les plus hauts, l'oriflamme les aidait à se diriger. De temps à autre, ils rencontraient des champignons géants ou des arbres ornementaux irréels, et se perdaient parmi eux, abasourdis, mais ils regagnaient vite le terrain perdu et se rapprochaient. Enfin, le labyrinthe s'interrompit. De l'autre côté d'une allée bordée de drapeaux s'élevait le mur le plus bas du temple. La façade était ornementée, mais ce pan arrière était sombre, fait de simple granit gris, à l'exception d'une frise d'hyéroglyphes. Des fenêtres étroites et plusieurs portes se révélèrent aux yeux de Conan qui observait à l'abri de la masse d'un épais buisson de belladone. Le silence alourdissait le vide. Il s'émerveilla de sa chance, puis se demanda si c'était bien là de la chance, jusqu'à ce qu'il se rappelle qu'un temple de Set n'était actif que la nuit et qu'à cette heure, les fidèles et les prêtres, les acolytes et la plupart des esclaves, dormaient.

Les entrées étaient closes et verrouillées. Les mettant à l'épreuve, il en trouva pourtant une dont la porte couverte d'inscriptions inconnues s'ouvrit devant lui. Elle n'avait point de serrure. De l'obscurité au-delà, un souffle de froid humide montait vers le haut d'un escalier.

— C'est le chemin des cryptes, fit-il hochant la tête. Inutile de fermer cette porte. Qui d'autre qu'un sorcier oserait s'aventurer là-dedans ?

— Nous, sourit Daris, et elle s'élança en avant d'un pas vif.

Conan rabattit la porte derrière eux. Taillé dans le roc brut, l'escalier descendait plus bas que son regard ne portait. Des lampes fixées aux parois brillaient à des intervalles réguliers. Les murs étaient ornés de peintures de sacrifices humains, rituels, processions... Le plafond était bas et se bosselait à l'image en relief d'un serpent à chaque palier. Ainsi Conan et Daris devaient s'incliner devant le dieu Set. Une rage incandescente s'emparait du Cimmérien. Il serrait les dents avec une force telle que ses mâchoires lui faisaient mal.

— Jehanan, frère de Bêlit, jura-t-il à voix basse, tu

seras vengé. En ton nom je foulerai aux pieds le damné serpent.

Après un passage qui semblait sans fin, les escaliers firent place à un corridor, peu éclairé lui aussi, empli d'ombres et d'échos. Des portes rompaient parfois la parade des fresques sinistres. Les deux premières que Conan trouva s'ouvraient sur les cryptes d'énormes sarcophages. Il se demanda si les momies qu'ils abritaient étaient humaines. La troisième répandait une lueur étrange. En y entrant, les compagnons découvrirent une pièce arrangée comme une chapelle. A son extrémité la plus éloignée se dressait un autel où une large lampe de bronze brûlait devant une réplique grandeur nature d'un cobra prêt à frapper, enroulé sur lui-même, le cou levé, les yeux cruels tournés vers quiconque entrerait pour payer hommage à cette idole faite d'or. Sous l'autel était posé un bol de cristal rempli de lait. Sur les murs latéraux, de riches cadres entouraient des images d'hommes aux têtes de reptiles.

Daris observa les hyéroglyphes. Ils n'étaient pas l'écriture de Taia, qui avait un alphabet d'origine hyborienne, mais elle avait étudié les symboles stygiens lors de son éducation.

— Le Sanctuaire de Set l'encapuchonné, aux crocs venimeux, traduisit-elle, puis ajouta : cela lui est dédié en un de ses nombreux aspects. Ce lait est destiné à un cobra sacré qui vit alentour. (Elle fit une pause.) Nous ne sommes peut-être pas seuls.

— Cette lampe a été remplie d'huile et sa mèche taillée il y a peu d'heures, déclara Conan en examinant les divers objets. Et elle est trop grande pour nécessiter d'autres préparations avant demain. De même, le lait est frais. J'ose prétendre qu'un homme s'occupe de cela chaque matin avant de se retirer. Nous serons partis avant son retour. Je ne pense pas qu'il se produira d'autre rite ici avant le matin, car les cryptes servent à des usages magiques spéciaux. Quant au cobra, s'il se montre, tant pis pour lui !

Il défit son caftan et tira sa hache. S'étirant, il saisit une des draperies de velours, puis l'autre, les arracha, puis les étendit sur le sol de pierre.

— Il fait froid, mais nous avons bu et dîné, dit-il gaiement, et à présent nous avons de la lumière, des couvertures, et nous sommes en bonne compagnie. (Il s'interrompit soudain.) Mais, Daris, tu pleures.

— Je le puis, n'est-ce pas, puisque nous sommes saufs ? sanglota-t-elle entre les doigts qui lui couvraient le visage. Pour Jehanan, mort dans un pays qui n'était pas le sien.

Il s'approcha pour la prendre dans ses bras. Elle posa sa tête contre sa poitrine, l'étreignit en retour, et pleura encore, mais tranquillement, stoïquement presque. Il caressa ses cheveux d'avant en arrière comme il l'avait fait autrefois pour consoler Bêlit, et murmura dans le parfum de ses tresses.

— Te demandes-tu comment je peux plaisanter alors que le frère de celle que j'aime repose au loin, mort ? Daris, ma douce, tu viens d'un peuple de guerriers. Tu dois certainement comprendre. La mort s'empare de nous tous lorsque le destin l'a décidé, que nous gâchions notre existence en la craignant sans cesse, ou que nous profitions du monde tant qu'il est nôtre et le quittions bravement. Jehanan est mort en pleine gloire, avec joie. Il avait eu sa revanche et rendait à ses camarades leurs propres vies. Si ses convictions étaient vraies, en ce moment il est à nouveau fort et vigoureux, et monte une licorne à travers le royaume d'Ishtar, en route vers une tour où une femme merveilleuse attend pour devenir la mère de ses enfants. S'il avait tort, alors dans ce cas, eh bien, il a oublié, et il a trouvé la paix. Il voulait que nous gardions son souvenir, Daris, mais je ne crois pas qu'il ait jamais voulu que nous le pleurions.

— Conan, souffla-t-elle, levant les yeux, ici, aux portes de l'enfer, tu me rends l'espoir.

Passionnément, ardemment, devant l'autel de Set, ils s'embrassèrent. Mais quand enfin elle dit dans sa flamme :

— O, mon amour, je suis à toi, prends-moi, il se retira.

« Je suis sincère, avoua-t-elle en tremblant, le fixant du regard. Je t'aime, Conan.

— Et je suis moi aussi empli de tendres sentiments à ton égard, répondit-il. Trop pour faire de toi ma compagne alors que je te quitterai peut-être bien vite pour Bêlit.

— Elle comprendrait.

— Trop bien, je le crains, sourit amèrement Conan, sagace. Et elle me réprimanderait sévèrement pour une telle trahison à une compagne de bataille. Sois ma sœur, Daris, et j'en serai honoré.

Elle pleura encore pendant un moment, et il lui donna le réconfort chaste qu'il pouvait se permettre. Rarement avait-il exigé de lui-même un plus grand effort.

La nef ailée glissa hors des marais et reprit le canal vers le Styx. Le soleil de midi rayonnait, mais il n'y avait plus de raison de se montrer trop précautionneux. Elle pouvait filer plus vite que n'importe quoi, sur terre et mer.

Daris guettait dans la vigie. Le vent faisait voltiger ses mèches aile-de-corbeau et pressait sa tunique contre chaque courbe gracieuse de son corps, mais triste était le visage que le triomphe aurait dû éclairer. Au gouvernail, Falco tenait la barre et Conan terminait le récit de leurs aventures à sa façon laconique.

— Ainsi, peu avant le lever du soleil, à ce que je calculai d'après le niveau d'huile de la lampe, nous partîmes en chasse. D'abord, nous rencontrâmes un acolyte, et je le tuai. Je cachai son cadavre dans un placard et endossai ses vêtements. Ils étaient trop petits pour moi, et bien sûr mon crâne n'est pas rasé, mais une cape à capuchon dissimule cela. Puis un esclave croisa notre chemin. Ce pauvre diable, je ne fis que l'assommer et le bâillonner avec des morceaux d'étoffe du caftan de Daris, qui revêtit sa livrée. Cela déguisait l'absence de collier de fer à son cou. Nous traversâmes la porte principale, car peu étaient levés, et la grande entrée. Je doute que quiconque aurait interrogé deux serviteurs du temple, même sans le remue-ménage habituel du lever du jour. Et nous avons rejoint le bateau à pied à travers les terres, et à présent, nous voilà en route pour Taia.

— Jamais un tel guerrier n'a parcouru la terre, dit le jeune homme, le regard débordant d'admiration. Un jour, Conan, tu gagneras un royaume bien à toi, de tes propres mains. Mais d'abord tu nous aideras à reconquérir les nôtres.

— C'est possible, répliqua sèchement le Cimmérien.

Mais il y aura de nombreux combats à livrer avant que cela ne devienne réalité.

— Oui, dit l'Ophirite, calmant son enthousiasme. Notre plan a échoué et nous avons perdu Jehanan. Pourtant il aura obtenu ce qui était sans doute son vœu le plus cher ; vous deux vous êtes moqués de Set dans sa propre demeure ; et nous sommes à nouveau libres. (Son ton se fit encore plus soucieux.) Toi et Daris êtes moins enjoués que je m'y attendais. Quelque chose s'est-il produit dont tu ne m'aurais pas parlé ?

— Nous avons évoqué certaines affaires privées qui ne sont pas des plus heureuses, dit brusquement Conan. Ecoute, nous avons devant nous quelques jours de voyage sans rien à faire, jour et nuit. Tu es jeune et affamé de vie, et elle est belle et peut-être un peu désarçonnée. Alors ne profite pas de cela pour prendre avantage de ses humeurs éventuelles, m'entends-tu ? Nous la ramènerons aux siens avec honneur !

— Oh, bien sûr, bien sûr. (L'expression de Falco passa de la surprise au rêve. Il regarda les cieux et soupira.) J'ai ma Senufer. Son heure et la mienne viendront.

Conan prit un air sinistre mais ne dit rien.

Très haut au-dessus de la nef, porté par des ailes à l'éclat doré, un aigle tournoyait.

XIV

VOYAGEURS A TAIA

Les cieux étaient sans lune mais couronnés d'étoiles quand les pèlerins atteignirent la bouche de l'Helu. Cette rivière coulait plus vive, plus rapide, et plus brillante que le Styx où elle se jetait. A l'est du Styx qui courait vers le nord, des montagnes enserraient des contrées encore plus arides où rôdaient des nomades. A l'ouest, la Taia s'élevait abruptement sur les flancs de la vallée de l'Helu, gris argent à la lueur des étoiles, vers des hautes terres accidentées. Taia, que les Stygiens appelaient province en rébellion, mais qui pour ses habitants était une nation en lutte pour sa liberté. Au point de rencontre des deux cours d'eau, les murs blancs de la petite ville de Seyan se dressaient parmi les bois et les ombres.

— Nous monterons par cette butte, dit Daris, indiquant du doigt, au-delà des secteurs cultivés, je connais une grotte où nous pourrons cacher la nef. Puis nous n'aurons pas un long trajet avant d'atteindre Thuran à pied. Si mon père ne s'y trouve pas en ce moment, il y reviendra bientôt entre-temps les prêtres de Mithra nous offriront l'hospitalité.

L'impatience perçait dans sa voix, ce qui plut à Conan. Elle n'avait fait ou dit nulle chose folle durant le voyage, comme il l'avait craint. Loin de pleurer ou de s'assombrir, elle était restée calmement amicale envers ses compagnons. Mais la bonne humeur de la traversée pour Luxur avait disparu. Il avait fortement espéré qu'elle lui reviendrait.

Ayant jugé qu'ils pouvaient passer sous un pont qui enjambait l'Helu, il donna ses ordres au vaisseau. Il avait surmonté sa répugnance pour ce bateau. Tandis qu'il trouvait encore inhumain un tel moyen de voyager, il devait reconnaître son utilité en des circonstances semblables. Le vaisseau fit volte-face. Observant les berges, Falco signala que la voie était libre. La force de la rivière de montagne, s'épanchant dans le Styx, faisait vibrer la coque.

Tout à coup, les feux démoniaques s'étranglèrent. La nef perdit de la vitesse, ses ailes commencèrent de se rétracter, elle reflua dans le courant, impuissante. Une fois bien éloignée de la confluence, elle sembla retrouver sa force.

— Que diable ? s'exclama Conan.

Pâle comme le crépuscule blafard, l'angoisse l'étreignit. Quelle sorcellerie était-ce là ? Il serra les dents et fit une seconde tentative. Une fois encore, il échoua.

— J'ai peur que notre nef refuse de quitter ses eaux natales, dit Falco, qui s'était approché. En réalité, je soupçonne que l'enchantement est issu du fleuve lui-même. Si nous voulons la mener sur un autre cours d'eau que le Styx, il faudra la hâler.

Conan acquiesça. Un coup d'œil vers l'embrasement propre des cieux et la cataracte argentée de la Voie Lactée chassa ses craintes.

— Oui, cela fait sens, répondit-il. Bonne chose que nous ayons évité de prendre la mer, hein ? Bien, que pouvons-nous faire ?

— Aller au sud sur quelques milles, proposa Daris. Je connais un endroit où nous pouvons aussi dissimuler le vaisseau sans trop de mal, en ces temps troublés où personne ne circule librement. Il nous faudra marcher davantage, mais rien de cela ne dépasse nos moyens.

Ses compagnons acceptèrent. Seyan disparut derrière eux. L'emplacement que prévoyait Daris était une échancrure rocheuse dans une butte de pierre, si étroite qu'ils pouvaient à peine manœuvrer, si profonde que la coque ne serait pas même visible de la rivière. Ils décidèrent de s'octroyer une nuit de repos bien mérité avant de se mettre en route.

A l'aube, ils grimpèrent sur les hauteurs. Ils s'étaient bien équipés grâce aux réserves du vaisseau : tunique et couverture roulée pour chacun d'eux, à quoi les hommes avaient ajouté des bottes et des caftans et autres burnous contre le soleil de midi. Ils avaient des rations séchées pour plusieurs jours et une outre d'eau qui leur suffirait jusqu'à ce que Daris les mène aux ruisseaux et aux sources qu'elle connaissait. A part leurs couteaux, Conan portait sa hache favorite, Falco s'était procuré un sabre et un petit bouclier rond d'Iranistan, et Daris s'était munie d'un arc, d'un plein carquois de flèches, et de la ceinture qui lui avait servi auparavant.

Tout le jour, ils marchèrent à l'est. Le terrain s'élevait rapidement, collines moutonnant vers des montagnes aux sommets bleutés, corniches, précipices, ravins, épines rougeâtres, rochers épars. C'était un pays aride, rude et dépourvu d'arbres à part quelques tamaris ou acacias qui poussaient çà et là. Le sol était principalement recouvert d'une herbe jaunie qui montait à la taille des voyageurs, sifflant et bruissant dans le vent, leur griffant souvent les pieds de ses buissons de ronces acérées. Ce vent bondissait chaudement sur des distances immenses qu'il rendait visibles clairement. Il avait l'odeur du foin et du tonnerre. Parfois les compagnons dépassaient un abri de pierre où ils virent des traces de bétail, mais les pâtres avaient fui. Des animaux sauvages restaient encore, ou étaient revenus une fois les hommes partis : antilopes de toutes sortes, zèbres, girafes, babouins, couaggas, lions aperçus au loin. Des papillons dansaient gaiement, pinsons, grues et alouettes voletaient, et des vautours flottaient mollement. Au-dessus d'eux tournoyait un aigle doré et solitaire.

Comme ils avançaient, Daris se fit plus joyeuse à chaque pas.

— Cela est mon pays, exultait-elle. Je suis née sur ces collines escarpées, sous ce ciel immense, je suis de ceux qui parcourent ces hauteurs lointaines, oui, je suis de retour chez moi !

Conan ne répondit point. C'était un enfant de la Cimmérie, du Nord, des pics enneigés, des forêts sombres, des pluies glacées, du soleil fugitif. Il se pouvait qu'il n'y retourne jamais, et l'austère domaine qu'il voyait à cet instant réveillait quelque chose en lui, il savait ne pouvoir rester heureux longtemps dans cette brillance aride.

A moins qu'il n'y laisse ses os, pensa-t-il sardoniquement.

Vers le soir du second jour, les ennuis leur sautèrent à la gorge une nouvelle fois.

Tout arriva subitement. Se guidant d'après une éminence rocheuse, Daris guidait les siens vers un cours d'eau qu'ils pourraient suivre sur la plupart du trajet. De longs rayons de soleil dans leurs yeux, de longues ombres derrière eux, ils grimpaient le flanc d'une colline et commencèrent à descendre du côté opposé. Cette pente était abrupte, et menait à un ravin balayé par les vents. Tout en bas, le ruisseau était vif, bruyant, clair dans l'ombre, glissant sur des rochers polis. Les signes de végétation étaient d'un vert surprenant le long de ses berges, surtout après les lieues de savane qu'ils avaient traversées. La fraîcheur leur parvenait d'en bas.

— Arrêtez ! aboya Conan.

Son regard avait vu, près du ruisseau, trois douzaines d'hommes qui campaient et se préparaient à la nuit. De vastes paquets étaient posés près de plusieurs mules de bât. Des buissons épineux qu'ils avaient disposé autour du campement étaient destinés à décourager d'éventuels assaillants, et les avertiraient de leur présence. Des quartiers de viande rôtissaient dans les flammes ; du bois mort promettait un feu plus vaste pour la nuit. Les hommes étaient affublés de peaux ou de toiles déchirées, ou même de pagnes d'herbes, mais tous étaient de la même race, et ce n'étaient pas des Taiens. Ils étaient noirs.

— Des voyageurs de Keshan ? s'inquiéta Daris d'une voix tendue. Elle couvrit ses yeux du soleil à l'ouest et plongea son regard dans le ravin. Non, ils n'en ont pas l'apparence.

— On dirait des habitants de la côte sud de Kush, dit Conan. Qu'est-ce qui a donc pu les amener si loin de chez eux ?

Les étrangers avaient à leur tour aperçu ce groupe. Des cris leur parvinrent. Ils s'emparèrent d'armes et de boucliers ovales. Enjambant l'anneau d'épines, certains bondirent vers eux, à droite et à gauche des arrivants. Leur intention était claire ; voir s'ils étaient seuls ou non. La majorité se mit en position de combat et avança directement sur eux, avec lenteur.

— Je n'aime pas cela, grogna Conan.

— On ne peut les blâmer d'être soupçonneux, dit Falco.

— C'est vrai. Nous essaierons de rester en paix, mais tenez vous prêts à combattre. (Conan écarta ses deux mains ouvertes.) Nous sommes des amis, appela-t-il en stygien.

Un homme qui devait être le chef avança un peu plus loin que la ligne de boucliers. Au contraire des autres, tous jeunes et sveltes, il était grisonnant, et avait un estomac imposant au-dessus de son kilt de léopard. Sa carrure lui permettait de le porter facilement, cependant. Des bracelets de cuivre jaune chatoyaient sur ses bras épais ; un collier d'or luisait sous son double menton et son visage au nez épaté, à la bouche lippue.

— Qui vous ? demanda-t-il. Vous venir d'où ? Aller où ?

— Nous partirons, proposa Conan. Immédiatement.

Au-dessus de lui, les éclaireurs lancèrent des appels. Leur chef marqua une pause, puis son rire éclata : « Ho, ho, ho ! » Il aboya des ordres dans son langage.

Les Noirs se déployèrent, rapides comme des carnivores. La moitié courut à droite et à gauche pour renforcer les éclaireurs ou avancer sur Conan et ses compagnons. Le reste marcha sur eux.

— Vous lâchez armes, cria le chef en stygien. Vous êtes gentils, nous pas tuer.

— Non, gronda Conan, vous ne ferez que nous vendre comme esclaves. Et d'abord Daris... (Il tira sa hache. Sa voix devint un rugissement.) De meilleurs hommes ont déjà tenté leur chance !

Intérieurement, il pensa que la fin était venue. L'amertume l'étreignit : dommage de mourir sur un coup de hasard ; mais un soldat de fortune ne saurait espérer mieux. Il approcha ses lèvres de l'oreille de la jeune fille.

— Quoi qu'il arrive, ils ne te prendront pas vivante. Je le jure.

Son arc se détendit, une flèche siffla. Elle prépara aussitôt un nouveau trait.

— Merci, homme très cher, dit-elle sans quitter ses cibles des yeux. Si mon dernier baiser est pour ta hache, je saurai qu'il me sera donné avec... avec amour, et sois béni. Puissions-nous nous retrouver dans les bras de Mithra !

Il n'avait pas de telle croyance, mais son calme réduisit son anxiété, et il grimaça un sourire en se préparant à la bataille.

— Yaah ! cria Falco, se jetant en avant.

Conan lui agrippa l'épaule et l'arrêta vivement.

— Non, idiot, claqua le Cimmérien. Restons dos à dos. Ainsi nous en tuerons davantage.

Les flèches de Daris en blessèrent légèrement deux ou trois, mais la plupart frappèrent des boucliers ou manquèrent leur cible. Comme l'ennemi approchait, elle troqua son arc pour sa ceinture et son poignard. Le sabre de Falco lançait des éclairs courbes et menaçants. Conan se dressait, impassible et lugubre.

Le premier homme se jeta sur lui, massue à pommeau levée. La hache de Conan bondit, brisant un bouclier de bois et de cuir, et trancha le cou qu'il abritait. Le sang gicla à flots, une tête tomba et roula, un corps s'effondra.

— Bêlit ! Bêlit ! hurla Conan.

Il arracha une courte épée à son propriétaire. Du coin des yeux, il aperçut Daris plantant son poignard dans un bras et Falco transpercer une jambe. Un cri de guerre suba qu'il avait entendu souvent sur la galère pirate s'échappa de ses poumons.

— *Wakonga Mutusi !* Bêlit ! Bêlit !

Le chef sautilla en avant. Il poussa un ululement. A ce signal, ses hommes reculèrent. Corps décapité à ses pieds et arme ruisselante de sang à la main, Conan pensa désespérément qu'espoir si mince qu'il avait eu se réalisait peut-être. Son groupe était encore entouré de guerriers menaçants, mais à une distance de deux ou trois mètres. Le chef pouvait avoir décidé que trois esclaves ne valaient pas des pertes sans doute élevées et laisserait peut-être partir ses victimes.

Le Noir au gros estomac s'avança pour faire face au Cimmérien. Il grommela quelque chose.

— Je ne connais point ce langage, lui dit Conan en stygien bien que cela lui semblât familier.

— Comprends-tu ceci ? demanda le sauvage dans le sabir des côtes du bord de mer.

— Oui, en effet, répondit de même Conan, son pouls battant la chamade. Attends un peu. Nous sommes décidés à oublier ce qui s'est passé, et à nous remettre en chemin pour aller loin d'ici, si cela te convient.

— Tu as crié un nom, dit lentement le Noir. Et des mots en suba. En connais-tu le sens ?

— Pas réellement.

Le sourire que grimaça l'autre, et ses gloussements, étaient engageants, à la manière d'un coquin.

— Je les traduirais par « Que la mort soit damnée ! Chargez ! » (Il se rasséréna.) Tu as crié un nom. Répète-le et dis-moi qui le porte.

Pendant un instant, Conan se rebiffa. Pourtant il savait qu'obtempérer ne pouvait faire aucun mal ; et peut-être était-il vraiment tombé sur des membres de cette tribu. L'orgueil résonna dans sa réponse.

— J'ai appelé Bêlit car je suis son homme. Elle est la fille d'Hoiakim de Shem, que les Subas nomment Bangulu.

L'émerveillement et le délice rendirent l'aspect grotesque de l'homme presque accueillant.

— Et moi, je suis Sakumbe, ami de longue date de Bangulu, et j'ai bercé sur mes genoux Bêlit enfant, dit le Noir. Bienvenue, bienvenue !

Il lâcha sa sagaie et s'avança lourdement pour serrer Conan entre ses bras en une étreinte nauséabonde.

Les innombrables étoiles de Taia se mouvaient majestueusement au-dessus des solitudes désertiques. Près du lit d'un ruisseau un feu grésillait dans l'air limpide. Des braises jaune et rouge brillaient au milieu de la fumée odorante, et des hommes étaient assis en tailleur autour des flammes.

Comme cela s'était produit en mer, les Subas n'en voulaient pas à celui qui tuait un des leurs ou en blessait d'autres, pas très sérieusement dans ce cas, il faut le dire. Avec une rieuse cordialité, ils offrirent l'abri, la nourriture, le vin amer qu'il leur restait après leur voyage. Ils s'étaient attroupés pour écouter, bien que nul n'ait une grande maîtrise du sabir que parlaient Conan et le chef Sakumbe. De temps à autres, il leur faisait des résumés, en termes à l'évidence plus flamboyants que ceux qu'il avait employés précédemment.

— Oui, relatait Sakumbe à son sujet, ces années ont été mauvaises, depuis que les Stygiens nous ont trouvés. Affaiblis, nous avons été la proie de pillards d'autres tribus à de nombreuses reprises. Bêlit et ses corsaires ont arrangé les choses ; le butin qu'ils ramènent sert à engager des guerriers venus du Sud pour nous protéger. Néanmoins, nous ne sommes plus que l'ombre de ce que nous étions du temps de Bangulu. Moi qui possédais bien des femmes, et du bétail, et des terres, je suis devenu un pauvre vagabond qui doit chercher fortune où il le peut.

« J'ai songé à me joindre à Bêlit, mais je me suis rappelé que j'avais le mal de mer. Alors j'ai assemblé ces garçons et nous sommes partis pour commercer. De la côte nous n'avons apporté que du sel, car il ne restait pas grand-chose d'autre. Dans les terres, nous l'avons échangé contre de l'ivoire, des plumes, du bois précieux. A Keshan, nous avons marchandé pour obtenir du fer forgé, des joyaux, des onguents et des épices... et des mules, oui des mules. (Il ramassa une outre de vin, but à la régalade, éructa, et passa la boisson à d'autres.) Plutôt que de refaire notre chemin en sens inverse, je nous ai fait franchir les montagnes, car on dit que la Stygie du Sud-Est a des malheurs, et cela pouvait signifier un petit gain supplémentaire pour de pauvres hommes honnêtes comme nous.

— Des esclaves, par exemple, dit Conan.

— Eh bien oui, si l'occasion s'en présentait, répondit Sakumbe, pas honteux du tout. En fait, souvent au cours de notre périple avons-nous acheté un esclave ou trois, pour les revendre plus loin en faisant un léger profit. Vous ne pouvez me blâmer d'avoir voulu emmener trois jeunes gens solides comme vous pour les vendre au marché. Comme je suis content de mon erreur ! Dommage pour Dengeda, bien sûr, mais enfin... (Il donna une tape amicale au Cimmérien.) Tout ami de Bêlit est un ami à moi. Et tu es son mari, dis-tu ? Ho, ho, si je n'étais pas une sorte d'oncle pour elle, je pourrais t'envier cela !

— Mieux vaudrait que vous rebroussiez chemin dès l'aube, par la passe de Keshan, conseilla Conan, qui s'était assombri. Cette terre est dans un triste état. Non seulement guerre et tyrannie s'y affrontent librement, mais aussi les pires sorcelleries y rôdent.

— Quoi ? fit Sakumbe, soudain mal à l'aise.

— Tu m'as entendu raconter. Je ne crois pas que les magiciens aient cessé de tisser leur toile maléfique.

— Je vais prendre conseil, dit Sakumbe, sourcils froncés, et il eut le hoquet.

Il se tourna vers celui qui se tenait à ses côtés, un homme plus jeune que le chef, mais plus âgé que le reste des guerriers, à la mine sévère, aux traits durs, aux yeux pâles. Des cicatrices décrivaient d'étranges dessins sur son torse et ses joues.

— Gonga est un shaman, expliqua Sakumbe, pas aussi puissant que Kemoku, son maître, au pays, non, pas du tout, car il n'a maîtrisé qu'une partie de son savoir. Mais il n'est pas vieux, ni infirme. Je me suis dit qu'il était bon de prendre avec nous quelqu'un de versé dans les arts magiques. Laisse-moi le questionner.

Tandis que le Suba discutait avec son sorcier, Conan relata sa conversation à Daris et Falco, en stygien, à voix basse.

— L'honneur demandait que j'intime à notre hôte de rebrousser chemin, finit-il. Pourtant j'ai dans l'idée que ces brutes sympathiques se montreraient de précieux alliés, si nous pouvions les recruter. Tenterai-je cela ?

— Pourquoi pas ? acquiesça la jeune fille. Mon père et mon pays ont besoin de tous les combattants qu'il peuvent rassembler.

— De plus, ajouta Falco avec un large sourire, ne serait-ce pas intéressant si nous trois, pauvres fugitifs, arrivions à son quartier général avec une troupe pour nous escorter ?

Après un moment, Sakumbe revint vers Conan.

— Contre les puissants sorciers de l'Anneau Noir, Gonga ne peut rien. Kemoku ne pourrait rien non plus. Gonga craint qu'il ne s'agisse de sorts plus puissants que ceux des Kushites, qui ont envahi la Stygie du Nord, et surtout de maléfices physiques.

— Qu'est cela, s'enquit le Cimmérien.

— Sois toujours soigneux avec ce qui vient de ton corps, ongles, cheveux, salive, sang, sueur, de peur que cela ne tombe entre les mains de tes ennemis. S'ils connaissent la magie, ils se serviront de cela pour te faire souffrir ou mourir. Reprends ces objets si tu le peux et apporte-les à Gonga qui pourra annuler le charme. Sinon, donne-lui au moins un échantillon de même provenance, qu'il utilisera comme défense contre ce sortilège.

Conan haussa les épaules. Quand Falco voulut savoir ce qui avait été dit, il lui transmit l'information et ajouta :

— Se soucier de cela est comme se soucier d'être empoisonné. Une mesure de précaution est raisonnable, mais trop transformeront bientôt un homme en couard rampant. (Il se mit à rire). Quoi que nous fassions, nous marchons au milieu de serpents et de trappes, et la mort aura raison de nous à la fin. Je préfère lui livrer un rude combat à ce moment plutôt que de trembler jusqu'à ce qu'elle vienne.

« J'ai rencontré des sortilèges aux pieds desquels cette magie corporelle ne pourrait que gémir et se mettre à genoux, dit Conan, se tournant vers Sakumbe. Pourtant nous trois y avons survécu jusqu'ici, oui, nous lui avons tordu le nez pour la laisser hurler de dépit. Tu n'as pas semblé trop effrayé par mon récit. Alors que penses-tu de te joindre à nous ? D'une manière ou l'autre, je vais me frayer un chemin jusqu'à la mer et Bêlit. Il y aura certes un important butin stygien dont vous ferez profit.

— Je ne jure aucune fraternité pour l'instant, répondit le Suba après une minute de réflexion, gardant sa volonté de marchander malgré son ébriété avancée, mais... oui, pourquoi ne pas aller jeter un coup d'œil ? C'est pour en arriver là que je me suis épuisé à grimper ces maudites montagnes si raides, hein ? Bon ! Très bien. Ho, ho, ho ! fit-il d'un gros rire. Une visite guidée de la Stygie ! Découvrir les anciens monuments ! Voir les boutiques de curiosités ! Des affaires à volonté ! Ho, ho, ho !

Deux jours après, Conan et sa nouvelle troupe atteignirent Thuran sur les hauteurs.

Des guerriers surgirent de derrière des rangées de feux pour les défier. Quand certains eurent reconnu Daris, leur jubilation éclata et monta haut. Des formes brunes et agiles bondirent, l'acier étincela, plumes et oriflammes claquèrent au vent. Surplombant des pentes herbues, des campements, des stèles de pierre, le temple de Mithra brillait à la lueur du soleil couchant.

— Mon père est ici, dit Daris à Conan, baignée de gloire comme par une auréole. Ainsi que l'armée qu'il a rassemblée. Tu n'en aperçois qu'une partie, car la plupart est dispersée dans les collines pour y quérir de l'eau. Des sons de corne peuvent les amener tous ici en une heure. Ils viennent de livrer une dure bataille, car les Stygiens ont tenté de s'emparer de leur temple sacré, et sont repartis pour lécher leurs blessures. Oh, Conan !

Avec une innocence exubérante, elle se serra contre lui. Puis, revenant à elle, la douleur passa sur son visage.

Côte à côte, ils avancèrent sur la montagne. Un homme grand, aux cheveux gris, à l'aspect décidé, sortit à travers le portique du temple. Conan savait qu'il était Ausar. Daris se précipita dans les bras de son père.

XV

LA HACHE ET L'AIGLE

Dans une vaste tente, une lampe brûlait, car les deux qui s'y tenaient avaient longuement parlé. La lumière scintillait sur des armes rangées là, une pile de peaux de moutons en guise de couvertures, quelques simples articles de mobilier, une cruche à vin sur une petite table, d'où les hommes tiraient leurs cornes de vin. Dehors s'étendaient les hauteurs et les cieux ; des feux de camps sur la contrée donnaient une grossière réponse aux étoiles. La brise mourante portait des odeurs de fumée et des bribes de chansons. Au loin, comme un éboulement distant, un lion rugit.

Ausar se leva et, après un instant d'hésitation, Conan le suivit, car une troisième personne entrait. C'était un petit homme, âgé, à la peau très sombre pour un Taien. Sa tunique bleue était usée. Il portait un pectoral ancien de lapis-lazuli entourant un soleil d'or, qui fit s'incliner et se signer le chef du clan. Pourtant il était clair que l'attitude de puissance grande et bonne qui émanait de cet homme ne provenait point de là.

— Parasan, grand prêtre de Mithra, sois le bienvenu, dit Ausar. Nous avions espéré ta venue plus tôt.

Le nouveau venu sourit en s'asseyant. Conan prit son long bâton et le mit de côté tandis qu'Ausar lui versait du vin, non dans une corne comme celles des guerriers, mais dans un des gobelets de cristal qui avaient survécu aux bouleversements.

— J'ai supposé que vous auriez beaucoup à discuter, dit Parasan.

— Oui, seigneur, mais ne l'auriez-vous pas vous-même aimé entendre ? demanda le Cimmérien à qui on avait déjà présenté le prélat, et qui s'était étonné du regard de pur émerveillement dont celui-ci l'avait gratifié, avant que la solennité ne le masque.

— Je pense que les détails peuvent attendre, dit le vieil homme. Ausar, j'ai moi aussi élevé mes filles autrefois. Il semblait préférable que vous calmiez d'abord vos âmes au sujet de Daris et d'autres affaires triviales, car nous avons des soucis qui ne sont pas entièrement de ce monde à étudier. Avez-vous réglé ces questions ?

— Je suis lié à Conan par la dette du sang, dit lentement le seigneur de la guerre, sourcils froncés. Il l'a libérée et ramenée en toute honorable sagesse. Et ce qu'elle m'a confié n'est nullement sa faute. En vérité nous avons surtout discuté son voyage et nos batailles.

— Inutile de dire ce que je puis deviner, murmura le prêtre, levant la main, en voyant Conan rougir, gêné. Que Daris trouve la consolation dans sa fierté. Sans elle, Conan ne serait jamais parvenu jusqu'ici. Elle a apporté le destin avec elle, Ausar.

Un frisson parcourut l'homme du Nord. Il ne comprenait pas tout cela, ni ne pensait aimer ce qu'il apprendrait bientôt. Se courbant sur sa chaise, il chercha à être courtois, mais sa voix se durcit.

— Que voulez-vous dire... seigneur ? J'ai expliqué à mon hôte comment le hasard m'a conduit ici, rien de plus. Je vous veux du bien, et peut-être puis-je vous rendre d'autres services en échange de certaines choses dont j'aurai besoin, mais clouée au mât est ma destination finale : rejoindre ma bien-aimée dès que possible.

Sages et lumineux, les yeux de Parasan retinrent son regard.

— Crois-tu vraiment que tout cela ait été le fait du hasard, Conan ? répondit doucement le prêtre. J'en sais davantage et je ne connais pas même tes exactes aventures. Deux dieux se livrent bataille. Nous autres mortels ne sommes pas que leurs instruments, non, il nous revient de gagner ou perdre par nos efforts. Sinon l'univers sera déchiré par leur lutte. Leurs volontés sont claires : un avant-poste de Mithra pourra-t-il revivre et répandre sa clarté tel un phare dans cette partie du monde, ou le Serpent l'écrasera-t-il et empoisonnera-t-il son domaine afin que ses sorciers envahissent la terre entière ? Voilà le procès que nous jugeons.

« Récemment j'ai beaucoup prié, continua Parasan, empêchant Conan de l'interrompre, et offert à Mithra des sacrifices propres comme il les désire, et j'ai espéré un signe. Ce signe m'est venu, dans mes rêves et dans des visions. Leur sens était énigmatique jusqu'à aujourd'hui, mais depuis ta venue, j'ai été plongé dans une transe devant l'autel, et davantage m'en fut révélé. Je n'ai plus aucun doute. Tu es celui qui brandira la Hache de Varanghi.

En des mots graves, il exposa la légende et la croyance.

— Non, murmura enfin Conan. Non, je ne suis qu'un... un vagabond, un aventurier barbare. J'ai été voleur, bandit, pirate...

— Et le temps viendra, si tu vis, où tu seras roi, dit Parasan. Quel mortel n'a jamais commis de mauvaise action ? La prophétie déclare que le Porteur de la Hache sera un Nordique de la race qui fonda Taia, et valeureux, pas qu'il sera un saint.

L'excitation chassa les dernières réserves d'Ausar.

— Les sorciers de Khemi ont donc eu raison de croire que Conan était une menace pour eux ! s'exclama-t-il. Set lui-même a-t-il donné des signes, comme Mithra ? Pourquoi sinon ces diables auraient-ils déployé tant d'énergie pour prendre au piège un simple corsaire ?

— En effet, acquiesça Parasan de sa tête blanche, et bien que je ne sois pas magicien, je sens confusément de monstrueuses forces du mal autour de nous. Mais nous pouvons les vaincre. Il le faut. Conan, accepte ton destin. C'est la clé de notre liberté !

Le Cimmérien se mordait les lèvres. Falco et lui avaient ramené la princesse, leur tâche était accomplie, et il pensait pouvoir affrêter une voile et rejoindre la mer.

Et pourtant... il ne pouvait s'empêcher de penser qu'il avait encore envers Daris une dette pour son amour et sa loyauté. Qui plus est, il avait épousé la cause de Bêlit de vengeance contre la Stygie, et il avait promis à Jehanan, qui lui avait sauvé la vie, de fouler aux pieds le Serpent en son nom. Comment y parviendrait-il avec un seul vaisseau pirate ?

— Je ne profère nulle menace contre toi à qui nous devons beaucoup, dit calmement Parasan, mais je jure par Mithra — qu'il me renie si je mens — qu'un homme qui refuse un devoir sacré qui lui est confié est... pas maudit... mais abandonné. Jamais plus il ne connaîtra l'honneur, la joie ou l'amour. Oui, Conan, notre entreprise échouera peut-être, tu mourras peut-être en terre étrangère, mais tu mourras comblé ; et si tel n'est pas le cas, tu auras enfin ton vœu le plus cher.

Les mots frappèrent le Cimmérien comme un couteau.

— Où se trouve cette hache ? chuchota-t-il, la gorge sèche.

Ausar écouta, tremblant sous la tension.

— La brandiras-tu ? demanda Parasan, imperturbable.

Conan n'avait jamais été homme à tergiverser. Tous les orages qu'il portait en lui se rassemblèrent et dirent :

— Je le ferai ! Par Crom, je le ferai !

Et quel glorieux combat va avoir lieu ! pensa une partie de lui.

Un soupir siffla entre les dents d'Ausar. Parasan hocha la tête et leur dit, serein :

— A présent entendez ce que peu d'hommes ont entendu, à l'exception des prêtres du temple de Mithra à Taia, qui se transmettent ce secret de génération en génération. Quand tomba le dernier roi, celui qui plus tard devint le Prophète se tenait à ses côtés. Le saint homme prit l'arme sacrée et l'emmena loin du champ de bataille, sachant parfaitement que les Stygiens allaient rançonner et saccager Taia de bout en bout à la recherche de cette chose qui leur inspirait la terreur. Il fallait la cacher là où nul ne la chercherait.

— Pourquoi aucun magicien ne l'a-t-il retrouvée durant ces siècles ? interrogea Conan, prosaïque. Si elle est issue des cieux, un sort de révélation devrait la faire clairement apparaître.

— La vertu de la Hache repousse toute forme de magie, expliqua Parasan. Si un sorcier cherchait à la retrouver, son propre enchantement se retournerait contre lui et l'anéantirait. Même un mortel au service d'un sorcier serait souillé par ces forces et la Hache le détruirait. Un homme ordinaire, qu'il soit engagé pour cette tâche ou aventurier de fortune, pourrait s'emparer de l'arme sans danger. Mais nul ne saurait s'aventurer par hasard près de la cachette, et il n'y a pas assez d'or dans toute la Stygie pour monter une expédition.

« Car la Hache se trouve à Pteion.

Ausar sursauta.

« La sainteté du Prophète fit refluer les démons et les goules lorsqu'il l'y enterra, continua Parasan. Apprends, Conan, que Pteion est une cité en ruines datant de temps immémoriaux, dans la Stygie orientale près de la frontière de Taia. Les chroniques déclarent qu'elle fut fondée par les Acheroniens, il y a des millénaires, mais la légende, qui est sans doute vraie, dit qu'ils n'en étaient que les héritiers, et que ses bâtisseurs étaient les hommes-serpents de la Valusia préhistorique. Pendant des siècles elle resta le siège des magiciens nécromants, et donc de la terreur ; mais lors de la Septième Dynastie de Stygie, le désert s'étendit pour obliger les sorciers à quitter Pteion et à se regrouper à Khemi. Libres de tout contrôle, les créatures atroces et viles qu'ils avaient engendrées ont pris possession des ruines et les hantent depuis lors ; et nul ne s'en approche.

Conan tressaillit. La sueur se mit à cascader sur son corps. Et son âme gémit.

— Je répète que nul démon n'a de pouvoir sur la Hache, don de Varanghi à Mithra lui-même, dit Parasan, tandis que chaque mot semblait exprimer davantage de peur hors de ses auditeurs. Des hommes braves, investis d'une cause juste, entrant de jour, peuvent espérer mener à bien leur mission. S'ils ne sont pas des saints, ils jouiront tout de même de la protection que je puis conférer, et devront garder leurs cœurs suffisamment purs pour que nul démon n'y puisse pénétrer. Oui, je pense que tu en rapporteras la Hache Conan.

— Et ensuite ? s'entendit grommeler le Cimmérien.

— Ensuite, eh bien, tu mèneras les guerriers de Taia à l'assaut, qu'ils puissent reconquérir la liberté pour leur patrie, répliqua Parasan, puis, abruptement, à la surprise des autres, il éclata de rire : Je laisse les détails de cela aux professionnels.

Pendant plus d'une heure, Conan et Ausar parlèrent tandis que le prêtre se tenait coi. Il entendit le récit des événements passés, il fit quelques suggestions et posa des questions, et il vit le courage s'embraser chez les autres.

Ils en vinrent à la stratégie. Il faudrait discuter encore le matin venu, mais le dessin d'un plan prenait forme. A cheval, en changeant souvent de montures, aussi vite que la prudence le permettait, il y avait une semaine de voyage entre Thuran et Pteion. La route suivait le lit d'une rivière quasi asséchée plus facile à traverser que le reste du pays, du moins pour des chevaux. Que Conan et son guide emmènent une troupe d'environ cent hommes ; cela suffirait à parer à toute éventualité. Entre-temps, Ausar organiserait son armée et irait à l'est, recrutant des troupes en chemin.

Après la défaite précédente, le général Shuat avait laissé la moitié de ses Stygiens en garnison à Seyan et sur le Helu inférieur. Il marchait au nord-ouest avec le reste, sur une route militaire qui allait du siège du gouverneur à Luxur. Il projetait sans doute un mouvement en tenailles, probablement en conjonction avec des renforts venus de la capitale royale. Conan n'avait qu'à rejoindre les siens une fois en possession de la Hache, et ils pouvaient tous fondre sur leurs ennemis et réduire en charpie les Stygiens.

Bien sûr, le roi Mentuphera et ses immenses réserves seraient encore là et il ne laisserait certes pas la perte d'un ou deux détachements l'abattre dans sa résolution. Mais ce souci était lointain. Si Conan avait appris une chose de la guerre, c'était que la première victime au combat était le plan de bataille.

Exalté, il se leva pour souhaiter bonne nuit.

— Puis-je vous raccompagner au temple, seigneur? demanda-t-il à Parasan.

— Non, je te remercie, dit le prêtre. Tu es l'élu de Mitra mais tu n'es pas initié à ses mystères comme Ausar et moi. Il vaut mieux que nous priions tous deux pour un moment.

Le jeune guerrier ne fut nullement offensé, ni ne

ressentit aucun désir d'être initié. Crom était en bien des façons un dieu moins exigeant. D'un geste, Conan les salua avant de s'enfoncer dans la nuit.

Les étoiles brillaient mais il fallut tout de même un instant à ses yeux pour s'adapter. Il vit son souffle chaud blanchir sous elles et...

Et quelle était cette forme qui s'élevait soudain, comme si elle s'était tenue sur le sol derrière la tente d'Ausar ? Un aigle ? Non, impossible, les aigles n'étaient pas des oiseaux de nuit, ni ne descendraient si près des humains. Il devait s'agir d'un autre genre d'oiseau.

Après tout, il était en terre étrangère, il ne devait pas s'alarmer d'une rencontre fortuite avec une créature. Pourtant il aurait souhaité ne pas être si aveuglément honorable. La chaleur des bras de Daris l'aurait étonnamment réconforté à cette heure. Conan se dirigea vers sa tente solitaire.

Rendue infatigable par ses enchantements, Nehekba vola sur des centaines de lieues, plus vite que la chair et le sang le pourraient jamais. Une seconde fausse aube refroidissait l'est lorsqu'elle atteignit Luxur et entama sa descente vers la cité.

A la coupole du temple de Set, elle se posa et reprit sa forme humaine. Vêtue de plumes, elle se dirigea vers sa suite, réservée aux membres de l'Anneau Noir. Là elle se reposa et tira des plans jusqu'à la moitié de la matinée. Ensuite elle envoya un messager au roi, porteur d'un objet qui lui garantissait une audience immédiate et confidentielle auprès du monarque. C'était en fait une exigence. Et le roi, qui le savait, lui renvoya une invitation sur-le-champ.

A l'heure prévue, majestueuse dans ses parures et ses vêtements, elle traversa l'esplanade jusqu'au palais. Et de façon à marquer la gravité de l'occasion, elle fit cela non à pied, mais sur un chariot d'or sans roues ni porteurs qui la menait à trois pieds du sol, sans soutien apparent. Les gardes stupéfaits s'inclinèrent bien bas, et s'écartèrent de son véhicule après son entrée dans le palais, accompagnée d'un soldat.

On la fit entrer dans une salle petite mais bien meublée aux murs ornés de scènes de chasse et aux ornements richement travaillés et enluminés. Mentuphera lui offrit un siège, puis emplit lui-même une coupe à vin en argent qu'il lui tendit.

— J'espère que ma Dame, grande prêtresse de Derketa, acceptera la présence de mon fils aîné, dit-il. Je veux qu'il apprenne toutes les subtilités de la royauté.

Nehekba haussa les épaules.

— Si tel est votre désir, majesté, dit-elle, désireuse d'observer les convenances. Mentuphera respectait son ordre et ses prêtres, mais n'était pas un faible. Au contraire, la Stygie n'avait pas eu de seigneur séculaire si formidable depuis des générations. Il était grand, musclé, vêtu d'une simple tunique, balafré à la suite de bien des combats. Son visage était carré, buriné, au nez cassé et aux yeux métalliques. Une épée ne quittait jamais son côté. Malgré sa déférence pour la sorcière, il n'essayait pas de dissimuler la lascivité qui perçait dans ses yeux. Ils avaient souvent partagé la même couche.

— En vérité, continua-t-elle, il est sage de laisser le prince entendre. Longue vie au Roi. Pourtant les dieux seuls voient ce qui existe derrière l'aube de demain, et j'ai eu des visions de périls imminents.

— Mon père et seigneur, osa lancer Ctesphon, héritier du trône, un homme mince plus vraiment très jeune, qui remuait sur sa chaise, mal à l'aise, ne devrions-nous pas avoir ici nos conseillers ? Les mots d'un magicien sont souvent obscurs, sans vouloir vous offenser, ma Dame, et nul esprit unique ne saurait penser à toutes les affaires à traiter.

— Je désirais une entrevue en privé, rappela vivement Nehekba. Beaucoup de ce que j'ai à dire à votre majesté ne doit pas courir les rues, sinon la peur risque d'étreindre les cœurs stygiens et de rompre ses chaînes.

Mentuphera donna un regard inquiet à son fils, mais décida de ne pas le renvoyer. Ctesphon avait souvent dénigré le plan de conquête d'un Empire pour la Stygie. Cependant, puisqu'il ne pouvait en dissuader son père, il travaillait aptement et loyalement pour la cause ; il chassait le lion dans son char ; à la recherche de savoirs interdits qui faisaient frémir l'âme endurcie de Mentuphera, il correspondait même avec le rival exilé de Tothapis, Thoth-Amon le terrible.

— Parle, fit le roi.

— Votre majesté connaît bien les légendes des Taiens, de la Hache de Varanghi, commença Nehekba.

— Du folklore inepte, grogna Mentuphera, tandis que Ctesphon se raidissait.

— Cela aurait mieux valu, répondit Nehekba avant de poursuivre sa description, dans une version préservant sa dignité et celle de Tothapis, ce qui s'était produit et ses dernières découvertes. J'ai peur que nous ne puissions amener des hommes à Pteion avant l'arrivée de Conan par des moyens terrestres, finit-elle, et les y transporter par magie reviendrait à en envoyer un nombre inadéquat contre sa troupe, si l'on considère le temps et les moyens dont nous disposons. De plus, une telle expérience leur briserait le moral et les laisserait désemparés face à lui.

— Par les crocs de Set ! (Le poing du roi s'abattit sur un des accoudoirs de son siège.) Une pareille canaille, l'élu de Mithra ! Eh bien, si le dieu soleil ne peut choisir mieux que Conan, à quoi bon s'inquiéter ?

— Attendez, mon seigneur et maître ! murmura Ctesphon. Il suffit de penser à ce qu'il a déjà accompli pour le comprendre. Son arme est surnaturelle, par surcroît.

— Oui, acquiesça Nehekba. Votre majesté, si nous hésitons, nous perdrons cette province entière, qui se tiendra par la suite en armes dans notre dos. Qu'en sera-t-il alors des rêves de conquêtes à l'étranger ?

« Non, mobiliser la force la plus nombreuse possible est la seule solution. Il vous faut la commander en personne, et laisser le prince ici, car votre présence attisera le courage des troupes quoi qu'il arrive. Marchez au sud-est dès que possible, et amenez, en peu de jours, Taia à la soumission. Entre-temps, nous les adorateurs de Set lutterons de tous nos moyens pour que la Hache de Mithra reste dans la tombe où elle repose. Si nous échouons, il nous restera d'autres possibilités, il ne faudra point désespérer. D'une façon ou d'une autre, avec votre aide en ce monde, O Roi, nous vaincrons nos ennemis des cieux !

— Que cela soit ! cria Mentuphera.

Dans une crypte sous le temple de Set, des flammes de bougie vacillaient, bleutées. Là, sur une table au milieu des ombres, se trouvait un récipient de verre à la forme d'une matrice. A l'intérieur flottait la silhouette blafarde, à demi repliée, difforme, d'un enfant à naître.

Nehekba entra. Un serviteur se prosterna devant elle.

— Va ! ordonna-t-elle, et il recula à croupetons pour sortir.

Penchée sur la matrice, fixant le visage aveugle sous elle, elle décrivit des signes et prononça des mots. L'homuncule remua. La douleur tordait sa forme bulbeuse. Des mots sortirent de sa gorge en petits globules plaintifs : « Qui m'appelle ? Que veux-tu ? »

— C'est moi, Nehekba, siffla la sorcière. Entends-moi Tothapis, et mets tout le reste de côté. Je ne dis pas que le Choc des Dieux est imminent, mais cela est possible ; mais il est certain que l'heure est sur nous où le Serpent et le Taureau s'affrontent à nouveau.

D'au-delà de lieues aussi nombreuses qu'elle en avait traversé, le sorcier parla par la bouche de la petite monstruosité :

— Apprends-moi ce que tu sais.

Elle s'exécuta. A la fin, elle dit d'une voix pressante :

— Le destin est toujours sur la balance, et le restera tant que Conan vivra. (Ses ongles griffèrent l'air.) Cela n'a pas de raison de durer longtemps. Mais il faudra un sort puissant pour l'arrêter ; sa destinée est en crue. Mon seigneur, ne reste pas terré dans ta demeure une minute de plus. Viens à moi toi-même, sur des ailes de dragon, tes sortilèges près de s'élancer. Moi je retourne espionner Conan et user des charmes que je pourrai déployer pour profiter de ses faiblesses. Ou de celles de ses compagnons. Ainsi mon prédécesseur rendit-il vulnérable le dernier homme qui brandit la Hache, il y a cinq cents ans.

« Rencontrons-nous à Pteion, cité des goules, mon seigneur — et toi et moi le détruirons !

XVI

VOYAGE AU PAYS DES DAMNÉS

Les pierres roulaient sous les sabots des chevaux. A l'est, un soleil rendu écarlate par la poussière meurtrissait des yeux déjà éprouvés par des jours passés à contempler des étendues désolées, vides, désertiques. La lumière et une chaleur implacable rebondissaient sur les parois de la gorge où chevauchaient les Taiens. Ces pentes rouges s'abaissaient, moins abruptes et rocailleuses, à chaque lieue ; mais la raison en était que les voyageurs approchaient du désert à ciel ouvert. Des étendues de sable scintillaient déjà en une illusion de lacs qui attisait encore la soif.

La plupart des guerriers avançaient en silence, leurs caftans et leurs burnous voletant autour d'eux, leurs lances oscillant au rythme des sabots, pointes enflammées par le rayonnement, comme si le vent avait parcouru un champ de grain en proie à l'incendie. Les hommes n'avaient aucune affection pour le terrain aride qui les entourait, mais ils souffraient cependant moins que leur chef. A la tête de ses cent Taiens, Conan endurait son calvaire.

Quelques mètres derrière lui, Daris amena sa monture près de celle de Falco.

— Comment cela se passe-t-il pour toi, ami ? demanda la jeune fille. Tu n'as presque rien dit pendant ce périple.

L'Ophirite haussa les épaules et ne se tourna pas même vers elle. Il y avait plus que la sécheresse dans sa voix.

— Qu'y a-t-il dont on puisse parler ?

— Mais, tout, répondit-elle doucement. Des espoirs,

des souvenirs... des peurs, même, si en parler peut aider à les exorciser. Tu étais un joyeux compagnon auparavant, Falco. Que t'es-t-il arrivé ces temps derniers, qui te ronge ? Est-ce notre arrivée à Pteion, demain ?

— Je n'ai pas peur ! s'emporta-t-il. Je n'étais pas forcé de venir.

— Ni moi non plus. Mais Conan est mon seigneur pour... aussi longtemps que lui et Mithra le voudrons. Toi, au contraire, tu aurais été également utile si tu avais suivi mon père, comme Sakumbe et ses hommes l'ont fait.

— Des pillards ! Tu me compares à ces sauvages ?

— Je crois qu'il y a bien plus que l'avidité dans leurs cœurs, Falco : l'amour pour Bêlit, et pour les ombres de ses parents, le désir de venger le tort fait à leur patrie. (Daris marqua un temps d'arrêt.) Quant à toi, tu as choisi de suivre Conan car il a également pris la place de seigneur dans ton cœur et car tu donnerais ta vie pour lui. Cela n'est-il pas vrai ?

Les phalanges de Falco blanchirent sur ses rênes. Il ne dit rien.

— Pourtant ce voyage t'a oppressé davantage chaque jour, murmura Daris. Pourquoi ? Si tu en parlais à tes amis, peut-être te sentirais-tu mieux.

— Oh, Conan a assez de soucis sans cela, lança le jeune homme, et je ne connais presque aucun Taien.

— Tu me connais, dit Daris tendant la main vers la sienne, notre camaraderie dure depuis peu, oui, mais plus profonde que la plupart. Aimerais-tu te confier à moi ? Je ne vois pas davantage de honte à épancher son âme lorsqu'on est aux prises avec ses démons intérieurs, pas plus que lorsque la chair est transpercée par les épées ennemies.

— Mais tu en es la cause ! éclata-t-il brusquement, se tournant enfin vers elle avec violence.

Ses grands yeux sombres s'écarquillèrent, bien que son visage doré exprime la compassion davantage que la surprise.

— Comment cela ? répondit-elle tout bas. Jamais sciemment ou volontairement, je le jure.

— Oh, je — tu... (L'orgueil et le désir luttaient en lui. Ses joues rougirent encore un peu plus.) Très bien, lâchat-il enfin, en phrases saccadées, tandis que son regard allait partout sauf à la rencontre de celui de Daris. Tu es arrivée, seule femme parmi nous, et dévouée seulement à Conan. Je n'ai pu m'empêcher de remarquer comment tes yeux s'égarent toujours vers lui, et s'attardent sur lui, et comme souvent tu trouves des excuses pour lui parler, malgré le maudit caractère qu'il a acquis dans ce pays infernal. Oh, je ne suis pas jaloux, mais, tu es bien belle à regarder, Daris, et... tu me rappelles Senufer, qui s'inquiète de moi à Khemi comme je m'inquiète d'elle ici — (son poing frappa le pommeau de sa selle). Elle me revient trop souvent, trop précisément. La nuit, je ne peux dormir, le jour, je nage en plein rêve d'elle, toujours j'entends sa voix chuchoter son nom jusqu'à ce qu'il chante à mes oreilles comme le vent sur une harpe, Senufer, Senufer, Senufer...

Il avala une goulée d'air, et frissonna en retrouvant un certain degré de calme.

— Je suis désolé, dit-il. J'ai parlé stupidement. Tu n'es pas en cause, Daris. Mais elle me manque, elle me manque à un point qui dépasse ta compréhension.

Il ne vit pas le malaise passer sur le visage de sa compagne. Elle effaça toute trace d'anxiété, chevaucha plus près, et posa la main sur son bras avant de murmurer :

— Merci, Falco. Tu m'as fait comprendre, un peu au moins, ce qui te trouble. Ne le garde pas en ton sein, jusqu'à ce que ton chagrin déborde comme un torrent, entraînant ton esprit à sa suite. Parle-moi, sinon à d'autres. Dis-moi ce que tu as à dire. Laisse-moi t'aider à voir plus loin que cette attente et ce désir insatisfait, jusqu'à une nouvelle aube où tu commenceras une vie nouvelle. Laisse-moi éveiller l'espoir en toi.

Conan, jetant un regard en arrière, les vit ainsi. Une colère irraisonnée rugit soudain en lui.

La gorge débouchait sur une vastitude apparemment infinie de dunes ocres. Elles crissaient sous le pas. La poussière voguait au gré d'une brise brûlante, venant irriter les yeux et boucher les narines.

Comme le soleil approchait l'horizon et les ombres

devenaient démesurées, le guide Tyris approcha de son commandant. Il avait traversé ces parages des années plus tôt, garde dans une caravane.

— Mieux vaut dresser le camp sur l'heure, conseilla-t-il, pointant vers un affleurement érodé assez lointain. Si l'on m'a dit vrai, nous sommes à quelques heures de Pteion. Pas que quiconque y soit allé, mais les marchands tiennent leurs histoires de générations d'ancêtres.

— Nous pouvons continuer pendant une heure encore ce soir, lorsqu'il fera plus frais, dit Conan, agacé.

— Commandant, fit Tyris, tripotant une amulette à sa poitrine, notre plan n'est-il pas d'entrer de jour, alors que créatures et fantômes sont sous terre ? Eh bien, je ne pense pas qu'il serait sage de dormir plus près que nous le sommes.

— Comme tu voudras, répliqua le Cimmérien avec mépris.

Blessé, Tyris chevaucha vers l'arrière pour convoyer la nouvelle. Les bêtes reconnaissantes s'arrêtèrent dès que l'ordre fut donné. Les hommes leur donnèrent le peu d'eau et de fourrage encore disponibles, les firent allonger, et bivouaquèrent. Bientôt les couvertures furent dépliées et près de chaque petit feu, plusieurs guerriers s'étaient assemblés. Les Taians n'étaient pas un peuple taciturne ; mais ce soir, ils étaient envahis de sombres pensées, et parlaient à mi-voix, en peu de mots. Beaucoup s'isolaient pour prier, verser des libations, ou tenter quelque enchantement mineur.

Conan parcourait le camp en inspectant les sentinelles. Souvent il grognait de rudes réprimandes pour imprudence. Elles n'étaient pas réellement méritées, et étaient de ce fait mal reçues, et il s'en rendait compte. C'était comme s'il lui fallait gifler quelqu'un.

Au-delà du camp, silhouettes noires découpées contre le crépuscule, Daris et Falco se tenaient face à face, mains entrelacées, en grande conversation. Après un moment, ils s'éloignèrent sur le flanc d'un promontoire de sable et furent perdus à la vue.

Un instant, Conan se demanda si l'assombrissement qui l'avait gagné ces derniers jours avait une cause véritable. Quel fils du Nord ne serait pas nerveux face à ces lugubres déserts ? Il avait connu bien des difficultés, mais celle-ci était la pire, qui lui suçait l'âme tel un vampire. Pourtant ne s'était-il pas habitué à s'abstenir de toute plainte, même à l'intérieur de lui ? Pourquoi laissait-il un simple malaise le torturer ?

Eh bien, il y avait pire que cela. Il s'était passé de femme pendant des périodes plus longues, par le passé. Mais depuis qu'il avait quitté Bêlit, le temps lui avait semblé durer des années. Et il y avait cette sotte de Daris qui avait insisté pour se joindre à l'expédition et se jetait sans cesse vers lui. Ne pouvait-elle voir quels feux elle attisait, cette gamine inconsciente ? Sans ses compatriotes et leur attitude, il aurait pu écarter au loin ses scrupules et la prendre. Par Derketa, il pouvait l'emmener hors de vue des hommes de son clan et le faire de toute façon ! Sauf qu'elle s'était mise en tête d'exercer son charme sur ce marmot d'Ophirite. Qu'avait-il fait, celui-là, pour mériter de s'amuser ainsi ?

Ha, si c'était ce qu'elle voulait, qu'elle mange seule en revenant. Conan avait faim.

Il se dirigea vers l'endroit où ils dormaient tous trois. Ils avaient mangé ensemble et déployé leurs sacs de couchage à peu de distance. Conan cracha et mit à rôtir des tranches de viande séchée sur le feu qu'on leur avait bâti. Il y ajouta des poivrons et des oignons, puis but de l'eau tiède, au goût âcre tirée d'une outre, et enfin tira une cape autour de ses épaules pour se protéger du froid. Ne trouvant pas le sommeil, peu enclin à chercher de la compagnie, il resta seul à réfléchir à ses torts. Bêlit lui paraissait inaccessible. Le crépuscule se fit nuit, et le ciel se piqua d'étoiles.

Daris revint, le sable crissant sous ses pieds nus. Il leva les yeux. Elle se tenait, au-dessus de lui, grande et sombre.

— Hunh, grogna-t-il. Enfin. Où est Falco ?

— Il a décidé de rester seul un moment pour penser à ce dont nous avons discuté, répondit-elle.

— Discuté ? J'espère que vous vous êtes bien amusés.

— Quoi ? fit-elle s'asseyant près de lui, le feu luisant dans ses pupilles. Que veux-tu dire ?

— Qu'est-ce que tu crois ? répondit-il. Oh, je sais, je n'ai aucune sorte de droit sur toi. Fais ce qu'il te plaît.

— Conan !

Jamais il n'avait vu un tel choc la secouer ni entendu sa voix de cette façon. Elle se mit debout, les mains sur les hanches.

— Tu ne t'imagines pas que — Comment peux-tu ?

— Tu me crois aveugle, sans doute ? C'est un joli garçon, tandis que moi, j'ai été un triste compagnon ces temps derniers. Je te dis que ça m'est égal. Mange. Je vais me reposer.

— Mais je t'aime !

Daris sanglotait presque. Elle se reprit. Après un instant, elle dit calmement mais fermement, le regardant en face :

— Entends-moi. Par Mithra, il ne s'est rien passé, si l'on ne compte un unique baiser à la fin. Falco et moi avons parlé, seulement parlé. Il était malade de cette fille, cette Senufer de Khemi.

— Nehekba, tu veux dire, railla Conan. Il n'en est que plus bête.

— Je ne lui ai pas répété notre idée, que les deux ne font qu'une. Cela l'aurait éloigné de moi. Non, je l'ai fait parler de lui, ce qui n'a pas été difficile. Il s'est débarrassé de ses soucis, et ensuite j'ai pu le ramener à songer à l'avenir et aux ambitions qui conviennent à un garçon normal. Il n'est pas libéré de son emprise, mais il a retrouvé ses esprits. Je crois qu'il dormira bien cette nuit, et qu'il pourra se battre demain s'il le faut. C'est tout, Conan, tout ce qui s'est passé... bien que mes propres pensées ne se soient pas arrêtées là.

— Je dois croire en ta parole, bien sûr, dit-il avec une indifférence calculée.

— Conan, que s'est-il passé ? dit-elle, le regardant avec horreur. Quelle sorcellerie joue donc avec nous ? Ce n'est pas ton caractère d'être ainsi brusque, oui, perfide même. Ni était-ce dans celui de Falco de se complaire dans l'apitoiement jusqu'à en devenir inutile. Les démons du désert se sont-ils emparés de vous ? (Son esprit se précipitait en avant, et elle ne vit pas son ressentiment monter.) Non, fit-elle, contemplant les étoiles. Pas après nos efforts communs, et votre acharnement loyal. Mais un noir sortilège aurait pu jouer sur ces faiblesses. Son engouement ; ta vexation issue d'un pays étranger à ton peuple ;

oui, et même, sans nul doute, ton désir de revoir Bêlit. En amplifiant ces humeurs, le sortilège aurait pu aggraver ce que la nature aurait permis. (Elle reposa son regard sur lui. L'anxiété imprégnait sa voix.) Si je ne me trompe, il ne peut s'agir d'une volonté inébranlable qui s'imposerait à vous. Falco a pu s'en débarrasser avec mon aide. Laisse-moi te venir aussi en aide, mon aimé !

— Pourquoi t'en donner la peine ? aboya Conan. Je suis brusque, perfide, et faible, te souviens-tu ?

Il la vit tressaillir dans la pénombre, et tout d'un coup voulut la prendre dans ses bras pour lui demander de le pardonner. Avant qu'il ne parle, l'honneur lui répondit. La fille d'Ausar se mit debout et, sous les étoiles, dit :

— Nous en parlerons davantage quand tu t'en sentiras le courage. D'abord prends le repos que tu désires. Bonne nuit.

Elle prit son sac de couchage et s'en fut dans le noir.

Conan resta longtemps éveillé, essayant de décider de ce qu'il devait faire. Ils auraient pu discuter ainsi jusqu'à l'aube, alors qu'il lui fallait dormir en prévision du lendemain. Les femmes !

Le soleil de midi transformait l'air en fournaise, le sol en charbons ardents. Les dunes au loin semblaient être des flammes. Il n'y avait pas même le spectre d'une brise. Le son des sabots, des harnais grinçants, du métal clinquant, s'évanouissait dans un silence infini, comme des gouttes d'eau dans un océan éternel.

Conan rétrécit les yeux et tenta de distinguer ce qui se tenait devant eux. On aurait dit un mauvais rêve. Des cônes de sable étaient empilés presque jusqu'au sommet des murs extérieurs, qui étaient effondrés. Dans les éboulis, il apercevait des masses de pierre noire, édifices eux aussi en ruine. Pourtant ces formes conservaient quelque chose d'inhumain, trop basses et étroites pour leur longueur, les flancs s'inclinant selon des angles étranges jusqu'à des toits grotesquement décorés. La légende disait que la plus grande partie de la ville avait été souterraine ; on chuchotait qu'à ce jour, les passages et les cryptes étaient encore habités. Un groupe de monolithes et de colonnes tordues se dressait, et d'autres encore étaient isolés. Au centre de la cité montait la forme d'un dolmen, un tombeau préhistorique fait de dalles d'ébène polies, des dalles si larges qu'aucun homme ne pouvait dire comment elles étaient venues en place.

Là, se remémora Conan, était cachée la Hache de Varanghi, lui avait dit Parasan. Malgré sa mauvaise humeur et les peurs intérieures qui l'étreignaient, son pouls bondit, et il tira l'épée, la brandissant comme un étendard.

— En avant ! cria-t-il en éperonnant sa monture.

Ses hommes lancèrent un cri rauque et suivirent au galop. Eux aussi avaient des craintes, mais ils étaient tous volontaires. Leur honneur leur interdisait de manquer de bravoure.

Comme la troupe avançait, le vent se leva. Venu d'immenses vastitudes, il mordait les habits et suçait les gorges et les poumons. Des tourbillons de sable virevoltaient. Conan écrasa du sable entre ses dents.

A une vitesse incroyable, la brume envahit l'horizon et le ciel entier. Le soleil rougit, diminua, disparut. Une obscurité étouffante cachait leur but. L'orage lacéra la peau du barbare, et manqua le faire suffoquer, avant qu'il ne rabatte un pan de son burnous pour lui servir de voile. Son cheval trébucha, hennissant de douleur. Il éperonna sauvagement l'animal et continua d'avancer. Il fallait que son groupe trouve refuge au milieu des hurlements acérés, des sifflements de la poussière, du sable qui volait. Et où cela si ce n'était à Pteion ?

Le vaste désert apparaissait, flou, sur les côtés, mais il aperçut des fragments du mur d'enceinte. Il les dépassa et se servit de ces débris comme coupe-vent, mais l'air était toujours acre et épais, et l'atmosphère noire-rouge plus dense encore. Il distinguait vaguement un ou deux édifices devant lui, qu'il avait repérés de plus loin. Un coup d'œil en arrière lui révéla son suivant le plus proche. Ceux qui étaient plus loin étaient invisibles. Mais chaque homme gardait certainement l'œil sur ceux qui le précédaient. Le vent hurlait.

Non — ce cri était d'une autre nature ! Conan se retourna sur sa selle et vit ce qui venait de la nuit, tout à coup matérialisé sur cette terre, et s'élançant vers lui.

XVII

LA QUÊTE DE LA HACHE

Au premier abord, on aurait dit une troupe de soldats humains avançant de l'intérieur de la ville en une formation étrangement raide. La question s'imposa à son esprit : comment étaient-ils déjà arrivés là alors que la région peuplée de Stygie la plus proche était bien plus éloignée que Thuran ? Il fit signe à ses hommes de mettre pied à terre, se grouper, attacher leurs bêtes, et se préparer au combat. Les Taiens n'avaient pas de traditions de cavaliers. Il garda ses propres éperons et gesticula vers Falco pour qu'il en fasse autant. Leurs chevaux étaient volés à l'ennemi et bien entraînés. Une paire de cavaliers endurcis pouvait être utile, face à cette force où il n'y avait aucun cavalier.

A nouveau, une corne retentit, pareille à nulle autre que Conan ait entendue. Les notes aiguës lui déchiraient les nerfs. Le bruit ne venait pas de l'ennemi mais d'au-dessus. Le barbare jeta un regard vers le haut. Il lui sembla distinguer à travers l'épaisse poussière, une tache plus obscure qui se mouvait là, comme si de grandes ailes s'élevaient et retombaient.

Les assaillants approchèrent. Conan pouvait distinguer leurs rangs plus aisément. Il se cabra. La terreur le poignarda. Daris, encore à cheval, étouffa un cri. Falco en appela aux dieux. Les Taiens gémirent.

Ce n'étaient pas des hommes vivants, mais des cadavres desséchés. Certains portaient des casques archaïques ou des cuirasses par-dessus leur peau noircie, la plupart n'avaient que des linceuls en haillons vieux de milliers d'années. Chez beaucoup, les os perçaient la chair décomposée. Les visages étaient immobiles, vides d'expression ; les yeux qui restaient sombres, sans larmes, pétrifiés ; les poitrines ne se soulevaient pas, les cœurs ne battaient plus entre les côtes. Les jambes étaient pareilles à celles de marionnettes. La horde portait des glaives aux formes antiques ou des lances aux pointes qui suivaient les mêmes dessins. Le métal était du bronze vert rongé. Ils étaient deux cents ou plus. Le traînement de leurs pieds était le seul bruit qu'ils produisaient.

— Des fantômes, des fantômes, gémissait Daris. Les tombes de Pteion ont lâché leurs morts pour nous détruire.

Oui, pensa Conan, dans cette obscurité du diable, n'importe quoi pouvait surgir. Mais qui l'avait causée avant de les faire lever ? Qui en Stygie aurait pu être averti de leur plan ? Un second choc le fit sursauter quand il se souvint de l'aigle près de la tente d'Ausar, celui qu'il avait choisi d'oublier !

— Mithra, pardonne-moi d'avoir profané ce lieu maudit ! hurla Tyris le guide.

Conan entendit une clameur parcourir la foule des Taiens. Il se retourna et les aperçut, groupés mais prêts à flancher. Dans un instant, l'un d'eux allait se mettre à courir. Alors une panique aveugle s'emparerait des autres et tous se précipiteraient vers le désert et la mort certaine.

La corne rit au-dessus de l'orage.

Conan ne sut jamais si le désespoir ou la colère accumulés durant le voyage étaient responsables du départ de ses frayeurs. La fureur de la bataille l'emporta. Il se jeta en avant.

— Hai, Crom ! rugit-il. Varuna des Eclairs ! *Wakonga Mutusi !* Bêlit ! Bêlit !

Un cadavre sur le devant des lignes leva péniblement sa pique et le visa. La pointe dérapa sur la cotte de mailles dissimulée sous son caftan. Il la repoussa de côté. Sa monture avança au milieu des assaillants. Il se pencha, l'épée brillant à son poing. Il sentit l'acier frapper, ne rencontrer que peu de résistance, et tailler en pièces un corps. Une tête se détacha et vola à terre, roulant dans le sable. Hideusement, le corps ne saigna ni ne tomba mais continua à errer, agitant sa lance, comme un insecte décapité.

Conan fit reculer son cheval, puis le fit se cabrer. Des sabots s'abattirent, brisant des os, réduisant une silhouette à une masse informe qui se tordait. Il frappa sur un casque. L'impact fendit le métal érodé par les ans, n'atteignit pas le crâne mais brisa un cou fragile. La tête se mit à pendre tandis que son propriétaire continua de porter des coups. Conan trancha son bras droit.

Falco s'était lancé dans la mêlée. Son sabre tournoyait. Daris, inexpérimentée dans ce genre de combat, garda cependant sa monture en bordure de la mêlée et maniait la lance.

Mais les morts n'étaient pas faibles. Lents, maladroits, ils ne ressentaient aucune douleur, et ne saignaient pas. Seuls les coups les plus audacieux pouvaient les mettre hors de combat. Les chevaux étaient rougis de sang, leurs cavaliers commençaient à recevoir des égratignures, et bien pire pouvait les attendre un instant après. Entre-temps, la majeure partie des morts s'était ruée sur les malheureux Taiens.

— Frayez-vous un chemin ! cria Conan à ses compagnons. En se battant furieusement, frappant de tous côtés, ils y parvinrent. Les cadavres ne les poursuivirent pas mais rejoignirent la bataille contre les Taiens. Des morceaux épars démembrés jonchaient le sol derrière eux. Ils tressautaient.

Conan prit de profondes inspirations à travers son burnous. Protégeant ses yeux de sa main, il regarda en direction de la bataille. Elle faisait rage, tel un ouragan, des hommes victimes de blessures, d'autres tués, mais tous qui se défendaient avec ardeur. Des cris de guerre et des chants du clan défiaient la poussière rouge qui tourbillonnait. Il leur avait montré qu'un bras puissant et un cœur léger pouvaient tout affronter. Même cela !

— Attaquerons-nous par-derrière ? s'enquit Falco, bouillant d'ardeur, les yeux brillants.

— Non, décida Conan. Nous ne sommes pas assez et l'issue de ce combat est l'égalité, au mieux. Mieux vaut nous mettre en quête de la Hache en profitant de cette occasion. Parasan a laissé entendre que c'est une arme qui repousserait l'enfer lui-même.

— Il est important que nous y allions tous les trois, dit Daris, s'approchant d'eux.

Son regard vers Conan implorait : *Puis-je à nouveau être ta camarade ?*

— Non, dit le Cimmérien secouant la tête, mieux vaudrait que tu restes ici pour encourager les hommes. Certains verront Falco et moi nous éloigner et se demanderont ce qui arrive, et leur volonté pourrait céder. Si toi, leur princesse, tu restes là, descendante de Varanghi... comprends-tu ?

— Oui, fit-elle, lèvres serrées par la douleur. Mithra vous garde.

Incapable d'en dire plus, elle s'éloigna.

— Allons-y, lança Conan après un long regard à la silhouette qui disparaissait.

Une fois dans la cité, les clameurs de la bataille se perdirent bien vite. Des murs noirs et bas longeaient la rue. Le vent était moins fort à cet endroit, mais la lumière couleur rouille n'était pas plus forte que par une nuit noire, lorsque les démons rôdent librement. L'épée à la main, Conan et Falco se dirigèrent vers le dolmen gigantesque.

— J'ai entendu dire, murmura l'Ophirite, qu'une fois Pteion abandonnée des vivants, elle servit longtemps de cimetière.

A sa gauche, Conan vit un portail béant. Découpé dans la pierre, usé par le temps, mais toujours reconnaissable, était placé un crâne humain disproportionné. Abruptement il s'arrêta. Et lança un juron. Des silhouettes en sortaient.

Elles pullulaient comme des vers sur la chair pourrissante et formèrent finalement une file large de trois ou quatre créatures. Conan sentit sa gorge se serrer et un frisson glacé le parcourut. Les formes semi-humaines, nues, à la peau grise, étaient squelettiques mais leurs bras démesurés se terminaient par de longues griffes, et beaucoup avançaient à quatre pattes comme des chacals fouillant le sol. Bestiales également étaient les têtes chauves, aux oreilles pointues, aux museaux pourvus de crocs, aux yeux brillants comme ceux des hiboux. Ils bavaient, babines retroussées, laissant des langues noires pendre hors de leurs gueules infectes, palpant le sable, attendant.

— Des goules, grogna Falco. Quelles momies mises de côté depuis des siècles ont bien pu les nourrir ? (Sa main décrivit l'emblème du soleil, sa bouche sèche marmonna une prière.) Est-ce que nous allons battre en retraite, pour tenter une approche différente ? osa-t-il enfin demander.

Conan maîtrisa son propre désarroi, le resserra en une boule de haine compacte.

— Non, grinça-t-il. Cet endroit doit grouiller de tas d'autres choses aussi terribles. Et nous pourrions facilement nous y perdre. Il n'y a pas de temps à perdre. Nous devons passer.

— J'ai bien peur qu'une seule égratignure ou un seul coup de griffe de ces mangeurs de charogne... une infection mortelle...

— Alors veille à ce qu'ils ne t'approchent pas, dit Conan, éperonnant son cheval, l'épée brandie haut. Crom, Varuna, Bêlit !

Falco avala sa salive et le suivit au galop. Les sabots tonnèrent, les cris retentirent, les chevaux hennirent. Les goules reculèrent en glapissant.

Les cavaliers étaient sur eux. L'épée de Conan s'abattit. Il frappa un crâne difforme, sentit le choc lui traverser les épaules, vit un sang d'encre s'échapper. Il devait avoir manqué le petit cerveau car la créature ne mourut pas ; mais elle tomba en geignant.

Une autre goule bondit sur sa gauche, pour l'arracher à sa selle. Conan écrasa son poing gauche sur le nez épaté. Pris au vol, l'assaillant tomba sous les sabots du cheval et fut piétiné. Les sabots cognaient et fouettaient le sol. D'autres créatures se glissaient autour d'eux. Conan frappait de droite et de gauche aussi vite que les goules l'entouraient, couvrant de leurs hurlements le bruit de l'orage. Son cheval, griffé cruellement aux flancs, hennit de douleur, mais se débattit encore plus furieusement. Falco faisait siffler son sabre, tranchait, se fendait. Son bouclier gardait sa gauche des attaques violentes des monstres ; son propre cheval se cabrait et mordait continûment.

Soudain les cavaliers avaient rompu ces rangs désordonnés et se trouvaient loin. Ils firent plusieurs mètres et se retournèrent. Les goules s'agitaient ineptement. Certaines dévoraient déjà leurs morts. Conan chargea, son rugissement de lion résonnant alentour. Frappées de terreur, les goules s'enfuirent, rentrant dans la maison du crâne, ne laissant derrière eux que morts et agonisants.

— Je voulais les disperser, avant que cette vermine n'oublie la leçon que nous leur avons enseignée, dit Conan, revenu. Comment es-tu ?

— Ils ne m'ont pas touché, les dieux soient loués, répliqua Falco, le souffle coupé. Et toi ?

— De même.

— Mais je crains pour nos pauvres animaux.

— Ils nous porteront encore un peu. Si leurs blessures se montrent infectées au-delà des soins, nous leur donnerons le coup de grâce. A présent, en avant.

Plus profondément dans la nécropole chevauchèrent les camarades. Dans des entrées noires et des portiques pleins d'ombres, des yeux luisaient. Ils entendirent des voix grincer et des pas traînants, mais nul ne se montra.

— Reste sur tes gardes, avertit Conan. Je doute que Maître Tothapis ait vidé son sac à malices.

Les rues tournaient et serpentaient en un chaos affolant. Il lui fallait sans cesse prendre des points de repère, de peur de s'égarer dans la poussière tourbillonnante. Il pouvait heureusement traverser des édifices effondrés ce qui lui fournissait des raccourcis appréciables. Il jura en s'apercevant qu'une obscurité plus profonde devant lui était un mur. Quel serait le chemin le plus court pour l'éviter ? Impossible de le deviner. La plupart des gens trouvaient la droite plus profitable que la gauche. Conan opta pour cette solution.

Le mur prit fin au bout de cent mètres environ. Lui et Falco se trouvaient devant un large espace découvert. Des dunes basses recouvraient les pavés. Cela avait dû être une esplanade comme celle de Luxur, car deux énormes ruines en ornaient les côtés. Leurs masses d'ébène offraient une protection contre le terrible orage qui envahissait la ville.

L'extrémité éloignée de la place semblait dégagée. Conan crut distinguer une large avenue et des formes qui s'y déplaçaient mais le sable assombrissait trop sa vision pour qu'il en soit certain.

Pourtant, il lui semblait que ce chemin menait au dolmen. Il agrippa sa lame d'acier et poussa son coursier épuisé, caressant une crinière trempée de sueur, et se mit à traverser. Ils étaient à mi-chemin lorsque Falco cria.

— Crom ! s'exclama Conan.

Il luttait pour contrôler son destrier qui se rebiffait et caracolait soudain en hennissant de terreur. Celui de Falco était devenu également intraitable. Ce qu'ils voyaient éveillait leurs instincts primordiaux. Pendant combien de siècles de tels monstres avaient-ils été emprisonnés dans un sommeil magique avant d'être tirés du repos pour à nouveau parcourir la terre, affamés.

De la droite de la place bondit un animal semblable à une hyène mais de la taille d'un taureau. Une peau luisante bruissait, la bouche grimaçait et de la salive coulait le long de crocs jaunis, un rire dément retentit dans le vent. La bête fit halte près de l'édifice de droite, étudiant la scène de ses yeux intelligents, les oreilles rabattues, les narines dilatées, et s'avança enfin.

De l'édifice de gauche surgit une créature reptilienne qui se mouvait sur deux longues pattes griffues. Le corps penchait en avant, mais la longue queue bosselée faisait contrepoids, et la tête de la bête s'élevait à deux hauteurs d'homme. De petites pattes antérieures étaient repliées, griffes serrées ensemble en une parodie de prière. Des écailles sur le dos et les flancs brillaient d'un gris acier malgré la poussière ambiante. Apercevant une proie, le saurien siffla et s'élança.

— Reste auprès de moi, aboya Conan. Nous verrons si nous pouvons les battre à la course.

Il brisa presque le cou de sa monture, mais réussit à tourner le cheval en direction de l'avenue opposée et éperonna l'animal. Celui-ci fonça en avant. L'instinct aveugle poussa à sa suite celui de Falco.

Ils étaient presque hors de danger quand Conan entendit un cri de douleur et une clameur triomphante. La hyène géante avait rejoint le cheval de l'Ophirite. Un coup de griffe avait ouvert ses entrailles. Le cheval trébucha et la hyène claqua des mâchoires sur son cou. La gorge déchirée, le coursier s'effondra au milieu d'une fontaine écarlate, écrasant au sol son cavalier. Le saurien s'approchait vivement.

Conan oublia sa mission. Un Cimmérien n'abandonnait pas un camarade tant que l'espoir palpitait encore. Il rentra son épée et sauta à terre. Telle une boule de muscles élastiques, il frappa le sable, fit quelques roulé-boulés, et bondit sur pieds. La hyène gardait le cheval mort, grognant et bavant. Falco restait immobile, une jambe coincée sous la monture.

Conan se colla contre un mur. Son intention était de fixer l'attention du saurien sur son propre cheval, lui laissant la voie libre. L'idée était bonne. Le colosse le dépassa, d'un pas lent, fracassant, mais chaque enjambée était si longue que sa vitesse rivalisait avec n'importe quel galop. Mammifère et reptile se volatilisèrent dans la poussière tournoyante.

Conan tira son arme et s'avança sur la hyène. La bête le vit, leva sa tête spectrale, toussa un avertissement.

— Oui, moqua le guerrier, je vais te dérober ta pitance.

La hyène quitta sa proie et se dressa devant elle, la crinière hérissée. Le sang s'égouttait de mâchoires capables de briser un homme en deux.

Derrière elle, Conan vit Falco se redresser et tenter de se dégager. Il se réjouit. Son compagnon avait dû feindre la mort pour ne pas attirer un claquement de gueule meurtrier. Peut-être allaient-ils pouvoir se retirer tous deux, laissant le carnivore à sa nourriture.

Non ! Conan s'était trop approché. La créature hurla et chargea.

Conan se mit d'aplomb. La tête de la hyène atteignait presque la sienne. A travers une épaisse poussière, il jeta un regard dans une gorge noirâtre, il sentit une putride haleine, et fut secoué par chaque pas de l'animal. Son épée passa derrière son épaule. Comme son adversaire arrivait à portée, il frappa.

La lame mordit museau et gueule. La hyène couina, d'un son à percer les tympans, et s'enfuit. Profondément enfoncée dans les os, la lame échappa aux mains de

Conan. La hyène s'agitait, criant sa douleur, tandis que du sang lui trempait le museau. Mais sa blessure n'était pas mortelle. Elle se souvenait de celui qui l'avait frappée, fit halte, gronda sa haine féroce, puis marcha sur l'homme, les pattes raides. Conan tira son poignard et se prépara à mourir.

Falco avançait en boitillant, sabre à la main. Le Cimmérien aperçut une nouvelle chance. Il devait captiver l'attention du monstre.

— Gentille bête, entonna-t-il. Viens ici, j'ai quelque chose pour toi, gentil animal.

Le titan banda ses muscles pour bondir. Falco le frappa au côté. La lame se ficha entre les côtes. La hyène hurla plus fort que le vent de sable, et emmena également l'arme de l'Ophirite.

Hors de la pénombre rougeâtre surgit une silhouette énorme. Le cheval de Conan devait s'être enfui dans le labyrinthe des rues. Le reptile était revenu chercher une proie plus facile.

Comme la hyène se tournait vers son nouveau tourmenteur ; Conan attaqua. Sa main droite empoigna la crinière rêche tandis que la droite enfonçait son poignard. Avec ses dernières parcelles d'énergie, il frappa. Le sang gicla. Il avait tranché une grosse artère. Il ne put reprendre son arme car les mâchoires se refermèrent derrière lui, le forçant à bondir de côté juste à temps. La hyène s'effondra et tressauta, ululant, crachant le sang. Le reptile observait cela et approcha.

Conan attrapa Falco.

— Appuie-toi sur moi, fit le barbare, car le jeune homme se déplaçait trop lentement. Nous ne devons point aller trop vite pour éviter d'allécher ce dragon, mais si nous sommes prudents... il a bien plus de nourriture qui l'attend déjà ici qu'il n'y en a sur nos os.

Ils marchèrent loin du saurien, qui dévorait stoïquement la hyène, savourant chaque bouchée, et le bruit de ses déglutitions fut vite perdu dans la tempête.

— Comment es-tu, garçon, demanda Conan en s'arrêtant.

— Je ne crois pas avoir quoi que ce soit de cassé, dit

Falco, grimaçant, la peau inondée de sueur. Le sable a un peu amorti ma chute.

Conan s'agenouilla et l'examina rapidement.

— En effet, mais tu as une cheville foulée et de là à mi-cuisse, ta jambe n'est qu'un énorme bleu. Et je m'aperçois aussi que ton poignard est notre seule arme restante. (Il se releva et poussa un soupir.) Jamais je n'ai été si mal accueilli qu'ici. Eh bien, je t'aiderai à boitiller, nous ne devons plus être très loin à présent.

Ils se remirent en route. Le vent lancinant gémissait, la poussière leur brûlait les yeux et les narines, les ténèbres muraient le monde, l'épuisement menaçait. De temps à autre, Falco prenait une profonde inspiration, mais autrement il se tenait fièrement silencieux.

Il y eut un grondement. Le sol trembla. Le sable se mit à onduler en petites vagues.

Seuls ses instincts de lion sauvèrent Conan. Il vit un menhir vaciller, empoigna Falco qui poussa un cri, et bondit à l'abri. La pierre s'écrasa au sol là où ils se tenaient.

Celle d'en face s'écroula. Conan y échappa à nouveau de justesse. La vérité atroce s'imposa à lui : derrière, le saurien festoyait ; s'il tentait un chemin de traverse, il se perdrait certainement dans ce cimetière-labyrinthe rempli d'abominations, et lui avec son compagnon blessé et un poignard pour toute arme... Il n'avait pas d'autre choix que de relever le défi qui se tenait devant lui.

D'une source inconnue au fond de lui, une force nouvelle l'envahit. Il souleva Falco, le plaça sur ses épaules, et dit :

— Accroche-toi !

Puis il se mit à courir.

Un autre monolithe s'abattit bruyamment, et un autre, et un autre encore. Il bondissait, esquivait, zigzaguait, feintait. Et il courait. Celui qui luttait contre lui avait à chaque instant une nouvelle masse cyclopéenne à précipiter sur lui par magie. Le sorcier cherchait à devancer sa proie, comme un archer suit l'animal qu'il compte abattre. Mais Conan n'était ni gibier ni oiseau ; il avait été chasseur lui-même.

Néanmoins, la partie était serrée. Une dalle s'abattit

devant lui alors qu'il virait. Il commença de l'enjamber, mais sa jumelle s'écrasa sur l'avenue. Il l'évita, mais son dos fut raclé par des cailloux. Une lueur lui traversa l'esprit : pourquoi ne pas quitter le centre pour aller trouver refuge derrière l'une des rangées de monolithes ? Mais non, car les débris rendraient la course difficile et il risquerait à tout instant de trébucher. Ici au moins, le sol était lisse. Il pouvait manœuvrer. Il rebondit au milieu de la rue.

Les menhirs se calmèrent. Il les avait esquivés sur des mètres, et soudain ils se mirent tous en mouvement en même temps, et tombèrent devant, derrière, sur les côtés. Il s'y était attendu et s'était préparé à cela. Comme la paire la plus proche allait s'écraser au sol, il jugea exactement de leur point de chute et sauta sur un emplacement à quelques centimètres de là. Il ne fut pas touché. Conan lança un regard vers le ciel invisible et bondit de roc en roc.

Et il en était enfin sorti, et se trouvait sur une autre place dégagée ; et en son centre s'élevait le dolmen.

— Au nom de Mithra, balbutia Falco. Comment as-tu réussi ?

— Il le fallait, dit Conan.

Le vent tombait rapidement.

— Je doute que cela soit le fait d'un renoncement de nos ennemis, ajouta-t-il. Avançons sinon un autre danger va nous rejoindre, décida le Cimmérien, s'élançant vers son but.

Des dalles verticales de pierre noire montaient trop haut pour qu'il puisse voir celle qui, horizontale, les coiffait toutes, surtout au milieu de la poussière qui se déposait lentement et du sable qui flottait encore. Une entrée caverneuse s'ouvrait devant lui. Après ses aventures, il ne craignait plus d'y rencontrer quelque bête épouvantable. Et il doutait que Tothapis ait pu abattre ce tombeau sur lui. La structure était trop massive, bâtie en force, et de plus, elle contenait la Hache de Varanghi.

— Contre les périls que nous avons combattus, souffla Falco, le noble Seigneur nous a protégés.

Conan avait pensé que leurs propres actions y avaient

été pour quelque chose, mais s'était gardé de le dire. Il reposa Falco.

— Monte la garde ici, fit-il. Je vais entrer.

Le jeune homme le regarda, muet d'admiration.

Le silence se referma sur Conan quand il entra. Il entendit ses pas résonner sur le sol pavé de pierre, aller de paroi à paroi, perdues dans l'obscurité. Des ailes chuchotaient, des écailles rampaient. Le peu de lumière qui venait du dehors se fit distant et flou. Pourtant il ne devint pas du tout aveugle : car devant lui brillait une lueur bleue.

Elle scintillait tandis qu'il s'avançait avec précaution, tel un grand félin. Enfin il en distingua la source, un globe de cristal niché sur un grand bloc décoré de symboles qui emmenaient l'œil par des chemins impossibles et évoquaient des visions de cauchemar. Conan en arracha son regard. Près de l'autel se dressait une idole, non de Set, mais de quelque chose d'ailé et doté de nombreuses tentacules. Un dieu plus ancien encore ?

Conan grimaça devant l'image et tourna ses yeux ailleurs.

Oui, au bord de l'illumination, un anneau sortait du sol. Il s'en approcha. L'anneau, vit-il, était en réalité un Ankh, taillé de la même pierre qui formait un élément aux proportions humaines sur le dallage. Un frisson d'espoir le parcourut. C'était ce que Parasan lui avait décrit, le couvercle d'une tombe immémoriale où le Prophète avait enfoui la Hache.

Où un prêtre avait-il trouvé la force de soulever une chose si lourde ? Conan l'ignorait. Il se carra sur ses jambes, empoigna l'Ankh, et tira.

Toute sa force s'élança. Les muscles se bandèrent comme du fer sous sa peau, dans ses bras et ses jambes ; des tendons se firent raides dans ses mains et sa nuque ; la sueur lava le sang et la poussière en ruisselets. Il était quand même prudent : à quoi cela lui servirait-il de se rompre le dos ? Les démons de l'enfer en riraient bien ! Il souleva le poids, laissant ses jambes et ses hanches porter la plupart de l'effort, lentement, lentement.

La dalle grinça, libérée. Conan la fit pivoter sur son bord, la plaça verticalement, lui donna une poussée finale, sauta de côté, et la vit tomber pour se briser en éclats. Le bruit se répercuta dans le noir. Aussitôt, il s'agenouilla pour contempler le contenu du tombeau.

Quelques ossements et des restes de nourritures funéraires étaient couverts de poussière. Conan n'y prêta aucune attention ; tout son être était fasciné par l'objet que le temps n'avait pas touché.

C'était une hache de bataille comme les Taiens en utilisaient encore, au manche long et droit, au bord légèrement courbe, à la pointe effilée. Elle était plus grande, cependant, et il fallait un homme fort pour la manier. Le bois, de quelque essence d'un brun-rouge, n'avait pas souffert des ans le moins du monde. Gravé sur la lame, des deux côtés, se trouvait l'emblème du soleil. Cet acier étincelait comme nul métal qu'il avait pu contempler sa vie durant, blanc bleuté, soyeux comme s'il en émanait de la lumière.

Avec une révérence sanctimonieuse, Conan se baissa, attrapa la Hache dans sa tombe, et se leva. Il lui fit décrire un arc de cercle pour l'essayer. Elle devint vivante entre ses mains, devint une partie de lui, ou lui une partie d'elle, lui-même un dieu de la guerre, un dieu du ciel. Il maîtrisa son exaltation et fit courir son pouce sur le bord tranchant. Malgré ses précautions, du sang parut, issu d'une coupure. L'arme était affûtée comme un rasoir. Parasan avait expliqué qu'elle n'avait jamais besoin d'être aiguisée. Il rit tout haut et l'envoya siffler devant l'image figée.

Un cri démoniaque retentit. Conan fit volte-face. Il se souvint de la corne qui avait appelé les morts à se lever. Falco était dehors, seul. Conan se mit à courir.

Un aspic voulut le mordre, manqua sa cible, et fut écrasé du talon.

Il surgit hors de la tombe. Falco était accroupi contre une dalle, le poignard levé, plein de défiance. D'un ciel voilé de rouge, à travers poussière et obscurité, un nouveau monstre descendait. A présent Conan comprenait que le vent s'était calmé pour permettre à cette chose de se poser sans risquer d'être soufflée contre un mur.

Il reconnut ce bec pointu, ces ailes dénudées de dix mètres. Elles étaient modelées à bord de la nef ailée de Set. Une queue se terminant en une extrémité palmée ressemblant à un gouvernail suivait le sillage du reptile. Ses griffes étaient courtes, mais elles pouvaient arracher un œil, et le bec recelait des crocs acérés, en forme d'hameçons.

Un homme montait cette créature, devant les ailes déployées. Le vent faisait voleter sa robe noire autour de son corps mince. Sa tête était rasée, son visage âgé avait la forme d'un cimeterre. Une fois de plus, il utilisa la corne pendue à sa ceinture, et lança son propre cri en écho, un cri de folie.

Conan se prépara à combattre. Des rafales de vent le fouettaient. Le magicien agrippa un talisman sur sa poitrine, le crâne articulé d'une vipère. Il fit un geste et pointa les mâchoires ouvertes.

L'éclair jaillit entre eux, aveuglant. Conan vacilla. Mais la foudre ne l'avait pas frappé. Elle avait ricoché sur la lame de la Hache. Le tonnerre gronda. Un embrasement terrible enveloppa le Stygien. Il fut englouti par les flammes.

Son reptile volant était presque sur Conan, qui recouvra son équilibre et balança la Hache. Le long cou fut tranché. La tête décapitée referma ses mâchoires sur son avant-bras gauche, le lacéra, laissa aller, et tomba à terre. Le corps s'écrasa contre la tombe. Un moment, le bec claqua et les ailes battirent l'air, puis la créature fut complètement morte.

A peu de distance d'elle, impossible à reconnaître, un cadavre calciné se consumait.

Le vent s'éteignit totalement. La poussière retomba au sol. Le soleil parut dans le ciel, radieux.

XVIII

UNE EMBUCHE A PTEION

Dans un silence énorme et brûlant, les combattants revinrent.

Ils comptaient contourner l'esplanade, mais un coup d'œil par-dessus un amas d'éclats de bois leur montra qu'elle était déserte, à part des restes de cheval et d'hyène. Aucun reptile ne pouvait supporter la chaleur de midi. Des crocs avaient broyés les lames de Conan, mais Falco récupéra son sabre et son bouclier. Appuyé sur le bras de son compagnon, il poursuivit avec obstination sa marche claudicante.

A environ la moitié du trajet de retour, un bruit métallique sauvage brisa le silence. Ils frissonnèrent d'excitation. Ce n'était pas l'horrible beuglement d'une trompe de magicien, c'était un appel claironnant.

— Hallo-o-o ! cria Conan. Nous sommes ici ! (A ce moment, Falco souffrait tant qu'il put à peine croasser sa propre réponse.)

Une silhouette à cheval tourna le coin au trot, les vit, et s'arrêta dans une gerbe de sable. Striée de sang, les vêtements en haillons, c'était Daris. Elle lâcha sa sagaie, sauta de sa selle et se précipita, les bras ouverts :

— Conan, oh, Conan ! gémit-elle en pleurant et riant.

Il l'étreignit. Elle sanglota en l'embrassant. Mais elle se dégagea quand elle vit ce qu'il avait posé contre un mur pour l'enlacer. L'émerveillement et la piété l'envahirent. Elle tomba à genoux.

— Est-ce la Hache de Varanghi ? (Sa voix frémissait.

Conan hocha la tête. Elle leva les yeux au ciel.) Mithra, sois remercié. (Comme elle se redressait, sa voix s'emplit d'enthousiasme et de fierté :) Et tu es le Libérateur, toi, mon cher amour !

Il savait qu'il aurait dû jouir de ce triomphe et de cette joie. Mais — était-ce à cause de la lassitude qui battait dans ses os ? — il sentait de nouveau en lui la fureur qu'il avait assouvie dans le combat. Qui était-elle, pour prétendre le posséder ? Et quelle espèce de combattants imbéciles était-il condamné à avoir pour troupes ? Ils s'imaginaient stupidement qu'une arme unique, pour laquelle il avait risqué sa vie qui appartenait à Bêlit, rendait la victoire certaine. Cette attitude ne pouvait mener qu'à la défaite. Il devait y remédier sur-le-champ.

— Que fais-tu ici ? demanda-t-il sèchement.

— Mais... (Elle recula avec étonnement.) Je... Je te cherchais.

— Comment les hommes se sont-ils comportés ?

— Nous avons abattu beaucoup d'ennemis, mais au prix de pertes terribles. Nous paraissions près d'être exterminés. Mais tout à coup ils se sont effondrés, immobiles, ils n'étaient plus que des cadavres inoffensifs. Et l'orage a cessé, le soleil a lui... et j'ai su que tu avais gagné, Conan, mais tu pouvais être blessé ou... (Presque timidement, elle effleura la blessure ouverte par la créature volante.) Je vais soigner ceci.

— Ce n'est rien du tout, répliqua-t-il. Le sang coagule déjà. Et les hommes, alors ?

— Près de la moitié sont tués ou gravement blessés. Les hommes valides sont épuisés, hagards. J'ai pensé qu'ils devaient se reposer un moment.

— Et tu t'es avancée seule, gronda Conan, vers des dangers inconnus, et en les laissant sans chef ? Ha ! la seule femme qui soit capable de commander sur cette terre, c'est ma Bêlit !

Daris blêmit comme s'il l'avait frappée, elle serra les poings et se raidit, frémissante.

— Bienvenue, princesse, hoqueta Falco. (Livré à lui-même, il chancelait sur sa jambe valide.) Conan, tu... tu as tort d'être sévère... Sa bravoure...

Il s'avança vers elle, trébucha et s'effondra. Un gémissement lui échappa.

— Tu es blessé ! s'exclama Daris. (Elle s'agenouilla près du jeune homme.) Est-ce grave ? Pauvre petit, fit-elle en lui caressant le front.

Le courroux bouillonna en Conan. Il se félicita de le dissimuler, se contentant d'annoncer froidement :

— Il s'est fait mal à la jambe. Rien qui ne puisse guérir, mais inutile d'aggraver les choses : donne-lui ton cheval et monte en croupe.

— Non. Qu'il monte, oui, mais je marcherai avec toi.

— Fais ce que je te dis ! aboya Conan. Je veux que tu retournes immédiatement où tu dois être. Active les hommes. Qu'on soigne les blessés, qu'on se prépare à partir. Nous devons être loin d'ici avant la nuit. Ne comprends-tu pas ça, idiote ? Je vous suivrai.

Elle lui lança un long regard, se mordit la lèvre et se détourna pour amener le cheval. Conan aida Falco à monter en selle. Daris, déjà à califourchon, s'installa sur la croupe, tenant l'Ophirite par la taille. Sans un mot, ils se mirent en route.

Le barbare demeura immobile et morose au milieu des débris, dans la lumière brûlante. Il pensa que Daris était une femme stupide. Enfin il marmonna un juron, jeta la Hache sur son épaule et s'ébranla à la suite de ses compagnons qui avaient disparu.

Un moment il ne perçut rien que la chaleur, la tranquillité, le mince grincement du sable sous ses pas. Il ne reconnaissait pas les bâtiments qu'il longeait. Il semblait avoir pris un autre chemin, dans ce maudit dédale. Peu importait ; il suffisait de garder la même direction approximative. Devant lui, il remarqua une façade érodée mais par ailleurs intacte. En s'approchant, il vit qu'un rubis gros comme son poing était incrusté au-dessus de l'entrée sans battants. Il brillait, rouge sang contre la pierre d'un noir de jais. Pourquoi nul ne l'avait-il emporté en abandonnant la cité ? Devait-il s'en emparer ?

Une silhouette parut sur le porche. Conan sursauta. Il saisit la Hache et se tapit. Il avait la chair de poule. Un doux rire résonna :

— Quoi ! le Libérateur est effrayé ? Et par une femme !

Quelle honte ! Détends-toi. Ce n'est que la pauvre Nehekba.

La main sur la hanche, sa silhouette insolente était d'une lumineuse beauté. Son regard et son sourire étaient envoûtants. Sa vêture de plumes brun-or tressées épousait ses formes de la gorge aux cuisses, attirait le regard sur la perfection de son corps. Sa voix chantait :

— Vois mon cou, mes doigts, tout. Je ne porte aucun talisman. Ce serait inutile, si je voulais te faire du mal. Pense seulement à ce qui est arrivé à Tothapis. La Hache est puissante contre toute magie qui s'attaque à son Porteur. Sûrement Parasan t'a dit que tu es invulnérable à la sorcellerie quand tu as l'arme sacrée, tant que tu ne concèdes rien de toi qui puisse être utilisé pour les sortilèges et t'atteindre de l'intérieur. Je répète son avertissement en gage de ma franchise, pour que tu saches que je ne veux pas de mal à un *homme* tel que toi.

— Quel est ton but, alors ? répondit-il d'une voix rauque.

Elle eut un onduleux haussement d'épaules.

— Je ne te ferai pas l'injure de te mentir. Je suis venue ici avec Tothapis dans l'espoir de t'arrêter. Mais ton destin était trop fort. Non, c'est toi qui l'es. Conan le magnifique. Tu as pris la Hache, tu as tué Tothapis après tous ses siècles de vie et de puissance, tu vas vers une victoire qui ébranlera la maison de Set jusque dans ses fondations. La chute de mon maître me laisse désemparée. Mes enchantements échouent, ma tour est au loin dans Khemi, mes potions ont disparu, ma déesse m'a abandonnée. Si je reste ici je mourrai ce soir d'une mort horrible. Si je fuis au désert je périrai misérablement demain.

— Et tu fais appel à moi... toi !

— Je ne supplie pas, dit-elle en se raidissant et il fut forcé d'admirer son flegme. Tu as une grande vengeance à tirer de moi. Mais de mon côté j'ai beaucoup à offrir en échange de ma vie sauve. Je suis une guérisseuse accomplie. Je sais toujours les enchantements et comment s'en protéger. Je peux presque tout te dire sur le roi Mentuphera, ses forces, ses officiers, ses plans, tout ce que mille espions ne pourraient découvrir, et qui sauvera d'innombrables vies taiennes quand viendra l'affrontement ultime.

Conan fronça les sourcils.

— J'ignore ce que je méprise le plus, d'une sorcière ou d'une traîtresse, déclara-t-il ; mais ses paroles manquaient de conviction ; elle était superbe !

— Je ne sers personne que la déesse, répliqua Nehebka, et elle a ses dévôts dans beaucoup de domaines. Cependant je te ferai allégeance si tu es miséricordieux, et je ne me renierai jamais. Tout ce que je puis faire, tout ce que je suis, sera pour toi, totalement.

Les tempes de Conan battaient. Il était figé.

— Et c'est avec joie que je me donnerai à toi, poursuivit-elle. Aucun homme ne t'égale, Conan. Fais de moi ton esclave et je me réjouirai.

Elle s'avança. Le soleil mettait des reflets bleus sur ses boucles ténébreuses ; dans la chaleur palpitait un parfum troublant. Elle prit le visage de Conan entre ses douces paumes et ronronna :

— Viens, je te montrerai. Il y a à l'intérieur un lieu plaisant installé pour ceux qui t'attendaient. Il y a de l'eau pour se laver, des remèdes pour tes blessures, des linges propres pour panser. Ensuite... oh, je comprends que tu n'oses pas t'attarder, mais tes hommes ne seront pas prêts à partir avant des heures. J'ai du vin et des fruits glacés pour te rafraîchir, un lit pour tes aises, et moi pour te servir.

Elle l'embrassa comme elle avait fait à Khemi. Il rejeta de nouveau la Hache sur son épaule et lui rendit son baiser. Pendant un instant ils demeurèrent pressés l'un contre l'autre, dans une cascade de lumière. Enfin elle se dégagea et gagna le bâtiment avec un imperceptible geste d'invite. Il la suivit. Un séisme agitait son torse.

Comme elle l'avait annoncé, l'intérieur était frais, ombreux, bien meublé. Il négligea la frise inquiétante qui courait sous le plafond. Il pensa qu'il ne devait pas laisser périr cette créature délicieuse. Et pourquoi n'en pas tirer son plaisir ? Si cela attristait Daris, tant pis pour elle, elle l'avait cherché. Et vraiment Nehekba serait une alliée infiniment précieuse.

Certes, il n'était pas un mouton bêlant comme Falco. Il examina la pièce avec soin. Il ne découvrit rien qui pût être une arme ou un sortilège. La porte de communication donnait sur des décombres effondrés, il n'y avait donc pas de danger caché par là. Nehekba disposait seulement de ce qu'elle avait dit : une table avec des aiguières, des cuvettes, des bols, des linges ; deux sièges ; un vaste lit moelleux.

Il posa la Hache à portée de sa main et prit une goulée d'eau. Elle paraissait tout à fait pure, et il ne comptait guère qu'elle eût pensé à apporter des poisons quand elle était venue soutenir des opérations bien plus puissantes.

— Dévêts-toi, chuchota-t-elle tandis qu'il apaisait sa soif. J'ai hâte de prendre soin de toi.

Elle l'aida à quitter son équipement lacéré. Tandis qu'il ôtait sa cotte de mailles et le rembourrage, elle s'agenouilla pour tirer ses chausses. Ensemble ils enlevèrent le reste, et il se tint nu devant elle.

La lubricité brûlait en lui. Les yeux de la femme s'élargirent d'étonnement admiratif. Il la saisit par les bras.

— Ishtar ! s'écria-t-il. Ote cette chose emplumée ! Tout de suite !

— Conan, tu me fais mal, gémit-elle. (Il la lâcha. Elle effleura les traces de son étreinte.) Je vais avoir des bleus ! (Elle sourit, battit des cils, lui envoya un baiser.) Je les porterai comme des décorations octroyées par l'homme le plus fort du monde.

— Déshabille-toi.

— Oh, j'ai envie de toi, avoua-t-elle d'un ton mélodieux. Mais tu es blessé, mon amour. Le sang, la sueur, la poussière assombrissent ta splendeur. Laisse-moi te laver, t'oindre et te panser, de manière que tu ne ressentes plus ni douleur ni fatigue. *Alors* nous aurons notre jouissance.

— A ton gré, concéda-t-il en s'asseyant.

Il gardait cependant la Hache à portée de la main. Nehekba humidifia un linge et le frotta avec lenteur et sensualité, lui apportant à la fois la détente et un désir encore accru. De sa main libre elle caressait sa chevelure. Il regretta presque que cela prît fin. Il la suivit d'un regard ardent comme elle s'écartait. A contre-jour devant la porte, elle était comme une ombre nimbée d'or. Il la vit s'essuyer les mains sur une serviette tachée de sang, assurément pour se débarrasser de la saleté et des poils égarés. Oui, elle avait dit vrai. A présent elle allait lui donner des remèdes bienfaisants, de la même plaisante manière...

— Hé ! où vas-tu ? questionna-t-il avec étonnement.

Elle se figea dans l'embrasure. Le sarcasme dansa dans sa voix :

— Je m'en vais. J'ai décidé que j'aime mieux ne pas voyager. Au revoir, barbare.

Il bondit sur ses pieds. Elle s'éclipsa. Il empoigna la Hache et se rua à sa poursuite.

Le soleil l'éblouit. Un instant il fut presque aveuglé. Quand il put voir de nouveau, il constata que la rue était déserte.

— Par Crom ! grogna-t-il. La sorcière s'est jouée de moi, somme toute. Pourquoi ?

Il se pencha pour trouver des traces dans le sable. Les empreintes y étaient confuses et vagues, mais il avait un œil de chasseur. La piste longeait la façade sur quelques mètres, en ruée trébuchante, et se terminait en spirale chaotique. Il s'était passé quelque chose de bizarre.

Il scruta les alentours. Loin là-haut, un aigle doré volait vers l'ouest ; au reste les cieux, la terre, et cet enfer qu'était Pteion paraissaient sans vie.

Nehekba avait-elle simplement voulu se moquer de lui ? Avait-elle espéré lui faire du mal, puis y avait-elle renoncé devant ses précautions ? Conan ne voulait pas y réfléchir. C'était trop étrange. Et il ne conterait pas l'aventure à ses amis ; c'était trop ridicule.

Soudain il éclata d'un rire énorme, dont les vagues joyeuses se répercutèrent contre les pierres et montèrent vers le ciel. Il riait de lui-même. Il riait de méfiance contre tous ses ennemis. Il riait de joie parce qu'il avait en vérité conquis la Hache qui libérait les hommes. Il riait par plaisir, par vitalité. C'était comme si Nehekba avait emporté l'humeur sombre dont il était affligé depuis des jours, comme s'il était à nouveau lui-même, Conan, errant, guerrier, amant.

Les souvenirs le calmèrent. Il se hâta de se rhabiller et de poursuivre sa route. Il oublia le rubis.

Sur la position taienne, on s'activait sous les ordres feutrés mais impérieux de Daris. Elle repéra le Cimmérien, le rejoignit, et lui fit son rapport d'un ton neutre :

— Sous réserve de ton approbation, j'ai divisé les survivants en deux groupes. D'une part les blessés, et assez d'hommes valides pour les escorter chez eux où ils seront soignés. Ce groupe emportera aussi nos morts pour les enterrer demain dans le défilé où il y a des cailloux pour faire des tumulus. On ne peut les abandonner aux goules. Le deuxième groupe, bien sûr, est formé de ceux qui peuvent encore se battre. Tyris me dit qu'il peut nous conduire assez précisément à la rencontre d'Ausar. Les deux groupes devraient être prêts au départ dans environ une heure.

De ses yeux bleus, il chercha ceux de Daris, qu'il prit par la taille :

— C'est parfait, fille de rois. Tu t'es conduite magnifiquement et je me suis comporté comme une brute hargneuse. Je ne sais ce qui me tenait, mais je vois à présent que je t'ai fait tort, et je te demande ton pardon.

— Oh, Conan ! gémit-elle, et sans se soucier des regards elle se jeta dans ses bras.

XIX

LA BATAILLE DE RASHT

C'est par le coin nord-ouest que la grand-route militaire pénétrait dans la région nommée Taia. A un jour de marche au-delà, la voie passait par une vallée étroite. De chaque côté, des collines escarpées, accidentées, parsemées de blocs de roche, s'élevaient raidement. Sur leurs pentes, un peu de terre rouge était ponctuée d'une végétation d'arbustes et de buissons, et d'herbe rêche. Le ciel matinal était bleu outremer, et la chaleur faisait déjà flotter l'odeur lourde des genièvres nains.

Masqués par la broussaille, les hommes sur les hauteurs scrutaient les fonds. Les silhouettes sur la route étaient minuscules dans le lointain, mais nombreuses. De la cavalerie en tête, des chars grondant à sa suite, de l'infanterie en rangs serrés, un convoi d'intendance, une arrière-garde : l'armée s'allongeait sur deux ou trois lieues de pavage. Le métal luisait, les fanions flottaient, les étendards fasseyaient, une risée de vent courait sur les piques et les lances comme sur une étendue d'épis. Même à cette distance, les observateurs captaient un bruit de houle : pieds marquant le pas, sabots cliquetant, grondement des roues, battement incessant du tambour.

— Les éclaireurs n'ont pas menti, fit Conan après un sifflement. Ils ont plutôt sous-estimé la chose. Ce sont sans doute les troupes principales de la Stygie centrale, et toutes les réserves qu'on a pu rassembler en hâte.

— Eh bien, si Mentuphera les conduit en personne... (Ausar laissa sa phrase incomplète.)

— En es-tu sûr ? Tu as seulement la parole de ces éclaireurs, des montagnards à l'esprit simplet.

— Ce sont d'excellents observateurs, et j'ai suffisamment voyagé pour identifier ce qu'ils ont décrit. Nul autre que le roi ne porte la bannière marquée du serpent d'argent sur fond noir, avec un vautour de bronze au sommet de la hampe. Il veut nous régler notre compte une fois pour toutes.

— Certes.

Conan était sombre. Son regard scrutait. La route s'incurvait et disparaissait derrière une crête, mais une colonne de fumée montait dans les cieux où ne planait aucun rapace : les charognards s'étaient abattus sur de la viande. Hier se trouvait là le village de Rasht, au milieu de ses champs, ses vergers, ses prairies. Le peuple d'Ausar n'avait pas conseillé aux habitants de fuir, car on ne s'attendait pas à un massacre. On supposait que les Stygiens seraient trop pressés.

— Il va détruire toute la région. Peut-être pour que son peuple colonise plus tard ce qu'il dévaste à présent.

— Cela ne sera pas ! promit Daris. Son règne finira aujourd'hui.

— Si la destinée en décide ainsi, déclara Ausar avec angoisse. Si nous devions malgré tout être défaits, rappelez-vous mon serment. Je prierai les chefs de faire mettre bas les armes à leurs clans, et je me livrerai, pour que Taia ne soit pas dévastée entièrement.

— D'abord, dit sèchement Conan, essayons notre plan. Tu n'as peut-être pas compté tes guerriers, mais ils doivent être plus nombreux que l'ennemi. S'ils manquent d'entraînement et d'armes, ils ne manquent certes pas de vaillance ; et nous sommes en bonne position pour attaquer. De plus, nous avons la Hache.

Ausar et Daris le regardèrent avec un respect pieux qui le gêna. Au diable ! il n'était pas un symbole, rien qu'un aventurier barbare.

Pourtant la chance, ou la destinée, ou une querelle parmi les dieux, avait fait de lui un symbole, un emblème essentiel. Souvent dans le passé l'insurrection avait flambé dans les montagnes, mais jamais comme dans l'embrasement actuel. Ausar, faisant route vers l'ouest, avait annoncé que près de la frontière il allait retrouver le Porteur-de-la-Hache annoncé par la prophétie. Des coureurs avaient répandu la nouvelle de côté et d'autre, elle avait passé par des flèches de guerre, par le murmure des bergers et des chasseurs, autour des feux sur les monts, peut-être par des voies plus antiques et mystérieuses encore. D'un bout à l'autre du pays, les hommes, les jeunes garçons, les vieux encore valides, les vierges énergiques, avaient pris les armes, saisi leurs rations de voyage, et s'étaient mis en route pour rejoindre le meneur du Clan Varanghi. Ils formaient une sauvage horde. Conan pouvait seulement espérer qu'il avait réussi, avec une aide indigène, à leur enseigner les rudiments du combat organisé, et qu'ils seraient convenablement encadrés.

Entre-temps le général Shuat avait fait marcher sans ennui son armée, avec tant de hâte qu'il ne fit pas de destructions sur sa route. Par courrier ou par pigeon voyageur, il avait dû être averti par son souverain qu'il devait modifier ses plans. Car il s'arrêta sur la frontière de la province, attendant les forces royales. A présent il avait repris le chemin de Seyan, intégré à une armée qui prenait le temps de tout détruire sur son passage.

Mais rien ne méritait l'attention sur les hauteurs entourant Rasht. Et les Stygiens d'en bas ne remarquaient nul signe des milliers de guerriers rassemblés pour les assaillir.

— Allons-y, dit Conan.

Ses compagnons et lui s'écartèrent de la crête et se redressèrent. Dans un creux, une centaine de cavaliers et autant de fantassins attendaient. On ne pouvait réunir davantage d'hommes en un seul point sans donner l'éveil. A part ceux-ci, il y avait peu de cavalerie, mais des groupes aussi nombreux étaient tapis partout autour de la vallée. Leur plan était de tomber sur les Stygiens en de nombreux endroits, de diviser la colonne en tronçons, et de profiter alors de son désarroi pour la combattre à mort.

La bande de Conan irait en tête, contre l'avant-garde ennemie. Cela serait pour les autres un signal et un exemple. Ses hommes étaient donc mieux équipés que leurs compagnons en kilt : ils avaient des casques, des cuirasses pectorales ou des cottes, parfois des gantelets, des jambières ou autre pièce d'armure. Daris sauta en selle, ne portant rien, quant à elle, que sa tunique et sa coiffure de cuir, son arc et son carquois, le dirk à sa ceinture — dont elle commençait de croire qu'elle lui portait bonheur. Des mains d'un insurgé grisonnant et efflanqué, elle prit le drapeau qu'elle allait porter : tissé dans le temple de Mithra, la hampe en forme de croix, il était marqué d'un soleil éclatant sur fond de bleu ciel.

— Il serait temps, grogna Sakumbe. Ça commence à bien faire, et nous sommes sans femmes ni bière. Souhaitons que le butin d'aujourd'hui soit riche.

Conan sourit cruellement. Les Subas étaient avec lui, en partie parce qu'il était le seul à pouvoir leur parler, par le truchement de leur meneur ; mais aussi parce qu'il les savait superbes guerriers, qui rendraient son groupe plus spectaculaire et plus terrifiant. Leur teint sombre absorbait la lumière du haut pays, leur équipement étranger avait quelque chose de doublement menaçant.

— Ma foi, dit le Cimmérien, j'ose dire que le roi de Stygie ne voyage pas comme un mendiant. Que dirais-tu d'une vaisselle en métal précieux et pierreries, ou de vins et d'épices rares, ou d'étoffes soyeuses, ou de coffres pleins de pièces ? Il n'y a qu'à se servir !

Sakumbe gloussa sinistrement et harangua ses hommes. Ils crièrent leur joie, sauf le sorcier Gomba. Massif, cet homme était armé pour la bataille, mais il avait tracé sur son corps balafré des signes funèbres, il portait un collier de dents et de phalanges humaines ; des amulettes et une bourse de substances magiques pendaient à sa ceinture.

Falco se glissa près de Daris. L'Ophirite avait repris des forces et, quoique souffrant moins, il était plutôt docile et faible. Peu importait, affirmait-il, pourvu qu'il porte sa tenue stygienne. Outre la cuirasse et le casque emplumé, il avait drapé sa frêle silhouette dans une cape écarlate et flamboyante. Sa lance tremblait dans sa main comme un baliveau au printemps.

Lui-même brillamment revêtu d'une cotte de mailles et d'un casque ailé, ses braies fourrées dans des chausses nervurées d'acier aux éperons dorés, Conan se tourna vers Ausar. Il devint aussi grave que le Taien.

— A présent voici l'orage, dit-il. Et nul ne peut prévoir

le cours du vent. Puissions-nous nous retrouver victorieux. Sinon, je te remercie de tes bontés, cheftain, et je souhaite que Mithra t'emporte auprès de lui.

— C'est moi qui te remercie, au nom de tous les Taiens, répliqua Ausar. Quoi qu'il advienne, tant que vivra ce peuple, ta mémoire demeurera.

Ils s'étreignirent. Le cheftain allait mener un assaut contre l'arrière-garde stygienne, à moins qu'elle se déploie sur le flanc. Un instant le père et la fille se serrèrent les mains, puis l'homme partit.

Conan monta en selle. Les rebelles avaient capturé pour lui un superbe cheval de bataille, un grand étalon noir qui bronchait et encensait avec impatience. Il caressa la nuque tiède :

— Doux, doux, murmura-t-il. Tu auras ton content d'action, aujourd'hui. Je te le promets.

Des muscles jouèrent sous ses cuisses, et il fit mouvement vers l'épreuve décisive. A sa droite Daris chevauchait sa jument. Falco était sur son autre flanc. Avec une rapidité qui eût stupéfié ceux qui ne le connaissaient pas, Sakumbe progressait sur la gauche. Ses congénères suivaient de près, précédant des porteurs de sagaies, de haches, d'épées, d'arcs, de frondes. Plus en avant, des deux côtés du Cimmérien, des piquiers chevauchaient, disposés en écoinçon selon l'habitude taienne. Ils ne feraient pas le poids contre la cavalerie stygienne aguerrie ; mais ils espéraient pouvoir l'occuper jusqu'à ce que des renforts arrivent, et mettre alors pied à terre, peut-être, pour combattre avec leur efficacité coutumière.

Les cailloux cliquetaient. L'herbe jaunâtre et les broussailles poussiéreuses bruissaient. Les harnais craquaient et tintaient. Le bruit de l'ennemi grossissait.

Conan n'avait pas compté tomber sur l'adversaire dans une surprise totale. Il avait toutefois déterminé à l'avance un itinéraire que l'on pouvait parcourir à toute vitesse. Sinon, toute sa troupe eût risqué d'être fauchée par les flèches avant d'arriver au but. En franchissant la crête, il prit le trot.

On dévala. Quelques instants plus tard, l'armée stygienne n'était plus cette cohorte de fourmis qu'on avait aperçue dans son entier ; c'étaient des soldats dont Conan distinguait les armes, c'était le soleil se reflétant sur un char de guerre qui devait être celui du roi, c'était l'étendard royal qu'il voulait jeter bas, c'étaient les cris d'alarme et les appels de trompette et les premiers sifflements sinistres des projectiles.

— Ya-oh ! rugit-il. Pour Taia et la liberté !

Se penchant, il saisit la Hache de Varanghi accrochée à son pommeau. Elle chanta et étincela comme il la faisait tournoyer. Une hache n'était pas toujours une arme pratique pour un cavalier, mais celle-ci vivait dans ses mains, effilée, agile, terrible.

Le fond de la vallée se rapprochait. Conan était au galop. Les autres cavaliers suivaient. Les coureurs étaient distancés, mais pas pour longtemps, et dans cet instant il fallait échapper aux flèches. En combat rapproché, les archers deviendraient quasi inutiles, et l'infanterie lourde ne pourrait guère charger en masse.

Un cavalier taien bascula, un dard dans la gorge. Il heurta le sol et y roula dans un nuage de poussière. Conan le vit du coin de l'œil. Il connaissait cet homme, il avait partagé avec lui la bière et les plaisanteries autour de bivouacs où les braises pâlissaient sous les étoiles de la minuit, il l'avait entendu parler de sa femme et de ses enfants et de sa mère âgée. Eh bien, Crom n'accordait aux hommes que la force de mourir avec vaillance.

A présent les sabots sonnaient sur le pavage. Conan modéra sa monture. Ses compagnons le rejoignirent. A quelques centaines de mètres, ils faisaient face aux destriers, aux cuirasses, aux casques, aux lances pointées d'une cavalerie stygienne dix fois supérieure en nombre.

Mais cette masse ne pouvait se déployer. Ceux qui s'écarteraient de la route se trouveraient bientôt trébuchant sur la pente, au milieu d'éboulis, de buissons épineux, de rochers, de trous de terriers où un cheval pouvait aisément se briser une jambe. A nouveau Conan fait tournoyer la Hache.

— En colonne, avançons ! cria-t-il en éperonnant son destrier.

L'ennemi trottait à sa rencontre, puis prit le galop. Les sabots grondèrent comme le roulement régulier des tambours derrière eux. La vitesse fit voler les fanions, les panaches, les capes. Les boucliers se haussèrent, les lances visèrent leur but. Hommes et montures grossissaient à vue d'œil.

Conformément aux ordres, Daris s'aligna derrière Conan. Falco s'intercala, son arme appuyée sur la nuque de son cheval bai.

Le combat s'engagea dans un rugissement.

Une pointe chercha la poitrine de Conan pour le désarçonner. Avant qu'elle atteigne son but, la Hache avait tranché la hampe. Le Stygien n'eut pas le temps de tirer l'épée. Conan le frappa sous le menton et la tête voltigea. En un éclair, le Cimmérien se demanda qui était cet homme qui avait l'honneur d'être le premier depuis cinq cents ans à mourir sous la Hache de Varanghi.

Falco abandonna sa lance dans la gorge d'un assaillant, tira son sabre, inclina son bouclier et aborda un nouvel adversaire. Conan fit éclater le crâne d'un cheval ; son cavalier tomba sous les sabots. Falco para un coup de lame et trancha les doigts qui l'avaient porté. Il n'y avait plus de charge, il n'y avait plus qu'une effroyable mêlée ; on se heurtait, on se poussait, on frappait, on grondait, on hurlait, on jurait, on suait, on saignait, on piquait, on taillait, on tranchait, on tuait.

Haut sur sa haute monture, Conan apercevait par instants le reste de la bataille. Comme prévu, les cavaliers stygiens avaient presque complètement enfoncé les Taiens ; mais un montagnard désarçonné, ou qui s'était délibérément démonté, devenait deux fois plus dangereux, tandis que sa bête encombrait le passage. Et maintenant des guerriers bruns et noirs dévalaient les pentes et bondissaient à l'attaque.

La deuxième section de l'armée royale, composée de chars aux roues garnies de lames, s'avança.

Une pluie de flèches s'abattit. Des chevaux, des cochers, même des combattants lourdement cuirassés tombèrent, figés dans la mort ou paralysés par leur armure. Des hommes armés de dirks, criant sauvagement, surgirent, tranchant des jarrets, bondissant sur les chars pour empoigner et poignarder. Toutes les forces taiennes étaient lancées et massacraient l'ennemi. Conan vit des étendards osciller et tomber, il vit la colonne stygienne se tordre sur des lieues, comme un serpent au dos brisé.

— Bêlit, Bêlit ! cria-t-il en frappant.

— Senufer ! cria Falco en écho tandis que sa lame s'abattait.

Ils dégagèrent autour d'eux une trouée sanglante où s'empilaient des cadavres mutilés et des blessés gémissants. Des centaines de Taiens s'étaient ralliés à la bannière du Soleil et à l'éclat de la Hache. Ils se taillaient leur propre voie à travers la cavalerie stygienne. Sakumbe fonçait au milieu du tumulte, et son gourdin de guerre était un tourbillon. Il avait une façon bien à lui de taper sur le genou d'un cavalier ou sur le museau d'un cheval, puis, comme la douleur aveuglait sa victime, d'enfoncer le couteau qu'il tenait dans son poing gauche.

Soudain Conan n'eut plus personne à combattre. Il regarda autour de lui. Partout les Taiens grouillaient sur des corps écrabouillés. Leurs hurlements de loups étaient exultants, leurs lames faisaient gicler des pluies de sang. Quelques-uns secouraient des camarades blessés où s'inclinaient un instant devant un mort ami. D'autres pourchassaient les lanciers stygiens sur les pentes, les acculaient, bondissant plus vite que les montures épuisées et chancelantes.

Plus loin, des chars abandonnés encombraient la route. Certains filaient à vide, tirés par des chevaux affolés. Encore plus loin, le chaos régnait, grappes torrentielles où s'affrontaient les rebelles et l'infanterie, dans le fracas du fer et des hurlements.

Au-delà, toutefois, un régiment stygien tenait bon, entouré d'un petit rempart de cadavres taiens. Il gardait le véhicule doré, et au-dessus des têtes flottait l'étendard du Serpent.

D'un geste, Conan rameuta ses proches : Daris, Falco, et le puissant Ruma qui avait mené la charge à pied et avait son Clan Farazi à venger.

— Ce doivent être leurs troupes d'élite, dit le Cimmérien en pointant le doigt. La maison militaire du roi, je suppose, et sûrement des légionnaires de Shuat aussi, qui ont l'expérience de la région. On ne peut pas les enfoncer par surprise. (Il grimaça.) En fait, nous avons gagné ce premier engagement, mais je crois que c'est surtout parce que l'ennemi n'avait guère de cavalerie ni de chars. Il ne comptait pas en avoir grand besoin. Nous le pressons durement, certes, mais il pourrait bien se regrouper, se déployer, et rejeter nos francs-tireurs.

— Que devons-nous faire ? demanda Ruma.

Conan jeta un coup d'œil aux montagnards grouillants. Un rire gronda dans sa poitrine :

— Hé ! on attaque, dit-il. On enfonce ces défenses cuirassées, on disperse ceux qu'on ne tue pas, on plante la tête de Mentuphera sur un pieu et on la brandit. Si ça ne suffit pas à démoraliser ses troupes, alors je ne connais rien à la guerre.

Falco poussa un cri de joie, envoya voltiger son sabre dans les airs, le rattrapa et le brandit. Mais Daris paraissait soucieuse :

— Si nous attaquons et si nous échouons... Je connais mon peuple ; je crains qu'on ne dise que tu ne portes pas la vraie Hache ; alors c'est eux qui fuiront.

— Mais *c'est* la Hache ! s'écria Ruma avec ferveur. Et Conan en est le Porteur !

— Moi-même, je n'ai plus de doutes, dit doucement le Cimmérien en levant son arme. Rassemblons nos hommes.

Cela prit un peu de temps, il fallut crier, sonner de la trompe, exhorter. Les soldats royaux étaient immobiles et observaient, étreignant leurs armes, leurs rangs bien ordonnés. Ailleurs des combats continuaient de faire rage. Parfois un groupe de Stygiens était submergé, parfois il repoussait ses assaillants qui rejoignaient une autre bande de Taiens. Conan chevaucha sur une hauteur pour contempler l'ensemble des opérations. Oui, songea-t-il, s'il n'abattait pas bientôt le roi, l'ennemi reprendrait contenance et sortirait vainqueur de cette journée. Eh bien, ça n'allait pas se passer comme ça. Il redescendit. Il n'éprouvait ni fatigue ni souffrance, bien qu'il eût sa part de blessures superficielles. Il brûlait de la joie de combattre ; son seul désir était d'abattre ces êtres qui le séparaient de Bêlit.

Daris, Falco et lui étaient les seuls de leur parti à demeurer montés. Il supposa que son étalon pourrait faire des ravages pendant que la Hache s'abattrait d'en haut ; mais s'il se trouvait à pied, peu importait, aussi longtemps que l'arme sacrée serait entre ses mains comme une chose vivante. Hourra !

Les Taiens étaient prêts. Ils formaient une bande plutôt qu'une cohorte organisée, et peut-être en étaient-ils d'autant plus terrifiants. L'étendard de Daris flottait fièrement. Conan prit la tête. La Hache levée comme un flambeau, il effleura de ses éperons les flancs de son cheval. Les sabots grondèrent sur les pierres. Le trot s'accéléra. Les Stygiens abaissèrent leurs piques et encochèrent des flèches.

La souffrance s'abattit sur Conan.

C'était comme si un million d'aiguilles lui perçaient férocement la peau, la chair, les veines. C'était comme brûler vif. Ses viscères se contractèrent en une houle de douleur. Ses muscles tressautèrent, incontrôlés, tâchant de rompre ses os. Des brouillards noirs voilèrent sa vue, le tonnerre gronda dans ses oreilles, des puanteurs de tombeau assaillirent ses narines. Son cœur frémit follement dans sa cage thoracique, et pour la première fois de sa vie il craignit la mort.

La Hache tomba bruyamment sur le sol. Un instant plus tard, Conan lui-même s'effondra et se recroquevilla convulsivement devant ses hommes. L'horreur les parcourut comme un coup de vent nocturne. Ils s'arrêtèrent sur place.

Daris sauta à bas de sa selle, oublieuse de l'étendard du Soleil qui tomba à son tour dans la poussière. Epouvantée, elle s'agenouilla près du Cimmérien, voulut l'étreindre, subit les coups des poings qui s'agitaient.

— Conan, Conan, qu'arrive-t-il ? gémit-elle. Par Mithra, parle-moi ! C'est ta Daris qui t'appelle, Daris qui t'aime...

Il l'entendait vaguement, comme à travers un ouragan. Il ne put lui répondre, englouti qu'il était dans un univers de terreur et de souffrance.

Les Taiens flottèrent. Des armes furent abaissées, les peaux frissonnèrent, les bouches béèrent. Ruma agita sa lance.

— Tenez bon ! hurla-t-il. Je tuerai le premier qui s'enfuit !

— Ou bien je le tuerai, moi, dit Falco, la gorge sèche et le sabre levé.

— Reviens, supplia Daris tandis que ses larmes tombaient sur le visage torturé de Conan. Reviens. Je t'appelle... au nom de Bêlit. Reviens à Bêlit.

Au milieu de ses tourments, il entendit. Quelque chose se réveilla en lui. Il se rappela, il comprit, il put parler. Les mots sortirent un par un de sa bouche, le déchirant, dans un effort plus terrible que tout ce qu'il avait jamais éprouvé :

— C'est... mon erreur... J'ai vu... Nehekba... à Pteion... Elle m'a... lavé... elle a emporté... un linge... couvert de mon sang et... (Il ne put rien ajouter et se convulsa.)

Un Taien hurla de peur et fila. Ruma lança sa sagaie. L'homme s'abattit. Blême, Falco le rejoignit pour lui donner le coup de grâce. Les montagnards grognèrent mais demeurèrent sur place. Les Stygiens massés les observaient avec contentement.

Au-delà des casques de l'infanterie lourde, sous la bannière du Serpent, ondulait une silhouette étincelante. Sur un char flamboyant, sans roues ni timon, c'était une femme aux tresses ténébreuses, aux voiles diaphanes ondulant derrière elle. Un miroir luisait sur sa gorge. Une figurine de cire était dans ses mains, et elle la torturait en riant, avec un poinçon, et en la tordant, et sur la flamme d'une bougie mince. Le véhicule s'élevait et ondoyait.

A des lieues à la ronde, au milieu des cadavres, tout bruit s'éteignit. Les Taiens des premières lignes flottèrent. Dans un instant ils allaient rompre leurs rangs et s'enfuir avec épouvante.

— *Senufer !* hurla Falco.

Conan aperçut la femme à travers l'obscurité qui l'enveloppait. Elle semblait être Derketa elle-même, à la tête d'un vol de femmes fantômes du Monde-d'En-Bas. Il murmura son nom.

Daris se rendit compte que quelqu'un l'avait rejointe. Elle leva les yeux vers Sakumbe.

— Moi y'en a entendre petit peu, fit le Nègre dans son

stygien approximatif. (Une sueur de peur perlait à son front, mais il parla fermement :) Moi comprendre. Lui victime maléfice corporel. Elle a son sang dans la poupée. Elle donne souffrance. Bientôt elle tue.

— Alors elle prévoyait de nous prendre au piège, fit Daris en s'affaissant avec accablement. Pour que notre foi et notre volonté soient écrasées à jamais. Oh, Conan ! (Elle voulut embrasser l'homme, mais il se convulsait trop violemment.)

— Senufer, Senufer aimée, fit Falco d'une voix de somnambule.

Il éperonna son cheval, galopa au milieu des morts, au milieu des chars renversés, vers Nehekba qui planait. La vision de Conan s'éclaircit, sa douleur diminua un peu, il vit. Assurément la sorcière voulut qu'il pût voir cette ultime trahison.

Elle fit signe aux archers stygiens de ne pas tirer quand Falco fut à leur portée. Elle fit descendre son véhicule presque jusqu'au sol de la route. Enjouée, de la main gauche elle étreignait l'image de Conan, mais sa main droite se levait à l'adresse du jeune homme qui filait vers elle. Leur baiser allait être le coup de grâce pour les Taiens. Un soldat stygien apporterait la Hache de Varanghi devant l'autel de Set.

— Bienvenue, Falco ! chanta-t-elle.

Le cavalier fit halte devant elle. Le temps d'un battement de cœur il contempla les yeux luisants de la femme.

Son sabre voltigea. Un instant elle put voir l'acier qui s'enfonçait dans son giron, et elle put crier. Le sang jaillit, incroyablement brillant sous le soleil, mais peu abondant ; on eût dit qu'un dieu refusait que fût souillée la beauté de Nehekba, et jugeait suffisant que son cœur fût transpercé. Elle s'effondra et parut soudain minuscule. Le char tomba sur le sol avec fracas.

Falco laissa sa lame où elle était. Il saisit la figurine d'envoûtement et fouailla les côtes de sa monture. Il revint dans un bruit de tonnerre, et déposa la chose dans les mains de Daris.

— Voici, dit-il et il s'écarta lentement et descendit de son cheval.

Sakumbe hurla à l'adresse de Gonga. Le guérisseur se

détacha d'une bande de montagnards qui restaient figés, ahuris. Soigneusement, précautionneusement, Daris tendit la figurine à Gonga et se retourna vers Conan pour le dorloter. Il était immobile, le souffle court. L'homme noir s'accroupit. Il psalmodia, répandit des poudres issues de sa bourse à magie, agita une crécelle, fit des gestes ésotériques. Après un instant, un sourire éclaira sa mine morose. Ses compagnons de Suba, qui étaient prostrés, se dressèrent en même temps que lui, agitèrent leurs armes et crièrent : *Wakonga mutusi !*

Le regard de Conan s'éclaircit. Il s'assit.

— Je me sens bien, s'émerveilla-t-il comme un homme dont la fièvre est passée.

— La sorcière est morte, sanglota Daris. Tu es libre.

Gonga tira son poignard, s'érafla le poignet, psalmodia en épandant des gouttelettes de sang sur le simulacre. Conan se mit debout. Il se sentait comme s'il avait dormi une longue nuit pour s'éveiller et boire à une source alpestre.

Gonga parla à Sakumbe, qui s'adressa à Conan en langue véhiculaire :

— Il t'a donné de sa propre force, pour guérir ton mal. Il ne pourra pas combattre avant d'avoir récupéré. Mais il va emporter l'objet mauvais, annuler les envoûtements, et le détruire.

Un rire titanesque secoua encore le Cimmérien :

— Crom ! s'écria-t-il. J'ai d'autres destructions à accomplir aujourd'hui ! (Il étreignit Daris et Sakumbe.) O mes fidèles amis, jamais je ne pourrai vous remercier comme il faut, mais jamais je n'oublierai ! (Il leva la Hache et se rua en selle.) En avant ! claironna-t-il. Au nom de Jehanan !

Ses hommes hurlèrent de joie. Insoucieux des flèches, ils le suivirent. Partout sur le champ de bataille, on sut que l'étendard flottait à nouveau et que l'arme sacrée était brandie derechef. Les Taiens se pressèrent pour faucher leurs ennemis.

Ce ne fut pas à Conan qu'il échut de tuer le roi Mentuphera, ni à Ruma de régler son compte au général Shuat. Ces Stygiens furent massacrés dans le chaos, et seuls les dieux savent quel guerrier les abattit. Conan se contenta d'occire tout ce qui lui tombait sous la main, et de faire brandir devant lui, en guise d'emblème, la tête royale empalée, devant quoi les Stygiens rompirent leurs rangs et fuirent.

Et il ne méprisa pas Falco qui s'était assis pour pleurer.

XX

VENGEANCE POUR BÊLIT

La nef ailée, qu'on avait descendue de sa cachette, attendait à Seyan. Six personnes se tenaient sur l'embarcadère. La population vaquait à ses affaires, mais personne ne s'approchait, sachant que ce groupe d'amis voulait être seul pour se faire leurs adieux.

Le soleil était encore derrière les monts d'Orient, mais les cieux là-bas étaient d'or argenté, et ailleurs bleuissaient. Des brumes montaient dans l'air frais sur le Styx, voilant de blanc les bourbes du fleuve. Le Helu dévalait joyeusement les montagnes mauves, à l'ouest.

Conan n'avait pas froid, bien qu'il ne portât qu'une tunique. Une épée et un dirk étaient au fourreau sur sa hanche. Il leva à deux mains, solennellement, la Hache de Varanghi, et la tendit à Ausar.

— Ceci est maintenant à toi. Puisse l'arme sauvegarder toujours Taia.

— Plaise à Mithra, nous ne devrions pas de sitôt en avoir besoin, répondit le cheftain.

Sa confiance semblait bien fondée. Plutôt que de périr dans une résistance désespérée, la garnison stygienne locale s'était rendue et retournait chez elle, désarmée et sous bonne garde. Le gros gouverneur Wenamon l'accompagnait, ayant laissé en rançon toute la richesse qu'il avait extirpée du pays. Après le désastre de Rasht, l'armée royale serait pour un moment hors d'état de faire campagne. On savait au reste que le nouveau roi, Ctesphon, n'avait pas les ambitions impérialistes de son père.

— Toi ou tes descendants devrez un jour combattre, avertit Conan. Luxur ne reconnaîtra jamais votre indépendance.

— C'est vrai, admit Ausar en prenant la Hache. Mais cela importe peu si nous sommes, de fait, une nation libre. Nous pourrons trouver des appuis à Keshan, Punt, et auprès d'autres royaumes proches qui ont des raisons de se méfier de la Stygie.

— Hélas, dit le grand-prêtre Parasan avec regret, je crains que cela ne rompe les derniers liens que nous avons avec la civilisation. Nous ne serons plus qu'un peuple de clans barbares.

— Et alors ? fit Conan en haussant les épaules. Sans vouloir t'offenser, ô prêtre, la liberté n'a pas de prix. Et à vrai dire je ne vois pas grand-chose qui plaide en faveur de la civilisation.

— C'est ton droit, murmura le vieil homme. J'ose espérer qu'au moins nous conserverons la clarté et la grâce de Mithra. Que sa bénédiction soit pour toi, mon fils, pour ce que tu as fait pour sa cause et la nôtre. Que ton voyage de retour soit tranquille, et ton arrivée heureuse.

Sakumbe avait partiellement suivi la conversation. Peut-être ne comprit-il pas bien les derniers mots, car il ricana, tapa dans le dos de Conan et rugit :

— Ouais, quand je rejoindrai la Côte Noire, je leur dirai de préparer une fête de neuf jours pour ton arrivée, Amra ! (Le surnom que lui et ses hommes avaient donné à Conan signifiait, dans leur idiôme, « Lion ».)

— J'y compte, dit l'homme du Nord. Bêlit et moi vous ferons bientôt visite. (Son sourire s'effaça :) Bien que j'aie grande hâte de la retrouver, il est triste de devoir vous dire adieu, sans doute pour toujours. Daris…

— Oui ? (Elle se tourna vers lui, interrompant la conversation qu'elle avait avec Falco.)

— Tu me manqueras plus que je ne saurais dire, dit Conan avec embarras. Je ferai toujours des vœux pour ton bonheur.

— Et moi pour le tien. (Elle s'approcha et lui prit les deux mains. Le regard qu'elle posa sur lui était calme, et sa bouche souriante. La veille au soir, ils avaient eu une conversation privée ; aujourd'hui elle devait se conduire en digne fille d'Ausar.) Si seulement nous pouvions vivre nos vies ensemble, poursuivit-elle. Cela ne se peut, je sais. Tu as ta compagne jurée. Je... J'épouserai quelque homme fort et bon, et me réjouirai d'avoir ses enfants. Il sera honoré de nommer Conan notre premier fils. Et notre première fille... (Elle ne put retenir tout à fait ses larmes.) ...Pourrons-nous la nommer Bêlit ?

Ils s'étreignirent.

Ensuite, peu de paroles furent prononcées avant que Conan et Falco montent à bord. Silencieusement, leur embarcation glissa sur le fleuve et fut bientôt invisible dans le brouillard.

Sous la brise fraîche, la mer étincelait comme une étendue de saphirs, mais c'est à la rame que la *Tigresse* s'écarta des blanches falaises de l'île Akhbet. C'était pour mieux manœuvrer. Le commandant voulait voir de plus près le bateau qui était apparu sur l'horizon.

Etranges, en vérité, étaient la coque métallique et la figure de proue reptilienne. L'embarcation portait manifestement une voile de fortune ; mais si l'on n'avait pas prévu de mât, où étaient les rames ? Et l'équipage semblait être de deux hommes seulement, alors que le vaisseau faisait cinquante pieds. Ils ne manifestaient pas d'inquiétude tandis que la galère venait sur eux. Au contraire le plus grand, debout à la barre de fortune, faisait de son mieux pour aller droit à sa rencontre.

L'homme était de haute taille, la chevelure noire, une peau claire mais tannée, un maintien léonin... Le cœur de Bêlit parut vouloir éclater dans sa poitrine.

— Conan ! cria-t-elle. Conan, Conan ! O Isthar, mon amour est de retour !

Elle se maîtrisa et commanda à ses corsaires enthousiastes de rentrer les rames de bâbord pour que la nef vienne se ranger sur le côté. Le Cimmérien lança une amarre, bondit, saisit le bastingage et se hissa sur le pont. Bêlit se jeta dans ses bras comme un ouragan.

Après un long moment ils purent s'écarter, se contempler l'un l'autre avec extase, et même jeter un regard autour d'eux. L'œil de Bêlit se posa sur le jeune homme qui avait suivi Conan. Elle se raidit. Il lui fallut quelques secondes pour parler :

— Alors Jehanan n'est pas avec toi.

— Non, répondit le Cimmérien d'une voix plus douce qu'à l'ordinaire. Il est... là où vont ceux qui meurent bravement.

Bêlit ferma les yeux, les rouvrit.

— Tu peux me dire ce qu'il est devenu ? Cela suffira. (Elle fit une pause.) Que *toi,* tu sois revenu vivant, ce n'est pas suffisant, c'est une fantastique générosité des dieux.

— L'histoire de Jehanan est cruelle. Je te la conterai plus tard, au calme. Pour l'instant je te présente mon vaillant camarade, Falco de Kirjahan, du pays d'Ophir.

— Sois grandement bienvenu, dit Bêlit en donnant la main au jeune homme. Je te suis redevable de m'avoir ramené mon seigneur, je te suis donc redevable de tout ce que je possède. (Falco rougit et s'adressa à Conan.)

— Tu m'avais dit qu'elle était belle, mais tu ne m'avais pas dit à quel point, bredouilla-t-il. Tu avais oublié d'ajouter qu'elle est la grâce même. Puisse ma chance en amour être moitié aussi grande que la tienne.

Le Cimmérien sourit. Le garçon était solide, et avait su oublier vite la mort de la sorcière.

Puis son sourire s'effaça. Bêlit allait connaître des chagrins.

La *Tigresse* était ancrée. L'île et les eaux étaient argentées par la pleine lune. Seuls sur le château avant, surplombant le navire où tous les autres faisaient une fête tumultueuse, Conan et Bêlit se tenaient côte à côte.

Elle ne pleurait plus. A présent elle avait empoigné le bordage, contemplant la mer.

— Repose en paix, mon frère, dit-elle d'une voix qui était comme l'acier qu'on tire du fourreau. Tu seras vengé. En ton honneur, il y aura foule dans les demeures de Derketa.

— La perte d'une province, d'une armée, d'un roi, et des deux sorciers suprêmes n'a-t-elle pas apaisé l'âme de Jehanan ? s'étonna Conan.

— Assurément. Son âme fut toujours douce et indulgente. Mais la mienne est différente, et je brûle encore.

— Je m'y attendais, soupira le barbare. Eh bien, si les dieux veulent bien, attaquons leurs vaisseaux et ravageons leur côte, pour que les princes de Stygie gardent de nous un souvenir écarlate. (Il fit une pause.) Mais peut-être cette vengeance est-elle trop lente pour toi ? Ne préférerais-tu pas tenter un coup si fort que ton vœu soit accompli en une seule fois ?

— Ah, ah si ! murmura-t-elle.

— Voici mon idée. Les Stygiens ont levé leur blocus dès qu'ils ont su que nous nous étions échappés vers l'amont, bien sûr. Falco et moi avons traversé Khemi dans l'obscurité. Il m'a dit que la patrouille portuaire ne se soucie guère des bateaux qui sortent, mais il valait tout de même mieux que nul ne voit quelle embarcation nous avions. Malgré la nuit j'ai pu constater que la flotte était à quai. Il ne semblait pas y avoir grand monde pour garder ces navires. Je suppose que les équipages étaient dans des cantonnements à terre, ou en permission dans leurs villages natals. De plus, la confusion doit régner encore, après ce qui s'est passé à Rasht ; et la Stygie n'a jamais été une puissance navale. Cependant cette flotte serait vitale en cas de guerre. Sa perte rendrait impossible tout projet d'expédition de conquête — comme par exemple l'invasion d'Ophir.

Bêlit le saisit aux bras. Ses ongles s'enfoncèrent jusqu'au sang, sans qu'aucun d'eux s'en aperçût.

— Par les dieux de la mort ! Notre navire, à lui tout seul... est-ce possible ?

— J'ai un plan. Il est simple et brutal, car je ne suis pas un homme de ruses. Nous en parlerons demain, quand tu seras plus calme. (Malgré le chagrin de sa bien-aimée, Conan se laissa aller à son humour brusque :) Nous pourrons commencer par saborder la nef ailée. C'est un peu dommage ; mais elle ne nous sert plus à rien et nous ne voulons certainement pas qu'elle retombe dans des mains malintentionnées. Aimerais-tu faire ça toi-même ?

Les Stygiens avaient toujours un patrouilleur dans la baie de Khemi. C'était un vaisseau léger, mais extrêmement rapide à la rame ou sous voile. Il n'avait d'autres armes que celles que portait l'équipage, qui ne s'encombrait pas de cuirasses. Sa tâche n'était pas d'arrêter des pirates ou des envahisseurs. Qui aurait osé attaquer la cité noire ? En cas d'ennui grave, une sonnerie de trompette rameuterait des navires de guerre. Une telle circonstance ne s'était jamais présentée. Le patrouilleur contrôlait la circulation des bateaux, s'assurant que nul contrebandier ne débarquait, ni quiconque n'avait pas d'autorisation officielle.

Un certain soir, quelque temps après le coucher du soleil, le patrouilleur fit mouvement pour intercepter un intrus venant de l'ouest. C'était une chaloupe comme en transportent souvent les navires de haute mer. Une forte brise gonflait la voile carrée et propulsait vivement l'embarcation vers l'intérieur de la baie, contre le courant et la marée descendante. La lune ne se lèverait pas avant des heures.

— Ahoy ! cria le trompette stygien. Halte pour inspection !

— Oui monsieur l'officier, répondit une voix forte à l'accent étranger.

La vergue s'abaissa et la chaloupe ralentit. En s'approchant, la patrouille vit qu'une demi-douzaine d'hommes occupaient les bancs de nage. C'étaient des Noirs, sauf un grand gaillard à la barre. Quoique enveloppé dans un burnous et un caftan mouillés d'embruns, celui-là semblait être un Blanc.

— S'il vous plaît, monsieur l'officier, lança-t-il, nous sommes de pauvres marins dont le navire a heurté un récif. Le naufrage a été si rapide que nous ne sommes que quelques-uns à avoir pu atteindre le canot de sauvetage. Par pitié, donnez-nous de l'eau, menez-nous à terre, et donnez-nous à manger !

— Sachez que vous serez détenus pour vérification, dit le capitaine dans son porte-voix. D'où venez-vous ?

— D'un navire marchand d'Argos, dont les armateurs calamiteux engageaient n'importe qui. Mes compagnons sont des Kushites. Moi-même, je suis de Vanaheim.

Le capitaine n'avait que vaguement entendu parler de

cette contrée boréale, mais il savait que les barbares erraient parfois loin de chez eux, en quête d'aventures et d'argent, et il avait pour de tels hommes un mépris de civilisé. Ce barbare-ci avait manifestement perdu de sa superbe, et ses compagnons gémissaient pitoyablement pour avoir à boire.

— Ramez, commanda le capitaine. Rangez-vous bord à bord, et en vitesse. (Et quand ce fut fait :) Venez ici, tous, que je vous regarde un peu.

— Oui monsieur, oui monsieur. (Le colosse tituba vers la lanterne près de laquelle attendaient le capitaine et le trompette. Ses compagnons se traînaient à sa suite.) De l'eau par pitié !

— Tout à l'heure, quand vous aurez répondu à mes questions.

C'était peut-être une occasion d'avoir quelques nouvelles de l'étranger. En ces temps chaotiques, alors que le roi Ctesphon tâtonnait encore, les hauts dignitaires de l'Etat pourraient payer un bon prix pour avoir des informations. En tout cas le capitaine allait s'amuser à faire ramper ces macaques.

— Merci... Merci monsieur, balbutia le grand gaillard en approchant. Que les dieux vous récompensent comme vous le méritez.

Une épée jaillit de sous son vêtement. Le trompette s'abattit, le crâne fendu. Ce fut la dernière vision qu'eut le capitaine. Les Noirs tirèrent aussi des armes. D'autres Nègres surgirent de la toile qui les dissimulait au fond de la chaloupe. Le combat ne fut ni bruyant ni long. Les pirates avaient tous les avantages : la surprise, la dextérité, la férocité.

— Bien, dit Conan. Jetez les cadavres, soignons nos blessés s'il y en a, et puis tu repars, N'Gora.

Le premier lieutenant de Bêlit, qui savait un peu le stygien, transmit les ordres. La chaloupe mit à la voile et fila vers la haute mer. Pour un éventuel observateur, il semblait qu'on lui eût refusé l'entrée. Monté par quelques hommes, Conan à leur tête, le bateau patrouilleur croisait dans la baie comme à l'accoutumée.

Puis une galère élancée à la figure de proue féline apparut. Le patrouilleur l'intercepta et resta un moment bord à bord. Le navire inconnu attirait certainement l'attention des milices côtières et des gardes de la flotte. Il était normal que la patrouille prît le temps de s'assurer qu'il était en règle. Elle parut finalement satisfaite, car l'embarcation de police accompagna le vaisseau, tous deux se dirigeant à la rame vers les appontements royaux. S'agissait-il d'un diplomate étranger, venu implorer le soutien de la puissante Stygie, ou bien était-ce — sinistre pensée — un agent des prêtres-sorciers qui revenait ?

Conan, de nouveau à bord de la *Tigresse* et auprès de Bêlit, se tenait à la proue pour scruter. La lueur des étoiles, sur les eaux sombres, était suffisante pour des yeux habitués à la forêt cimmérienne, à la jungle kushite, ou à la haute mer. Sur bâbord, en amont de la baie, le Styx transperçait des étendues de nuit à l'issue de son long trajet, arrivant du pays où Daris vivait... et rêvait peut-être. Sur l'avant, la cité où il avait été captif dressait sa masse monstrueuse, entièrement noire à part quelques lueurs furtives. A proximité, couleur d'os sous la masse de la Grande Pyramide, étaient les carrières où Jehanan avait été esclave avant d'être délivré par Conan, puis libéré à jamais de sa propre main. Conan avait le pressentiment surnaturel que tout cela n'était que le début d'une longue guerre qu'il devrait mener contre une antique horreur, dont le premier nom était tyrannie.

Il concentra son attention sur ce qui s'étendait devant lui. Les vaisseaux stygiens étaient mouillés perpendiculairement à un quai de pierre, et séparés les uns des autres par des appontements parallèles. Leurs mâts se détachaient contre les nuées d'étoiles, mais leurs coques étaient dans l'ombre, une lanterne ou deux brillant faiblement sur chaque navire. Plus loin, les cantonnements devaient contenir beaucoup de marins, mais qui ne pourraient pas entrer en action aussi vite qu'un barbare.

— Nous sommes prêts, dit-il et il banda son grand arc.

Sur le pont, les hommes dévoilèrent des braseros. Dedans, les charbons ardents luisaient, faisant une rangée de petits enfers. Le bateau patrouilleur revint bord à bord, son petit équipage l'abandonna pour regagner la *Tigresse*, et la barque partit à la dérive. Les avirons battaient doucement, du métal cliquetait, on chuchotait.

Sous le château avant, Falco enflamma une flèche enveloppée d'un linge huileux. La flamme éclaira vivement son jeune visage au milieu des ténèbres tandis qu'il tendait le projectile :

— Tiens, Conan, dit-il. A toi le premier coup.

— Non, répliqua Conan. A Bêlit.

La reine de la Côte Noire prit la flèche et l'encocha sur son propre arc. Elle banda, visa, lâcha le dard de feu. Puis Conan en fit autant, et Falco, et tout l'équipage pirate qui soudain s'était mis à hurler sauvagement.

Le bois desséché par le soleil était aisément combustible. Là où une flèche frappait, un feu follet naissait, bleuâtre, crépitait comme un aiglon caquète, tendait une griffe, se nourrissait, croissait, et étendait ses ailes. Alors il s'élevait et s'étendait de la proue à la poupe. L'incendie illuminait les eaux du Styx, et son cri était comme celui d'un rapace qui terrasse un serpent. La *Tigresse* longea le mouillage de bout en bout, distribuant les traits de feu qui anéantissaient les ennemis de Bêlit. Des étincelles jaillirent dans le vent et allèrent semer la flamme encore plus loin.

Les Stygiens se hâtèrent frénétiquement pour arrêter le désastre, mais celui-ci était déjà trop grand. Ils ne purent sauver que les bateaux de pêche et de commerce qui étaient dans le port. Aucun n'osa s'attaquer au navire maraudeur qui chevauchait le bord rougeoyant de la nuit.

Sa mission accomplie, la *Tigresse* prit le large. Derrière elle, la baie de Khemi était comme un lac de sang agité par un typhon. Quand on atteignit la mer libre, on rentra les rames, on hissa la voile, et l'on mit cap au nord.

Conan descendit pour rejoindre Falco :

— Eh bien, mon gars, dit le Cimmérien d'une voix bourrue, à présent nous t'emmenons à Dan-marcah, et nous te laisserons assez d'or dans ta bourse pour que tu puisses aisément rentrer chez toi.

L'autre lui rendit un regard d'adoration.

— Quand... Quand j'aurai raconté mon aventure et qu'on la saura au palais, bredouilla-t-il, les souverains d'Ophir seront à jamais tes amis.

— Merci, répondit Conan. Cela pourrait être utile un jour ; de même que mes amitiés chez les Taiens, si jamais je voulais traverser seul le royaume de Stygie. Qui sait ce que nous réserve l'avenir ? La mort sur une lande grise ou la vie sur un trône, ou n'importe quoi d'intermédiaire ; peu importe à présent. (Il haussa les épaules.) Tout ce que j'ai fait ces temps-ci, c'était seulement pour servir ma dame.

Au-dessus d'eux sur le château avant, vengeresse et joyeuse, Bêlit riait.

TABLE DES MATIÈRES

Achevé d'imprimer en juillet 1982
sur les presses de l'imprimerie Bussière
à Saint-Amand (Cher)
pour le compte de France Loisirs
123, boulevard de Grenelle, Paris

Numéro d'éditeur : 7067. — Numéro d'impression : 1722.
Dépôt légal : Juillet 1982